# MORTE NO VERÃO

# BENJAMIN BLACK

# MORTE NO VERÃO

Tradução de Ryta Vinagre

Rocco

Título original
A DEATH IN SUMMER

*Copyright* © Benjamin Black, 2011

Nenhuma parte desta obra pode ser reproduzida, ou transmitida por qualquer forma ou meio eletrônico ou mecânico, inclusive fotocópia, gravação ou sistema de armazenagem e recuperação de informação, sem a permissão escrita do editor.

Direitos para a língua portuguesa reservados
com exclusividade para o Brasil à
EDITORA ROCCO LTDA.
Rua Evaristo da Veiga, 65 – 11º andar
Passeio Corporate – Torre 1
20031-040 – Rio de Janeiro – RJ
Tel.: (21) 3525-2000 – Fax: (21) 3525-2001
rocco@rocco.com.br
www.rocco.com.br

*Printed in Brazil*/Impresso no Brasil

CIP-Brasil. Catalogação na publicação.
Sindicato Nacional dos Editores de Livros, RJ.

B561m  Black, Benjamin
Morte no verão / Benjamin Black; tradução de Ryta Vinagre. – 1. ed. – Rio de Janeiro: Rocco, 2020.

Tradução de: A Death in Summer
ISBN 978-85-325-3165-0
ISBN 978-85-8122-788-7 (e-book)

1. Ficção policial irlandesa. I. Vinagre, Ryta. II. Título.

19-62114
CDD: 828.99153
CDU: 82-312.4(417)

Meri Gleice Rodrigues de Souza – Bibliotecária – CRB-7/6439

O texto deste livro obedece às normas do
Acordo Ortográfico da Língua Portuguesa.

# 1

Quando se divulgou que Richard Jewell havia sido encontrado com a maior parte da cabeça estourada e uma espingarda nas mãos limpas e sem sangue, poucos, fora ou dentro do círculo familiar, viram em seu falecimento motivo para tristeza. Jewell, conhecido entre os detratores mais elegantes como Diamond Dick, era um homem rico. O grosso de sua fortuna fora herdado do pai, o famoso Francis T. — Francie — Jewell, em certa época prefeito e proprietário de uma cadeia de jornais de muito sucesso que incluía o temido e sensacionalista *Daily Clarion*, o jornal de maior vendagem da cidade. O Jewell mais velho era um diamante bruto, dado a vinganças violentas e ódio aos sindicatos, mas o filho, embora não menos inescrupuloso e vingativo, procurara limpar o nome da família e lhe dar mais lustre usando a filantropia cercada de publicidade. Richard Jewell era um conhecido mecenas de orfanatos e escolas para deficientes, enquanto a recém-inaugurada ala Jewell do Hospital da Sagrada Família estava na vanguarda da luta contra a tuberculose. Estas e outras iniciativas deveriam ter feito de Dick Jewell um herói numa cidade acossada pela pobreza e a doença crônica; porém, agora que estava morto, muitos cidadãos se declararam dispostos a dançar em seu túmulo.

 O cadáver foi encontrado naquela tarde de domingo em seu escritório acima do estábulo de Brooklands, propriedade em County Kildare que ele dividia com a mulher. Maguire, o capataz, tinha subido a escada externa para lhe falar de um garanhão que mancava e que provavelmente não participaria do páreo na quinta-feira seguinte em Leopardstown. A porta do escritório estava entreaberta, porém Maguire sabia que não devia entrar sem bater. Naquele momento, contudo, teve a sensação de que havia algo gravemente errado. Quando mais tarde foi solicitado a descrever esta sensação, não conseguiu; o cabelo da nuca, segundo ele, tinha se eriçado e ele se lembrava de ouvir Blue Lightning relinchando na quietude do curral; Blue Lightning era o queridinho de Dick Jewell, um animal de três anos com muito potencial.

O tiro da espingarda arrancou Jewell da cadeira e o lançou de costas e torto pela mesa, onde ele ficou prostrado, com parte do osso maxilar, alguns dentes e um coto ensanguentado da coluna; pendurado do outro lado, tudo que restou do que um dia foi a cabeça. Na janela panorâmica de frente para a mesa, havia um grande borrifo de sangue e miolos, como uma gigantesca peônia, com um enorme buraco no meio proporcionando uma vista do gramado estendendo-se até o horizonte. No início, Maguire custou a entender o que havia acontecido. Parecia que o homem dera um tiro em si mesmo, mas Diamond Dick Jewell era a última pessoa que Maguire ou qualquer um esperaria meter uma bala na própria cabeça.

Logo começaram os boatos e a especulação. Para piorar o choque, o acontecimento se deu em uma tarde modorrenta de domingo, no verão, enquanto as praias que se estendiam por Brooklands sufocavam no sol e o cheiro mesclado de feno e cavalos espalhava-se denso pelo ar. Quase ninguém tinha conhecimento dos detalhes do que acontecera. Quem, melhor do que os Jewell, sabia abafar um escândalo? E o suicídio, nos dias de hoje, neste lugar, era sem dúvida um escândalo grave.

Na redação do *Clarion*, na Eden Quay, o clima era uma combinação de pandemônio e incredulidade perplexa. Os funcionários, dos mensageiros aos editores, tinham a sensação de andar submersos, ou por um meio mais pesado e mais obstrutivo do que a água. Ao mesmo tempo, tudo parecia descer uma corredeira acelerada que a tudo carregava. O editor, Harry Clancy, viera de Portmarnock, onde um *caddie* fora mandado de bicicleta para interceptá-lo no 12º buraco, e ainda trajava as roupas de golfe, os tacões dos calçados ressoando no piso de linóleo com seu andar a passos pesados de um lado a outro da mesa, ditando um panegírico à secretária, a madura Srta. Somers, com seu buço, que tomava notas em um bloco carbonado.

— ... Fulminado no auge da vida — entoava Clancy —, por uma hemorragia cerebral... — Ele se interrompeu e olhou a Srta. Somers, que parara de escrever e estava imóvel, o lápis suspenso sobre as folhas de papel que tinha sobre os joelhos. — Qual é o problema?

Parecia que a Srta. Somers não escutara e recomeçou a escrever.

— ... *No auge da vida...* — disse em voz baixa, traçando laboriosamente as palavras no papel cinzento e barato.

— O que devo dizer? — perguntou Clancy. — Que o chefe estourou os miolos?

— ... *Por uma he-mor-ra-gia ce-re-bral...*

— Tudo bem, está certo, corte isso. — Clancy ficara satisfeito consigo mesmo por ter encontrado uma fórmula aparentemente aceitável para a causa da morte. *Foi uma espécie de hemorragia, não?* A perda de sangue foi muita, considerando que Jewell usou uma espingarda em si mesmo. O *Clarion* não diria que tinha sido suicídio, assim como nenhum dos rivais; os suicídios jamais eram publicados na imprensa, era uma convenção tácita, poupar os sentimentos dos parentes e garantir que as seguradoras não usassem o fato como uma desculpa para negar os pagamentos à família. Entretanto, pensou Clancy, era melhor não publicar uma rematada mentira. Logo seria de conhecimento público que o chefe foi comer capim pela raiz, meu Deus, que expressão adequada!, por mais convenientes que fossem as mentiras contadas.

— Diga apenas *na trágica idade precoce de 45 anos e no auge de sua carreira profissional,* e deixe assim mesmo.

Ele pôs as mãos nos bolsos e caminhou estrondosamente até a janela, olhando o rio. Mas será que ninguém limpava esse vidro? Mal conseguia enxergar. Tudo tremeluzia no calor, e ele quase sentia o gosto da poeira de cinzas no ar. O rio emanava um fedor bilioso que nem o vidro mais espesso do mundo conseguia isolar.

— Leia o que ditei até agora — resmungou Clancy. Naquele dia, ele estava em ótima forma no campo de golfe, com três pars e um birdie no nono buraco.

A secretária arriscou um olhar de soslaio. Aquele suéter cor-de-rosa cabia muito bem num campo de golfe, pensou ela, mas ali, no escritório, dava-lhe a aparência de um maricas envelhecido. Clancy era um homem corpulento, com uma cabeleira cacheada e castanho-arruivada, agora trazendo seus fios grisalhos, e hachuras de veias arroxeadas cobrindo o osso molar, legado de toda uma vida de muita bebedeira. Ele próprio deveria se preocupar com uma hemorragia cerebral, refletiu a Srta. Somers. Era o quarto editor para quem ela trabalhava nos quarenta anos de emprego no *Clarion*, sem contar Eddie Randall, que não aguentou a pressão depois de 15 dias no cargo e foi demitido. Ela se lembrava do velho Jewell, conhecido como Francie; certo Natal, bebendo um vinho do Porto em Mooney, ele fizera uma proposta indecente que ela fingiu não entender. De qualquer modo, era um homem de verdade, não como os de agora, que se intitulam jornalistas — o que houve com os *repórteres?* —, passam metade da semana útil jogando golfe e a outra metade no pub.

Mais uma vez, Clancy andava de um lado a outro, tagarelando:

— ... Rebendo de uma distinta família de Dublin e... — de novo ele parou, de súbito, enquanto a Srta. Somers, delicada mas patentemente, dava um pigarro. — O que foi agora?

— Desculpe-me, Sr. Clancy... Mas que palavra foi essa?

— Qual? — Ele estava confuso.

— Quis dizer *rebento?* — perguntou a Srta. Somers. — Creio que se pronuncia assim, e não *rebendo*.

Ela não ergueu os olhos, e Clancy ficou no meio da sala, respirando fundo, olhando fixamente, furioso e impotente, com a divisão branca no meio de seu cabelo prateado. Mas que solteirona impossível e seca!

— Ah, perdoe minha ignorância, por favor — disse ele com um sarcasmo cansado — ... *rebento* de uma distinta família de Dublin...
— E um filho da puta impiedoso, era o que pensava, que arrancaria seu coração com a rapidez com que o olhava. Ele gesticulou com impaciência e sentou-se à mesa. — Vamos terminar isso mais tarde. Temos muito tempo. Diga à telefonista que ligue para Hackett, na Pearse Street, está bem?

* * *

Mas é claro que o inspetor Hackett encontrava-se em Brooklands. Assim como Clancy, não estava de bom humor. Tinha acabado de terminar o jantar de domingo — um belo pernil de cordeiro — e se preparava para ir a Wicklow, pescar um pouco, quando o telefone tocou. Um telefonema num fim de tarde de domingo tinha de ser ou da cunhada, ameaçando uma visita com a prole, ou da central de polícia. Hoje, de algum modo, só de ouvir a campainha estridente ele soube o que era e que o problema seria bem pesado. O novo colega, Jenkins, o apanhou em uma viatura policial; ele ouviu a gritaria da sirene a três ruas de distância. A mulher havia lhe preparado um sanduíche com os restos do pernil — hoje em dia, parecia que a principal tarefa na vida de May era mantê-lo alimentado —, e o chumaço quentinho de pão e carne embrulhado em papel impermeável, pesando no bolso do paletó, era uma irritação. Ele teria jogado a coisa pela janela da viatura quando chegasse ao campo, mas teria parecido deslealdade da parte dele.

Jenkins estava muito animado. Era a primeira tarefa séria de que participava desde que fora designado para trabalhar com o inspetor-detetive Hackett, e certamente prometia ser séria. Embora os primeiros relatos de Brooklands tenham sugerido que Richard Jewell se matara, Hackett estava cético e suspeitava de ato criminoso. Jenkins não entendia a calma do inspetor — mesmo com todos os anos de serviço, ele não poderia ter cuidado de mais do que alguns poucos casos de homicídio, e certamente nenhum tão sensacional como este, se homicídio fosse. A única preocupação que parecia ter, porém, era com o cancelamento de sua viagem de pesca. Quando saiu da casa, com a esposa pairando atrás dele na sombra da soleira, estava carrancudo, e a primeira coisa que fez ao entrar no carro foi perguntar por que diabos a sirene havia sido ligada, uma vez que era domingo e quase não havia carro nenhum nas ruas. Depois disso, mal falou uma dezena de palavras até chegarem à cidade de Kildare. Lá, tiveram de perguntar o caminho para Brooklands, o que o deixou ainda mais irritado — "Mas será possível que você não pensou em olhar a porcaria do mapa antes de sair?" Depois, quando enfim chegaram a Brooklands, veio a pior humilhação de todas. Uma coisa era um cadáver, outra bem diferente era um cadáver sem nada onde deveria estar a cabeça, apenas parte do maxilar e aquele pedaço cartilaginoso da coluna se projetando das costas.

— Saia! — gritou o inspetor quando viu que Jenkins ficou verde. — Saia antes que você vomite nas provas! — O pobre Jenkins desceu cambaleando a escada e expeliu o que restava do jantar num canto do pátio calçado com pedras.

Era estranho para Hackett estar parado ali, em uma requintada propriedade rural, com os passarinhos cantando e uma nesga de sol se projetando da porta aberta da sala de Jewell em seus calcanhares e, ao mesmo tempo, ter nas narinas o velho e familiar cheiro da morte violenta. Não sentia esse cheiro com muita frequência, mas depois que se pega não pode ser esquecido jamais, este leve fedor mesclado de sangue, excrementos e mais alguma coisa, algo rarefeito, penetrante e insidioso, o cheiro do próprio terror, talvez, ou do desespero — ou seria fantasia dele? Poderiam o desespero e o terror deixar algum vestígio? Ele ouviu Jenkins no pátio, agora com ânsias de vômito seco. No fundo, não conseguia encontrar motivos para culpar o coitado por sua fraqueza; Jewell era uma visão apavorante, esparramado pela mesa, retorcido como um saca-rolha, os miolos espirrados na janela a suas costas. A espingarda era uma beleza, percebeu ele, uma Purdey, se não estava enganado.

Jenkins subiu a escada a passos pesados e parou pouco além da porta.

— Desculpe-me, inspetor.

Hackett não se virou. Estava junto da mesa, com as mãos nos bolsos da calça e o chapéu empurrado para trás. Havia um brilho, Jenkins notou, nos cotovelos e nas costas de seu paletó azul. Para além do ombro do chefe, ele olhou para a coisa jogada pela mesa como um corte de carne. Estava decepcionado; tinha esperanças de um homicídio, mas o cadáver segurava a arma nas próprias mãos.

Eles ouviram um carro aproximar-se no pátio. Jenkins olhou escada abaixo.

— A perícia — disse ele.

O inspetor fez um gesto de corte com o lado da mão, ainda sem se virar.

— Diga a eles que esperem um minuto. Diga... — ele soltou uma risadinha curta — diga que estou refletindo.

Jenkins desceu a escada de madeira, vieram vozes do pátio, e depois ele voltou. Hackett teria preferido ficar sozinho. Sempre sentia uma paz peculiar na presença dos mortos; era a mesma sensação, ele percebeu assustado, que tinha agora quando May ia dormir cedo e o deixava em sua poltrona perto da lareira, com um copo de alguma coisa na mão, examinando os rostos no fogo. Isto não era um bom sinal, esse desejo da solidão. Eram os outros cheiros, mais adocicados, de cavalos, feno e coisas assim, que o faziam pensar dessa maneira — no passado, na infância, na morte, naqueles de sua vida que morreram ao longo dos anos.

— Quem o encontrou? — perguntou. — O cavalariço?

— O capataz — informou Jenkins, atrás dele. — Chama-se Maguire.

— Maguire. Sei. — Cenas como esta perda sangrenta eram um momento parado no tempo, uma fatia cortada do fluxo comum das coisas que ficava suspensa, como um espécime preso entre as lâminas de vidro sob um microscópio. — Ele ouviu o tiro?

— Disse que não.

— E onde está agora?

— Na casa. A Sra. Jewell o levou para lá, tal era seu estado de choque.

— Ela está aqui, a esposa... a viúva? — A mulher de Jewell era estrangeira, ele se lembrou. Espanhola? Não, francesa. — Ela ouviu o disparo?

— Não falei com ela.

Hackett avançou um passo e tocou o pulso do morto. Frio. Podia estar jogado ali há horas e ninguém percebera.

— Diga ao pessoal da perícia para subir. — Jenkins foi à porta. — E onde está Harrison, a caminho? — Harrison era o legista do estado.

— Parece que está doente.

— Mais provável que tenha saído no barco dele.

— Parece que ele teve um ataque cardíaco.
— É mesmo?
— Na semana passada.
— Meu Deus.
— Estão mandando o Dr. Quirke.
— É claro que estão.

Maguire era um homem corpulento, cabeça grande e quadrada e mãos quadradas e trançadas de veias, ainda mais visíveis devido ao tremor. Estava sentado à mesa da cozinha sob um raio de sol amarelado, com uma xícara de chá diante de si, olhando fixamente o vazio. Estava lívido, e o lábio superior também tremia. Hackett olhou vidrado para ele, de cenho franzido. Os que pareciam ser os mais durões, pensava, sempre sofriam o pior golpe. Havia um vaso de tulipas cor-de-rosa na mesa. Nos campos, em algum lugar, zumbia um trator; colhendo feno, em uma tarde de domingo, para aproveitar o melhor do clima. Havia previsão de chuva para o fim da semana. Um rádio grande numa prateleira ao lado da pia falava sozinho em voz baixa.

Hackett encontrara-se apenas uma vez com Richard Jewell, em uma campanha de financiamento para as viúvas da Garda. Para ele, Jewell possuía um brilho anódino, como todos os ricos, e só os olhos eram reais, colocados como rebites numa máscara sorridente. Mas era bonito, de um jeito lupino, dentes brancos e grandes demais, e um nariz que parecia um machado de pedra. Ao transitar pelos convidados, cumprimentando sorridente o comissário e o prefeito e deixando as mulheres de joelhos bambos, ele parecia manter-se distante, virando-se para um lado e para outro, como se na realidade fosse uma pedra preciosa a ser admirada e invejada. Diamond Dick. Não era difícil se impressionar com ele. Por que um homem desses pensaria em se matar com um tiro?

— Quer um chá, inspetor? — perguntou a Sra. Jewell. Alta, magra, olhos escuros intensos, ela estava junto da pia, segurando nos dedos um cigarro, fria e com uma calma sobrenatural, num vestido de seda cinza e sapatos de couro estreitos com saltos agulha. O cabelo muito preto estava amarrado à nuca e ela não trazia joias. Uma ave alta e imponente, digamos uma garça, teria parecido menos incongruente do que esta mulher em um ambiente tão doméstico.

— Não, obrigado, senhora — disse Hackett. Jenkins fez um barulho, e Hackett voltou-se para o lado dele, erguendo a mão. — A propósito, este é o sargento-detetive Jenkins. — Sempre que ele dizia o nome do jovem, precisava morder o lábio inferior para não sorrir. Jenkins: por algum motivo, fazia Hackett pensar em um quadro que vira em algum lugar quando criança, retratando um porco de chapéu com buracos para as orelhas grandes e peludas. E, de fato, as orelhas de Jenkins eram extraordinariamente grandes e até meio pontudas. Ele tinha o rosto comprido e muito branco, e um pomo de adão que parecia ligado à ponta de um elástico. Embora zeloso e sempre prestativo, era um espécime infeliz. Muitas são as coisas, disse Hackett a si mesmo, enviadas a nós para nos testar.

— Diga-me, senhora — perguntou ele com cautela —, estava aqui quando... quando aconteceu?

A Sra. Jewell arqueou uma sobrancelha.

— E *quando* aconteceu?

— Não teremos certeza de nada até a chegada do legista, mas meus colegas acreditam que possa ter sido quatro ou cinco horas atrás.

— Então, não. Eu cheguei aqui... — ela olhou o relógio na parede, acima do fogão — às três, três e meia, algo assim.

Hackett assentiu. Gostava do sotaque da mulher. Ela não parecia francesa, mais aquela sueca dos filmes, como se chama mesmo?

— Pode pensar em algum motivo para seu marido...?

Ela quase riu.

— Não, claro que não.

Ele assentiu novamente, de cenho franzido em direção ao chapéu, cuja aba segurava levemente entre a ponta dos dedos indicador e polegar das mãos; irritava-o que diante desta mulher parecesse um candidato a alguma coisa, todo submissão e humilde deferência. De súbito lhe ocorreu que todos tinham uma postura estranha, com exceção de Maguire, arriado na mesa, em choque. Qual era o problema do camarada, ele perdeu completamente a coragem?

Ele voltou a atenção mais uma vez para a mulher.

— Perdoe-me por dizer isso, Sra. Jewell, mas a senhora não me parece muito surpresa.

Ela arregalou os olhos — que olhos extraordinários, pretos e reluzentes, as pálpebras afiladas nos cantos, como de um felino.

— Mas certamente estou. Eu estou — ela se atrapalhou com a palavra —, estou perplexa.

Isto não permitia nenhum progresso no assunto, assim ele se virou de novo para o capataz.

— Você disse que não ouviu o tiro?

No início, Maguire não percebeu que era com ele que falavam, e Hackett teve de repetir a pergunta, desta vez mais alto. O grandalhão se mexeu como se alguém o tivesse cutucado por trás.

— Não — disse ele, de cenho franzido para o chão. — Eu devia estar nos galopes.

Hackett olhou para a Sra. Jewell.

— Os galopes, onde os cavalos são exercitados — disse ela.

Ela terminou o cigarro e procurava onde colocar a guimba, com um ar de vaga impotência um tanto irônica; era como se jamais tivesse entrado numa cozinha, nem mesmo nesta, e ficasse ao mesmo tempo admirada e confusa com a singularidade de todos aqueles utensílios e eletrodomésticos estranhos. Jenkins viu um cinzeiro na mesa e avançou rapidamente, levando-o para ela, sendo recompensado com um sorriso inesperadamente caloroso, até radiante, e pela primeira vez Hackett via que linda mulher era ela — magra demais, fria demais a sua maneira, porém, ainda assim, linda. Ele ficou surpreso consigo mesmo; nunca foi um grande conhecedor da beleza feminina.

— A senhora foi ao escritório? — quis saber.

— Sim, naturalmente. — Ele ficou em silêncio, virando lentamente a aba do chapéu nos dedos. Ela sorriu com um lado da boca. — Estive na França durante toda a guerra, inspetor — disse ela. — Não foi o primeiro cadáver que vi na vida.

Ingrid Bergman — era isso, era com ela que a Sra. Jewell se parecia. Ela o observava e, com este exame atento, ele baixou os olhos. O que era o marido para ela agora, um cadáver? Que pessoa estranha ela é, pensou Hackett, mesmo para uma francesa.

Subitamente, Maguire falou, surpreendendo tanto a si quanto aos outros, ao que parecia.

— Ele tinha me pedido para limpar a arma — disse. Os três o olharam. — Ele me entregou ontem e pediu para que limpasse. — Maguire correspondeu aos olhares, um de cada vez. — Nunca pensei — acrescentou, num tom assombrado. — Eu nunca teria pensado.

Não havia nada a ser dito a respeito daquilo, e os outros voltaram ao que faziam, como se ele nem tivesse falado.

— Quem mais estava na casa? — perguntou Hackett à Sra. Jewell.

— Acho que ninguém. Sarah... a esposa do Sr. Maguire é nossa governanta... estava na missa, depois foi visitar a mãe. O Sr. Maguire mesmo, como ele disse, estava nos galopes. E eu ainda vinha para cá, no Land Rover.

— Nenhum outro empregado? Dos currais, garotas do estábulo — ele não sabia os nomes técnicos —, alguém assim?

— É claro — respondeu a Sra. Jewell. — Mas é domingo.

— Ah, sim, é verdade. — Aquele trator, seu ruído penetrante, embora distante, dava-lhe dor de cabeça. — Quem sabe seu marido já estivesse contando com isso, com o lugar deserto?

Ela deu de ombros.

— Talvez. A essa altura, quem pode saber? — Ela cruzou as mãos levemente sobre o peito. — O senhor deve entender, inspetor... — Ela se interrompeu. — Perdoe-me, eu...?

— Hackett.

— Sim, sim, desculpe-me, inspetor Hackett. O senhor deve entender que meu marido e eu vivíamos separadamente.

— Estavam separados?

— Não, não. — Ela sorriu. — Ainda agora, às vezes meu domínio da língua... eu quis dizer que cada um de nós tinha sua própria vida.

É... foi... um casamento assim. — Ela sorriu de novo. — Acho que talvez eu o tenha chocado um pouco, não?

— Não, senhora, de maneira nenhuma. Só estou tentando entender as circunstâncias. Seu marido era um homem muito importante. Haverá muita coisa sobre isso nos jornais, muita especulação. É tudo muito... delicado, digamos assim.

— Quer dizer que haverá um escândalo.

— Quero dizer que as pessoas vão querer saber. As pessoas procurarão motivos.

— As *pessoas*? — disse ela num tom severo, pela primeira vez mostrando uma centelha de paixão, nada mais que uma centelha. — O que as *pessoas* têm a ver com isso? Meu marido morreu, o pai de minha filha. Sim, é um escândalo, mas é para mim e minha família, e para mais ninguém.

— É verdade — disse Hackett com brandura, concordando. — É verdade. Mas a curiosidade coça muito, Sra. Jewell. Eu recomendaria que a senhora tirasse o fone do gancho por um ou dois dias. Tem amigos com quem possa ficar, tem onde se hospedar?

Ela jogou a cabeça bem para trás e o olhou pela extensão do nariz de ossatura estreita e fina.

— Será que dou a impressão, inspetor — perguntou ela num tom gélido —, de ser do tipo que se esconderia? Eu conheço as *pessoas*, conheço sua *coceira*. Conheço interrogatórios. Não tenho medo.

Houve um breve silêncio.

— Tenho certeza de que não, Sra. Jewell — disse Hackett. — Estou certo disso.

Jenkins, ao fundo, olhava vidrado para a mulher, num fascínio admirado. Maguire, ainda perdido em si mesmo, soltou um forte suspiro. A raiva da Sra. Jewell, se fora mesmo raiva, cedeu e ela virou o rosto. De perfil, parecia uma figura na tumba de um faraó. Depois eles ouviram outro carro guinchando no calçamento do pátio.

— Deve ser Quirke — disse o inspetor Hackett.

* * *

O fim de tarde adquiriu um tom de bronze, e Hackett andava em um *paddock* atrás do estábulo. A grama ressecada estalava sob seus pés, levantando nuvens de uma poeira âmbar. O campo precisava de chuva, era bem verdade, embora fosse apenas o início de junho. Ele viu o Dr. Quirke aproximar-se da casa e parou, esperando por ele. Vacilando naqueles pés absurdamente delicados, o grandalhão não parecia tanto andar, mas cambalear, mancando um pouco; parecia ter tropeçado em algo havia muito tempo e ainda tentava recuperar o equilíbrio. Usava o terno escuro e trespassado de sempre e um chapéu mole e preto. Hackett acreditava que, se por acaso eles se encontrassem no meio do deserto do Saara, Quirke estaria com a mesma roupa, o paletó abotoado e o chapéu cobrindo o olho, a gravata estreita com um nó torto.

— Dr. Quirke — disse o detetive, cumprimentando-o —, já lhe ocorreu que estamos na linha de trabalho errada? Parece que só nos encontramos quando alguém morre.

— Como coveiros. — Quirke levantou o chapéu e passou a mão na testa úmida e reluzente. — Que calor.

— Está reclamando, depois do inverno que tivemos?

Eles se viraram juntos e olharam a casa e as cavalariças dispersas.

— Lugar bonito — disse Hackett. — E pensar que é o único cantinho de Diamond Dick no campo. — A casa tinha tamanho suficiente para ser uma mansão, com requintadas janelas georgianas e uma escada com degraus de granito levando a uma porta de entrada flanqueada por duas robustas pilastras pintadas de branco. Hera e videira silvestre grudavam-se às paredes, e cada uma das quatro imponentes chaminés de tijolos cor de mel tinha pelo menos doze capelos.

— Conhece a viúva?

Quirke ainda estreitava os olhos para a casa.

— Sim — disse. — Eu já a conhecia, não me lembro de onde... Um ou outro evento.

— Sim, os Jewell eram um ótimo casal para os eventos.

Eles tinham consciência de um constrangimento entre os dois, sutil, mas quase palpável. A morte tinha este efeito; era um embaraço, como um mau cheiro. Eles falaram de Harrison e de seu ataque cardíaco. Quirke disse que não se importava de ser chamado em um domingo e Hackett pensou, sim, os solteiros não se importam com os domingos. Mas soubera que Quirke estava saindo com uma mulher — uma atriz, não era isso? Ele achou melhor não perguntar; a vida particular de Quirke era uma embrulhada, na melhor das hipóteses. Se é que existia vida particular neste país, pensou o detetive.

Eles partiram pela grama seca na direção da casa.

— Deu uma olhada em sua excelência? — perguntou o inspetor.

Quirke concordou com a cabeça.

— Uma mixórdia.

— De fato. — Houve uma pausa. — E o que você achou?

— Bem — disse Quirke, seco —, é difícil ter alguma dúvida da causa da morte.

Eles deixaram o *paddock*, e Hackett passou a trava no portão. Um cavalo invisível em um dos estábulos bufou ruidosamente pelos beiços e deu um coice em algo de madeira. Outros animais também se agitaram e voltaram a se acalmar. Havia um desconforto na quietude de domingo — ou era só imaginação? Não, a morte violenta é uma presença definida; Hackett já sentira o sussurro de seu manto escuro.

— Haverá falatório. — Ele riu. — O que será que o *Clarion* terá a dizer?

— Vai publicar intrepidamente a verdade, como sempre.

Desta vez, os dois riram.

— E qual será? — perguntou Hackett.

— Hmm?

— A verdade.

— Ah, boa pergunta.

Eles chegaram à casa e pararam para admirar a fachada nobre.

— Eu me pergunto se haverá um herdeiro — Hackett refletiu.

— Mas a viúva não herdará tudo?

— Ela não me parece preparada para dirigir um jornal.

— Ah. Não sei. Afinal, é francesa. Eles são diferentes.

— Quantos anos tem a filha?

— Não sei... É uma criança. Deve ter oito ou nove, acho.

Jenkins apareceu pelo canto do estábulo, pálido e abalado.

— Aquele pessoal ainda não acabou? — perguntou-lhe Hackett. As equipes de perícia sempre o irritavam, ele não sabia bem por quê.

— Estão terminando, inspetor.

— Eles nunca terminam, esses rapazes.

Mas, quando os três subiram a escada externa ao escritório, o químico-chefe e seu assistente guardavam seus pertences nas maletas de couro preto e preparavam-se para sair. Morton era o nome do mais velho, um sujeito atarracado, com queixo duplo e olhar triste.

— Meu Deus — disse ele enojado —, espingardas!

— Bom — observou Hackett com brandura —, certamente são rápidas.

O assistente de Morton era muito gago e raras vezes falava. Por um momento, Hackett teve que se esforçar para se lembrar do nome. Phelps, era isso. Morton e Phelps: parecia uma dupla de comediantes do rádio. O pobre Jenkins olhava para todo lado, menos para o que restava de Diamond Dick Jewell.

— Mandará o relatório para mim pela manhã, não? — disse Hackett a Morton, que revirou os olhos úmidos e nada disse. O policial não se deixaria ser ignorado. — Em minha mesa, às nove da manhã?

— Estará pronto quando estiver pronto — resmungou Morton, pegando a maleta.

Phelps sorriu e mordeu o lábio. Os dois partiram, descendo a escada a passos pesados.

— Que tipo de equipe dirigimos — perguntou Hackett a ninguém em particular — tendo como especialistas esses dois palhaços? — Ele pôs a mão no bolso do paletó e sentiu o sanduíche volumoso, ainda quentinho e macio.

Quirke estava no meio da sala, de mãos nos bolsos e a cabeça inclinada para um lado, olhando pensativamente o corpo na mesa.

— Sem bilhete — disse. Hackett virou-se para ele. — Sem bilhete suicida, ou você encontrou algum? — Hackett não respondeu, e eles continuaram a se olhar por um bom tempo. — Não é o que se espera — disse então Quirke — de gente como Richard Jewell.

Jenkins, a cabeça virada atentamente, observava os dois com uma atenção animada.

Hackett suspirou, fechou os olhos e pressionou com o indicador e o polegar a ponte do nariz, amorfo como uma batata e do mesmo tom acinzentado.

— Está dizendo — ele voltou a olhar para Quirke — que isso que temos aqui pode não ser um suicídio?

Quirke o olhou nos olhos.

— Está suspeitando do quê, inspetor? — perguntou ele, com a pronúncia entrecortada. Eles trocaram um sorriso um tanto desolado. Quando mais novos, ambos frequentavam as salas de cinema.

— Venha — disse Hackett —, vamos dar outra palavrinha com a viúva enlutada.

Na realidade, Quirke se lembrava muito bem de onde conhecera Françoise d'Aubigny — fora assim que a independente Sra. Jewell se apresentou, e ele não conseguia entender por que fingiu o contrário para o inspetor. Foi numa festa no Dia da Bastilha, na Embaixada da França, no verão anterior. Tinha havido uma saia justa diplomática mais cedo, quando alguém se recusou a apertar a mão do embaixador, um velho partidário de Pétain com maneiras extraordinárias, majestosa cabeleira prateada e um tique sinistro na bochecha esquerda. Quirke encontrou a mulher sozinha junto a uma janela que dava para o jardim. Estava pálida e tensa, e ele não sabia o que o atraíra até ela, além de sua beleza clássica, embora um tanto severa. Trajava um vestido de tecido branco diáfano de cintura alta, no que ele acreditava se chamar estilo império, e o cabelo estava num coque alto, preso por uma fita escarlate; banhada na luz dourada do jardim, ela poderia ser um retrato de Jacques-Louis David. Segurava uma taça de champanhe nos dedos entrelaçados e ficou quase aborrecida quando ele falou, assustando-a. Por um momento, ele ficou perplexo com o olhar que ela lhe lançou, ao mesmo tempo assombrado e amedrontado, ou assim pareceu a Quirke. Rapidamente, ela se recuperou e aceitou o cigarro.

Sobre o que eles conversaram? Ele não conseguia se lembrar. Provavelmente sobre o tempo, e a França, sem dúvida, em vista do dia e de onde se encontravam. Ela mencionou o marido, mas não disse quem era, apenas confidenciou, sorridente, que ele estava ali, insatisfeito com ela, por isso se recusara a apertar a mão manicurada tão cara do embaixador.

— Meu irmão foi da Resistência — disse ela, e deu levemente de ombros. — Ele morreu. — Outros então vieram à janela, e Quirke se afastou.

Mais tarde, quando Isabel Galloway, presente na festa, contou quem era a francesa, ele ficou surpreso e até meio desconcertado; não teria escolhido Richard Jewell como um homem com quem se casaria a mulher que ele imaginava ser Françoise d'Aubigny. Isabel, naturalmente, ficara desconfiada e quis saber que confidências os dois estiveram trocando, como disse ela, ali, à janela, parecendo Danielle Darrieux e Gérard Philipe, ou atores semelhantes. Isabel considerava o ciúme, súbito e de expressão violenta, um tributo necessário do amor. Ela e Quirke estavam juntos havia... o quê?... meio ano? Neste período, tiveram passagens turbulentas: Isabel era atriz e usava seu talento teatral tão bem fora do palco quanto nele...

Hackett falava com Quirke.

— Como disse?

Eles estavam à porta de entrada, esperando que atendessem à batida. Jenkins foi enviado ao escritório de Jewell para fazer companhia ao corpo, como dissera Hackett, com uma piscadela para Quirke.

— Perguntei o que vamos dizer a ela. À mulher, quero dizer.

Quirke refletiu.

— Não cabe a mim dizer nada. O detetive é você.

— Já tentei e não cheguei a lugar nenhum.

A porta foi aberta por Sarah Maguire, a governanta. Era uma criatura macilenta, de cabelo de rato, e tinha maneiras retraídas, como se estivesse na constante expectativa de apanhar. Os olhos claros estavam avermelhados de choro. Deu um passo para trás, permitindo a entrada dos dois, e os levou sem dizer nada pelo amplo hall de piso de taco reluzente. O lugar tinha cheiro de flores, lustra-móveis e dinheiro.

A Sra. Jewell, Françoise d'Aubigny — Quirke se perguntava como ele a chamaria —, estava na sala de visitas. Ao entrar, os dois tiveram a impressão de penetrar em uma massa de gaze, tão densa era a luz que entrava pelas quatro vidraças, duas em cada parede adjacente. As janelas estavam escancaradas, e as longas cortinas de musselina sopravam languidamente na brisa. A Sra. Jewell estava de pé de um lado da sala, segurando algo na mão esquerda, uma esfera de vidro, e virou-se para olhar os dois por sobre o ombro. Como é magra, como sua face é estreita, as maçãs do rosto altas e a testa elevada e branca. Era muito mais bonita do que Quirke se lembrava. Ela o olhou intrigada, sorrindo com discrição. Será que se lembrava dele, daquele breve e único encontro um ano atrás? Certamente não.

— Este é o Dr. Quirke — disse Hackett. — Está aqui no lugar do Dr. Harrison, o legista do estado, que não passa bem.

Ela estendeu a mão fria para Quirke.

— Nos encontramos novamente — disse ela. Isto o pegou de surpresa, e ele não encontrou o que dizer, tentando, em vez disso, uma mesura inabitual, balançando a cabeça, desajeitado. — Veio ver meu marido? — Ela podia estar falando de uma visita social. Os olhos pretos e brilhantes o fitavam calmamente com a sugestão de um sorriso, irônico, até zombeteiro.

— Sim — respondeu Quirke —, infelizmente sim. Eu sinto muito, Madame — ele se interrompeu —, Sra. Jewell.

— É gentileza sua — disse a mulher, retirando a mão.

Quirke agora se surpreendia ao perceber, pelo canto do olho, que havia mais alguém presente, uma mulher no meio da casa dos vinte anos, recostada em um sofá de frente para uma das janelas, com a cabeça jogada para trás e as pernas compridas estendidas e cruzadas nos tornozelos. Usava calça de montaria, botas pretas e brilhantes e uma blusa verde musgo; um lenço, amarrado frouxamente no pescoço, tinha o mesmo tom de ouro velho do estofado em que se sentava. Olhava

Quirke e o policial com uma expressão quase desinteressada. Um copo suado do que devia ser um gim-tônica, com cubos de gelo e uma fatia de lima, equilibrava-se a seu lado no braço do sofá. *A menos de cem metros desta sala e destas mulheres elegantes e serenas,* pensava Quirke, *Richard Jewell está esparramado numa mesa com a cabeça estourada.*

— Esta é irmã de meu marido, Denise — disse a Sra. Jewell. — Nós a chamamos de Dannie.

Quirke aproximou-se, estendendo a mão, com Hackett bem atrás dele. Eles pareciam uma dupla de cortesãos desajeitados, pensou Quirke, tropeçando no calcanhar do outro na presença da rainha e da princesa coroada. Dannie Jewell era tão magra quanto a mulher de seu irmão, porém loura, enquanto a outra tinha cabelos pretos. Dannie tinha um cabelo louro-arruivado curto e o rosto, largo na testa e afilado no queixo, revelava uma semelhança forte, até gritante, notou Quirke, com o que ele se lembrava do homem morto e prostrado em seu escritório do outro lado do pátio. Ela mal ergueu a cabeça do encosto do sofá ao apertar a mão de Quirke, depois a do inspetor, sem sorrir. Disse algo, mas tão baixo que foi inaudível, fazendo com que os dois homens se curvassem para a frente atentamente. Dannie Jewell pigarreou.

— Sou meia-irmã dele. — Seu tom era quase de desafio. — Tivemos mães diferentes.

Os dois homens afastaram-se ao mesmo tempo da jovem e olharam para Françoise d'Aubigny.

— Meu sogro — disse ela — casou-se duas vezes, mas as duas esposas morreram. Uma tristeza.

Isto parecia exigir uma resposta que nenhum dos dois conseguia compor, e naquele silêncio canhestro restou a Françoise d'Aubigny falar novamente:

— Parece que estou oferecendo chá às pessoas há horas. Dr. Quirke, o que vai beber? — Ela ergueu o copo, que estava numa mesa baixa. — Como vê, Dannie e eu precisamos de algo mais forte do que chá. Devo pedir a Sarah para lhe trazer alguma coisa... Talvez um uísque? — Ela se virou para Hackett, torcendo o canto do lábio. — Mas imagino que esteja "de serviço", inspetor.

— É verdade, senhora — disse Hackett friamente.

Quirke declinou também a oferta, e ela levou a mão à testa num gesto que até Isabel Galloway teria considerado meio histriônico.

— Tudo isso é tão estranho — disse ela —, e no entanto familiar, como algo que podemos ler no jornal.

— Foi a senhora mesmo que chamou a polícia? — perguntou Hackett. — Disseram que foi uma mulher, mas que não se identificou.

Por um momento, a Sra. Jewell demonstrou confusão, depois admitiu.

— Sim, sim, eu dei o telefonema — confirmou. Ela olhou do detetive para Quirke, voltando ao detetive. — Parece fazer muito tempo.

Houve silêncio na sala, rompido pelo fraco silvo produzido pelo ondular das cortinas. E então Dannie Jewell levantou-se do sofá.

— Preciso ir — disse ela. — Françoise, você vai ficar bem?

Hackett virou-se para ela.

— Talvez possa ficar mais um minuto, Srta. Jewell — disse ele, abrindo seu sorriso de tio.

A jovem franziu o cenho.

— Por quê?

— Ah, só estou tentando ter uma ideia da... da sequência de acontecimentos, entende, e preciso conversar com alguém que estava aqui mais cedo.

— Eu não estava aqui — disse ela, quase indignada. — Quer dizer, nem quando... nem quando...

— Mas a senhorita, pelo que vejo, está em traje de montaria — retrucou ele, que ainda sorria.

Agora era ela que aparentava confusão.

— Sim, eu estava montando. Tenho um cavalo aqui. Saímos mais cedo...

— "Saímos"?

— Eu... quis dizer Toby e eu. Meu cavalo.

— Não ouviu o tiro?

— E como poderia? Eu estava na Curragh, a quilômetros daqui.

Quirke notou que a Sra. Jewell segurava na mão esquerda um globo de neve, em cujo interior havia uma cidade francesa estilizada e minúscula, casas, ruas e um castelo com uma bandeira tricolor tremulando em sua torre estreita.

— Parece — disse ela, dirigindo-se a Hackett — que estamos sendo... como vocês dizem mesmo?... interrogadas. — Ela soltou uma risadinha conciliadora. — Mas certamente é engano meu.

Dannie Jewell tirou o copo do braço do sofá e tomou um longo gole, sedenta como uma criança. Segurou o copo com as duas mãos, e Quirke pensou novamente em Françoise d'Aubigny de pé junto à janela na embaixada naquele dia, com a taça de champanhe, o olhar que ela lançara, o estranho desespero que havia nele. Quem eram essas duas mulheres, na realidade, perguntou-se ele, e o que estava acontecendo aqui?

Hackett erguera as mãos, mostrando as palmas, para acalmar a Sra. Jewell.

— Só estou fazendo algumas perguntas, senhora — disse ele com tranquilidade —, é só o que estou fazendo.

— É de se pensar — disse a Sra. Jewell, com um brilho mais afiado no olhar — que não pode haver dúvida em relação ao que aconteceu.

— Bem — respondeu Hackett, todo calma e sorrisos —, esta é a questão, entenda... *o que* aconteceu.

Fez-se outro silêncio. A Sra. Jewell olhou para Quirke como quem procura esclarecimento, voltando-se em seguida para Hackett.

— Não entendo, inspetor. — Ela segurava seu copo de gim numa das mãos e o globo de neve na outra; podia ser uma figura alegórica em um quadro vivo, ilustrando algum princípio de equilíbrio ou justiça.

Dannie Jewell sentou-se abruptamente no sofá. De cabeça baixa, tateou às cegas a seu lado para baixar o copo onde estivera antes, cobriu o rosto com as mãos e soltou um único soluço abafado. Os outros três a olharam. A Sra. Jewell franziu o cenho.

— Este foi um dia horrível — disse ela, num tom levemente espantado, como se só agora registrasse todo o peso do que acontecera.

Hackett aproximou-se um passo dela e parou.

— Não sei, senhora — disse ele —, se será melhor ou pior se eu disser que pensamos que seu marido não tenha se matado.

A jovem no sofá ergueu o rosto das mãos e se jogou quase com violência nas almofadas, voltando os olhos para o teto, aparentemente furiosa ou exasperada.

Françoise d'Aubigny franziu a testa, curvou-se para a frente e colocou a cabeça um pouco de lado, como se tivesse dificuldade de ouvir. Mais uma vez, procurou a ajuda de Quirke, mas ele se manteve calado.

— Mas então — começou a perguntar a Sra. Jewell numa voz perplexa —, então, *quem*...?

# 2

Em ocasiões breves, mas embaraçosas, Quirke não conseguia se lembrar do nome de batismo de seu assistente, uma vez que sempre pensava nele simplesmente como Sinclair. Trabalhavam juntos havia quase cinco anos no Hospital da Sagrada Família, mas quase nada sabiam da vida um do outro fora do departamento de patologia. Isto não incomodava a nenhum dos dois; ambos eram ciosos de sua privacidade. Volta e meia, numa noite, se por acaso se encontrassem indo embora ao mesmo tempo, atravessariam a rua juntos até o Lynch's, de frente para os portões do hospital, e dividiriam uma bebida, apenas uma, nada mais do que isso, e mesmo então sua conversa raras vezes extrapolava a profissão. Quirke não sabia sequer onde morava o jovem, ou se tinha namorada ou família. A época ideal para ter perguntado teria sido no início, quando Sinclair começou a trabalhar com ele, mas não pensara em fazer isso e agora era tarde demais, pois ambos ficariam constrangidos se Quirke o fizesse. Ele estava certo de que Sinclair não receberia bem o que provavelmente consideraria xeretice da parte do chefe. Ao que parecia, estavam satisfeitos em manter a relação assim, nem inamistosa, nem amistosa, estrita e tacitamente demarcada. Quirke não sabia o que Sinclair pensava dele; sabia, porém, que o assistente almejava seu cargo, e reconhecia uma irritação no jovem, uma impaciência para Quirke ir embora e ele se encarregar do departamento, apesar de Sinclair saber tão bem quanto Quirke que esta possibilidade não estava à vista, nem mesmo num futuro previsível.

Um sinal de que Sinclair tinha uma vida solitária era o fato de aparentemente jamais se importar em ser chamado para trabalhar fora do horário normal. Naquele fim de tarde de domingo, ele trouxe uma leve sugestão de praia — o cheiro de bronzeador e água salgada. Estivera a tarde toda em Killiney e tinha acabado de chegar em casa, segundo disse, quando Quirke telefonou.

— Killiney — disse Quirke. — Não vou lá há anos. Como estava?

— Cheia de pedras — respondeu Sinclair.

Ele vestia um jaleco branco por cima da calça de veludo cotelê e a camisa de críquete — críquete? Sinclair jogava críquete? — e assoviava baixinho. A pele do rosto era morena e um tanto marcada, e ele tinha cabelos pretos, cacheados e brilhantes. O lábio inferior era muito vermelho, extraordinariamente, para um homem. Quirke supunha que ele fosse atraente para as mulheres, de um jeito alarmante, com aquela boca que parecia uma ferida cortada pela base do rosto moreno e meio cruel.

— Eu estive em Kildare — comentou Quirke. Sinclair não deu sinais de que ouvia. Nem mesmo olhou pela janela comprida que dava para a sala de dissecação e para o cadáver estendido ali, embaixo de um lençol de náilon branco. Quirke ainda não dissera em quem eles iam trabalhar, e desfrutava da perspectiva do que certamente seria um choque para o jovem ao saber que era o famoso Diamond Dick Jewell.

— O inspetor Hackett me pediu para ir, porque Harrison está mal.

— Ah, sim?

— A Brooklands.

— Sei. — Sinclair tinha ido à grande pia de aço no canto e, com as mangas do jaleco arregaçadas, esfregava as mãos e os braços, cobertos de densas espirais de pelo preto.

— Na casa de Richard Jewell, sabe quem?

Sinclair fechou a torneira. Agora estava escutando.

— E quem morreu lá? — perguntou.

Quirke fingiu estar ocupado, tomando notas em uma pasta na mesa. Levantou a cabeça.

— Hein?

Sinclair foi à janela e olhou o corpo na bancada.

— Em Brooklands... Quem morreu?

— Por acaso, o próprio Diamond Dick.

Sinclair não respondeu, sua única reação foi ficar imóvel.

— Richard Jewell morreu? — perguntou em voz baixa.
— É ele que está aí. Um tiro de espingarda.

Muito lentamente, como um sonâmbulo, Sinclair passou a mão por dentro do jaleco branco e retirou um maço de Gold Flake e o isqueiro Zippo. Ainda tinha os olhos fixos no cadáver no meio daquela caixa funda de luz fluorescente branca e severa para além da janela. Acendeu o cigarro e soprou um trompete espectral de fumaça, que se achatou na vidraça e dispersou lentamente.

— Você está bem? — perguntou Quirke, olhando para ele. Não conseguia enxergar a cara de Sinclair, apenas um leve reflexo no vidro, onde estava parado. Sua imobilidade repentina e a lentidão de movimentos eram ao mesmo tempo uma reação que Quirke previra e não previra. Ele foi se colocar ao lado do jovem. Agora os dois olhavam os restos mortais de Richard Jewell. Por fim, Sinclair se mexeu e deu um pigarro.

— Conheço a irmã dele — respondeu ele.

Foi a vez de Quirke encarar.

— A irmã de Jewell? Qual é mesmo o nome dela, Dannie?

— Sim, Dannie. — Sinclair ainda não olhava para Quirke. — Dannie Jewell. Eu a conheço.

— Eu sinto muito — disse Quirke. Acendeu ele próprio um cigarro. — Eu teria... — O que ele teria feito? — Você a conhecia bem? — Ele tentou não dar uma ênfase especial à palavra *bem*, mas, apesar de todo seu esforço, ainda soou constrangida e maliciosa.

Sinclair deu uma risadinha.

— Até que ponto é *bem*? — perguntou ele.

Quirke voltou a se sentar à mesa. Sinclair se virou e ficou parado daquele jeito dele, com o ombro apoiado no vidro, os tornozelos cruzados e um braço atravessando o peito, o cigarro em ângulo agudo, chiando um jato de fumaça fino que rapidamente ondulava para o teto.

— O que aconteceu?

— Já lhe falei — disse Quirke. — Tiro de espingarda.

— Suicídio?

— É o que pretendia aparentar. Um esforço bem ridículo. Quando estoura a própria cabeça, você não acaba com a arma aninhada nas mãos.

Sinclair o observava. Com um leve choque repentino, Quirke percebeu que o assistente desprezava sua fama involuntária e imerecida, mesmo em seu próprio julgamento, de detetive amador. Quirke se envolveu, mais ou menos por acaso — principalmente por intermédio da filha —, em dois ou três casos que também foram levados ao inspetor Hackett. Nos dois últimos, o nome de Quirke chegou aos jornais e, em cada ocasião, ele gozou de uma breve fama. Isso agora fazia parte do passado, mas Sinclair, Quirke notava, não tinha esquecido. Será que o jovem julgava que ele gostava de aparecer? Era tudo um absurdo — ele mal passou de um espectador próximo em certas ocasiões de ameaça e violência, embora em um caso tenha apanhado muito e ainda tivesse uma leve manqueira. Não havia nada que pudesse fazer para evitar o envolvimento, fosse acidental ou episódico. Mas o assistente, agora ele compreendia, não acreditava em nada disso. Bem, pensou, talvez agora ele descubra como é ser subitamente esbofeteado pela propensão da humanidade para a maldade; talvez também venha a ficar espantado com a rota tortuosa e escura pela qual este cadáver chegou a este lugar, sob esta luz impiedosa.

— Então ele foi assassinado? — indagou Sinclair. A voz era cética.

— É o que parece. A não ser que tenha feito isso e alguém o encontrou e, por algum motivo, pôs a arma em suas mãos. A perícia está procurando digitais, mas Morton tem certeza de que só encontrará as de Jewell. De qualquer modo, não é fácil dar um tiro de espingarda em si mesmo.

— O que Hackett pensa disso?

— Ah, só Deus sabe... Você conhece o Hackett.

Sinclair veio à mesa e apagou o cigarro fumado pela metade. Seu rosto era uma máscara inexpressiva.

— E Dannie? — perguntou. — Ela estava lá?

— Estava cavalgando, voltou e soube da notícia.

— Você a viu? Como estava ela?

— No início, controlada, depois nem tanto. Ela e a mulher de Jewell se uniram e fizeram teatro para mim e Hackett.

— Teatro?

— Gim-tônica e respostas cretinas. Não sei por que pensaram que deviam aparentar indiferença... Uma delas perdeu o marido; a outra, o irmão, por mais cretino que o homem tenha sido.

Sinclair foi ao armário de aço junto da parede, encontrou um par de luvas de látex e as calçou.

— Quer que eu comece?

— Estou indo.

Eles foram juntos para a sala de dissecação. Havia o habitual zumbido baixo das grandes luzes fluorescentes no teto. Sinclair puxou para trás o lençol de náilon e soltou um assovio baixo.

— O disparo deixou a maior parte da cabeça na janela de frente para ele — disse Quirke.

Sinclair assentiu.

— À queima-roupa... Isto é queimadura de pólvora no pescoço, não? — Ele retirou todo o lençol que cobria o corpo. Eles observaram que Richard Jewell fora circuncidado. Não fizeram comentário nenhum.

— Dannie o viu desse jeito? — perguntou Sinclair.

— Acho que não. A mulher dele a teria mantido afastada. Uma mulher fria, a Madame Jewell.

— Não a conheci.

— Francesa. E durona.

Sinclair ainda olhava o lugar onde estivera a cabeça de Jewell.

— Pobre Dannie — disse ele. — Como se já não tivesse muitos problemas.

Quirke esperou e falou depois de um instante:

— Problemas? — Sinclair meneou a cabeça: não estava disposto a falar de Dannie Jewell. Quirke pegou um bisturi na bandeja de aço dos instrumentos.

— Bem — disse —, vamos abri-lo.

Terminada a autópsia, Quirke pediu um táxi para o centro e ofereceu uma carona a Sinclair, que, para sua surpresa, aceitou. Eles se sentaram em lados opostos do banco traseiro, afastados, olhando pelas janelas, sem nada dizer. Eram nove horas e o céu tinha um tom luminoso de violeta escuro pelas bordas, embora no zênite ainda houvesse luz. Foram para o Horseshoe Bar, no Shelbourne Hotel. Não tinham a intenção de sair para beber, mas lá estavam, empoleirados lado a lado em banquetas no bar escuro, pouco à vontade na companhia inabitual um do outro. Sinclair bebeu cerveja e Quirke tomou uma taça cautelosa de vinho; devia ficar longe de qualquer álcool, depois de passar algumas semanas do inverno anterior se reabilitando em St. John's. A experiência o deixou sóbrio de várias maneiras. Ele nunca mais queria voltar àquele lugar.

Sinclair começou a falar de Dannie Jewell. Ele a conhecera na faculdade e eles ainda jogavam tênis em Belfield.

— Ela sabe perder — disse ele. Quirke não sabia responder a isto. O que, perguntou-se ele, constituiria saber perder para uma mulher, e esta mulher em particular? Ele tentou imaginar Sinclair na quadra de tênis, abaixando-se e dando uma cortada, ou agachado e ameaçador perto da rede, os braços cabeludos expostos e aqueles cachos brilhantes colados de suor na testa. Queria saber mais das relações de Sinclair com Dannie Jewell, mas ao mesmo tempo não queria. Das coisas na vida que desagradavam a Quirke, ou ele temia, ou ambos, a de mais alta posição era a mudança. Ele e Sinclair tinham um acordo profissional perfeito; se começassem a trocar confidências, onde iam parar?

— Você conheceu o irmão dela? — perguntou ele.

Sinclair tinha um jeito felino de lamber o lábio superior depois de cada gole da cerveja, passando lentamente a ponta vermelha e afiada da língua do canto esquerdo para o direito; Quirke achava isso um tanto repulsivo, mas jamais conseguia desviar os olhos, fascinado.

— Eu o encontrei uma ou duas vezes — disse Sinclair. — Não vi problema nele. Não é um homem que se queira ter como inimigo.

— Imagino que tivesse alguns... inimigos, quero dizer.

Eles estavam sozinhos no bar naquele fim de tarde tranquilo de domingo. O barman, que mal passava de um garoto grandalhão de cabeleira ruiva, limpava o balcão com um pano úmido, em movimentos circulares, traçando rodelas cinzentas no mármore preto que desbotavam com a mesma rapidez com que eram criadas.

Sinclair estava de cenho franzido.

— Dannie disse alguma coisa a respeito dele, da última vez em que a vi. Algo sobre um acordo de negócios que não deu certo.

Quirke sentiu uma agitação bem no fundo da mente, um fio de interesse, de curiosidade, a mesma curiosidade que o meteu em encrencas tantas vezes na vida.

— Ah, sim? — Foi só o que disse, mas temendo que mesmo isso fosse excessivo. Ele tinha o pressentimento de que não devia se envolver na morte misteriosa de Richard Jewell; não sabia por quê, mas era isso que sentia.

— Não me lembro dos detalhes da briga, se Dannie me contou. Tudo foi muito abafado, não saiu nada nos jornais, nem mesmo nos que não eram de Jewell. Carlton Sumner teve algum envolvimento.

Quirke sabia quem era Carlton Sumner — quem não sabia? O único homem na cidade cuja reputação de impiedade e desonestidade fazia par com a de Richard Jewell, Sumner era filho de um barão da madeira canadense que o mandara a Dublin para estudar na University College — mas ele engravidou uma garota e foi obrigado a se casar com ela, porque o pai estava no governo e sofria a ameaça de desgraça e deportação. Quirke, na faculdade na mesma época, lembrava-se de Sumner e da garota, embora estivessem um ou dois anos à frente dele. Eram o casal de ouro do lugar, seu brilho ainda maior na monotonia da época. Depois que se casaram e o filho nasceu, eles saíram de circulação; alguns anos mais tarde, Sumner, com o apoio da fortuna paterna, de súbito surgiu como um magnata plenamente formado. Sua especialidade era comprar respeitáveis empresas em mau estado — a marca de roupas masculinas Bensons, a cadeia de cafeterias Darleys —, demitir a diretoria e metade dos funcionários e transformá-las em cintilantes máquinas de fazer dinheiro. A rivalidade entre ele e Richard Jewell dava muito pano para fofoca e, por tabela, prazer na cidade. E agora Diamond Dick estava morto.

— Qual você acha que foi o motivo da briga? — perguntou Quirke. — Uma oferta de aquisição hostil, talvez?

— Não sei... Algo parecido, suponho. Houve uma reunião na casa de Sumner em Wicklow e, lá pelo meio, Richard Jewell saiu intempestivamente.

— Isso parece sério.

Sinclair franzia a testa para os restos da cerveja. Parecia distraído, e Quirke se perguntou se ele sabia mais sobre essa reunião encerrada com fúria em Roundwood do que estava disposto a confessar. Mas por que ele escondia informações? Quirke suspirou. Aquela aporrinhação no fundo de sua mente ficava mais insistente a cada minuto. A comichão da descoberta só passaria se fosse coçada, entretanto havia uma parte dele que preferia suportar a irritação a aceitar o fardo de conhecer os segredos sórdidos dos outros. Por experiência própria, ele conhecia segredos e sabia o quanto podiam ser sórdidos.

— Você disse que a garota, Dannie, tem problemas?

Sinclair foi arrancado de seus pensamentos.

— Ela teve um surto. Não sei dos detalhes.

— E quando foi isso?

— Alguns meses atrás. Colocaram-na em um lugar em Londres, uma espécie de casa de repouso. Ela ficou lá por um bom tempo... semanas. Só tomei conhecimento quando voltou.

— Ela não contou aonde estava indo?

Sinclair o olhou de lado.

— Você não conhece Dannie. Mesmo quando estava bem, fazia coisas assim, sumia sem dizer nada a ninguém. No ano passado, foi para Marrakesh e só souberam quando ela voltou bronzeada e com o jeito de alguém que andou fazendo o que não devia. Ela tem o próprio dinheiro, herdado do pai. Não deve fazer bem a ela.

— Mas agora está melhor, não? Quero dizer, mentalmente.

— Sim — disse Sinclair, mas seu olhar era perturbado. — Sim, ela está melhor.

— Mas você está se perguntando como Dannie reagirá à morte do irmão.

— Como lhe pareceu hoje, quando você a viu?

— Eu já lhe disse, ela e a mulher de Jewell fingiram indiferença, mas no fim ela não conseguiu esconder que estava perturbada. Talvez você deva ligar para ela, vá vê-la. Onde ela mora?

— Dannie tem um apartamento na Pembroke Street — disse Sinclair, distraído. Quirke esperou. — Ela é uma pessoa estranha — continuou —, cheia de segredos, entende? Não fala das coisas, em particular dela. Mas existem demônios ali. — Ele riu. — Devia vê-la na quadra de tênis.

Quirke tinha terminado o vinho e se perguntava se deveria se arriscar com outra taça. O sabor, ao mesmo tempo ácido e de fruta madura, no início o deixou um tanto enjoado, mas o álcool penetrara reto como uma agulha de aço reluzente em algum local vital bem em seu íntimo, um lugar que agora queria mais.

— O que houve quando ela teve o surto? — perguntou ele.

— Ela bateu o carro do irmão numa estrada de mão dupla em Naas. Eu não ficaria surpreso se tivesse feito isso de propósito.

— Ela se feriu?

— Não. Jogou o carro numa árvore e saiu sem um arranhão. Fez piada disso... "Acredite", disse ela, "acabei com a porcaria do carro e mesmo assim não consegui me matar."

— Acha que era o que ela tentava fazer... se matar?

— Não sei. Como eu disse, ela tem seus demônios.

Quirke se calou e gesticulou para o barman trazer o mesmo vinho de novo; mais uma taça seria bem seguro, estava certo disso. Sinclair, era evidente, tinha sentimentos mais profundos por Dannie Jewell do que estava disposto a admitir — por ela ou a respeito dela? Quirke sentiu uma onda protetora pelo jovem e ficou surpreso, depois ainda mais ao se ouvir convidando Sinclair para se juntar a ele e a sua filha no jantar da terça à noite.

— Você conheceu a Phoebe, não?

— Não, não conheci — respondeu Sinclair. Ele parecia inquieto. — Terça-feira — disse ele, ganhando tempo —, não sei se posso na terça...

— Oito horas, no Jammet's — disse Quirke. — O convite é meu.
— Suas bebidas chegaram; Quirke ergueu a dele. — Bem, saúde.

Sinclair abriu um sorriso nauseado; tinha a aparência um tanto aturdida de um homem que foi induzido a algo sem perceber, só quando era tarde demais e estava feito. Quirke se perguntou o que Phoebe faria com ele. Bebeu o vinho; era extraordinário como o sabor se suavizava a cada novo gole.

Nos jornais do dia seguinte, os relatos da morte de Richard Jewell foram inesperadamente abafados. O *Clarion* publicou a matéria na primeira página, naturalmente, mas a restringiu a uma única coluna do lado direito. Dedicava, contudo, todo o editorial a narrativas da vida e das realizações do falecido proprietário, junto com o artigo de Clancy a que a Srta. Somers, na surdina, conferiu uma forma mais ou menos literária. O *Times* publicou a matéria em três parágrafos ao pé da primeira página, com um obituário desatualizado em vários aspectos, no miolo do jornal. O *Independent*, principal rival do *Clarion*, do qual se podia esperar uma história espalhafatosa, imprimiu um item em duas colunas na página 3, abaixo de uma foto de um Richard Jewell nitidamente furtivo, recebendo do papa, em Roma, a insígnia de cavaleiro papal três anos antes. Ao que parecia, toda a imprensa se continha de incerteza nervosa. Em nenhuma das matérias foi determinada a causa da morte, embora o *Clarion* falasse em "colapso fatal".

Quirke leu isso e bufou. Estava sentado na cama da pequena casa de Isabel Galloway em Portobello, o cigarro queimando num cinzeiro no lençol ao seu lado e uma caneca cinza e grande de chá, que ele ainda não tocara, fumegando na mesa de cabeceira. O sol matinal entrava pela janela baixa e, do lado de fora, o ar azulado sobre o canal já se enevoava com o calor do dia. Isabel, com seu vestido de seda, sentava-se à penteadeira de frente para o espelho, prendendo o cabelo.

— O que foi? — ela quis saber.

Quirke ergueu os olhos da página.

— Diamond Dick. Os jornais não sabem o que fazer com isso.

Ele admirava as linhas de violoncelo das costas da mulher e as curvas idênticas de seu belo traseiro no banco estofado de vermelho. Ela sentiu o olhar dele e o olhou de lado, por cima do ângulo do braço erguido.

— E você? — perguntou ela, com um leve sorriso irônico. — Sabe o que fazer com isso? — Ele não entendia como Isabel conseguia segurar três grampos na boca e ainda assim falar. A manga de seda do vestido caíra, revelando uma sombra malva na cavidade da axila. O sol inclemente destacava as rugas mínimas que se abriam no canto dos olhos e o leve caimento da bochecha.

— Alguém atirou nele, isso é certo — disse ele.

— A mulher dele?

Ele jogou a cabeça para trás e encarou-a.

— Por que diz isso?

— Bem — ela tirou um dos grampos da boca e prendeu um cacho no lugar —, não é sempre a mulher? Deus sabe que as esposas costumam ter bons motivos para matar os maridos horripilantes.

Quirke viu novamente Françoise d'Aubigny de pé entre as duas janelas altas, as cortinas se balançando suavemente, virando-se para ele com o globo de neve na mão esquerda.

— Não creio que a Sra. Jewell faça esse gênero — disse ele.

Notando algo na voz de Quirke, ela o olhou novamente.

— E qual é o gênero dela?

— Muito francesa, muito segura de si. Tende um pouco à frieza. — Ela seria mesmo fria? Ele pensava que não.

— E, para completar, linda de morrer.

— Sim, ela é bonita...

— Hmm — disse ela ao reflexo no espelho —, não gosto de como tudo isso está me soando.

— ... meio parecida com você, na verdade.

— *Alors, m'sieur, vous êtes très galant.*

Quirke dobrou o jornal, deixou de lado e saiu da cama. Estava de cueca e uma camiseta listrada e velha que Isabel encontrara para ele no fundo de uma gaveta, e que podia ou não ter sido originalmente dele, uma questão que era melhor não esmiuçar. Ela perguntou se queria o café da manhã, mas ele disse que comeria alguma coisa no hospital.

— Queria que você comesse direito — disse ela. — Além disso, precisa fazer uma dieta.

Ele olhou a própria barriga. Isabel tinha razão; estava engordando. Mais uma vez, teve a imagem da viúva de Richard Jewell virando-se para olhar por sobre o ombro naquele sol diáfano.

— Podemos almoçar? — perguntou Isabel.

— Hoje não, desculpe.

— Não tem problema... Tenho ensaios esta tarde.

Ela estava fazendo alguma coisa de Shaw, no Gate. Começou a reclamar do diretor. Quirke, porém, já não ouvia nada.

No caminho para o trabalho, ele parou na Pearse Street e telefonou para o inspetor Hackett. O detetive veio de seu escritório e eles caminharam juntos ao sol. Como sempre, o chapéu velho e mole de Hackett estava empurrado para trás e os cotovelos e joelhos do terno azul brilhavam no sol. Quando pôs as mãos nos bolsos da calça, seus suspensórios ficaram à vista, largos, antiquados, os botões das alças de couro prendendo-se no cós da calça como dois pares de dedos abertos. Como o dia estava bonito, o inspetor sugeriu que dessem uma caminhada junto ao rio. O trânsito engarrafado dava à Westmoreland Street a aparência de uma jaula abarrotada de animais escuros, brilhantes, acotovelando-se, todos berrando, zurrando e levantando nuvens de fumaça e poeira fedorentas. Eram dez e meia no relógio do Ballast Office, e Quirke comentou que precisava ir trabalhar, mas o policial gesticulou com desprezo e disse que certamente os mortos podiam esperar, rindo em seguida. No Aston Quay, um jovem funileiro de cabelo ruivo passou a galope e descalço em um cavalo malhado, desprezando o estrondo de carros e ônibus que precisaram sair de seu caminho. Um fotógrafo de rua, de capa de chuva e chapéu de couro, tirava fotos em meio à multidão de passagem. Gaivotas mergulhavam, gritando.

— Este rio é uma desgraça — disse Hackett. — Só o fedor envenenaria um pub.

Eles atravessaram e andaram junto à mureta baixa na margem.

— Leu os jornais? — perguntou Quirke.

— Sim... Li o *Clarion*. Não estão cautelosos demais?

— Eles falaram com você?

— Falaram. Mandaram um garoto chamado Minor, que acho que você conhece.

— Jimmy Minor? Ele agora está no *Clarion*? — Minor, em certa época amigo de sua filha, trabalhava no *Evening Mail*. A menção de seu nome provocou em Quirke uma vaga onda de inquietação; não gostava de Minor e se preocupava com a amizade da filha com ele. Não tinha reparado na assinatura de Minor na matéria do *Clarion*. — Imagino que tenha sido insistente, como sempre.

— Ah, sim, ele não desgruda.

— O quanto ele sabe?

Hackett estreitou os olhos para o céu.

— Não muito, só o que pôs no jornal.

— "Colapso fatal"? — disse Quirke com sarcasmo.

— Ora, foi mais ou menos o que aconteceu, pensando bem, não?

— E quanto à investigação?

— Ah, acho que vão inventar algo, como sempre. — Eles pararam pouco antes da Ha'penny Bridge e descansaram de costas para a mureta, os cotovelos apoiados no parapeito. — Vou querer ver — disse o inspetor com ironia — que linha oficial escolherão, se suicídio ou outra coisa.

— E quanto ao seu relatório? Qual será a *sua* linha?

O inspetor não respondeu, apenas baixou os olhos para o bico das botas e balançou a cabeça, sorrindo. Depois de um momento, eles se afastaram da mureta e partiram pela corcova da ponte pequena. Diante deles, um jornaleiro roto na esquina da Liffey Street alardeava asperamente: "*Morte trágica do homem do jornal — leia tudo!*"

— Não é estranho — disse Hackett — que o suicídio seja considerado crime? Isso nunca fez sentido para mim. Acho que são os padres, pensando na alma imortal e que só Deus pode levar uma pessoa. Ainda assim, não entendo onde entra o corpo mortal nessa equação... Certamente não vale grande coisa e as pessoas deveriam poder dispor dele como bem entendem. É claro que há o pecado do desespero, mas não pode ser considerado por um sujeito com tanta pressa para chegar ao paraíso que pode muito bem dar um fim à própria vida e acabar com a demora? — Ele parou na calçada e se virou para Quirke. — O que acha, doutor? Você é um homem instruído... Qual é a sua opinião?

Quirke sabia do velho hábito do policial de ficar rondando um tema em arabescos elaborados.

— Acho que tem razão, inspetor, não faz muito sentido.
— Quer dizer o ato em si, ou como ele é visto?
— Ah, entendo o sentido de dar um fim a tudo.

Hackett o olhou com curiosidade, sua cabeça grande e amorfa virada de lado, os olhos pequenos, brilhantes e afiados como os de um melro.

— Importa-se que eu pergunte se você já pensou nessa possibilidade?

Quirke desviou-se rapidamente de seu olhar perscrutador.

— E não é assim com todo mundo, em um ou outro momento? — questionou em voz baixa.

— Você acha? — O tom de Hackett era de forte surpresa. — Meu Deus, não me passou pela cabeça, em particular, nesse fim de mundo. Acho que não conseguiria entrar nisso. E o que faria a mulher, para não falar de meus dois meninos na América? Eles ficariam arrasados. Pelo menos — ele sorriu, erguendo os cantos da boca fina de sapo —, espero que sim.

Quirke sabia que Hackett escarnecia um pouco; com frequência, o usava como uma espécie de escada de comediante. Eles continuaram andando.

— Mas, então — disse Quirke —, Richard Jewell não se matou.
— Tem certeza disso? — Mais uma vez o policial demonstrou certa surpresa, mas se era verdadeira ou fingida Quirke não sabia.
— Você viu a arma, como ele a segurava.
— Não acha que alguém pode tê-lo encontrado, apanhado a arma e colocado nas mãos dele?

— Eu pensei nisso... Mas por quê? Por que alguém faria isso?

— Ah, não sei. Para que tudo ficasse bem-arrumado, talvez? — Ele soltou uma risadinha. — As pessoas fazem coisas muito estranhas quando se deparam com um cadáver... Não descobriu isso você mesmo, em sua carreira profissional?

Na O'Connell Bridge, o fotógrafo com seu chapéu de couro seboso tirava uma foto de uma mulher de vestido branco e sandálias que segurava pela mão um garotinho com um revólver de brinquedo preso no quadril; a mãe sorria constrangida, ao passo que o menino fechava a cara. Quirke os olhou abertamente; tendo se tornado órfão bem cedo, ele jamais conheceu a mãe, nem sabia quem ela era.

— De qualquer modo — dizia o inspetor Hackett —, não faz diferença para mim o que dizem nos jornais, ou o que especulam que possa ter acontecido. Tenho meu trabalho a fazer, como sempre. — Ele riu de novo. — É como eu digo, Dr. Quirke, não somos uma dupla estranha? Peritos na morte, é o que somos, você à sua maneira, eu à minha. — Ele empurrou o chapéu ainda mais para trás. — Vamos tomar uma xícara de chá no Bewley's, o que acha?

— Preciso ir para o hospital.

— Ah, sim, você é um homem ocupado... Eu me esqueci.

Quirke não entendia o motivo, mas o jantar com Sinclair e Phoebe não foi um sucesso. Sinclair estava mais inexpressivo do que nunca e mal pronunciou uma palavra, enquanto Phoebe parecia se esforçar para não rir, não porque achasse graça. A comida estava boa, como sempre no Jammet's, e eles beberam duas garrafas de um ótimo Chablis, *premier cru* — ou Quirke bebeu, enquanto Phoebe não tomou mais do que uma taça, e Sinclair bebericou e cheirou o dele como se pensasse que o cálice estivesse envenenado —, mas parecia que nada podia erguer a mortalha que baixara sobre a mesa assim que eles se sentaram. Sinclair foi embora cedo, resmungando algo sobre encontrar alguém em um pub, e Quirke ficou sentado, com o vinho tinto na mão, fitando a parede oposta com uma expressão vazia.

— Obrigada pelo jantar — disse Phoebe. — Foi maravilhoso. — Quirke não disse nada, só se mexeu melancolicamente, rangendo a pequena cadeira dourada, que protestou. — Gostei do seu Dr. Sinclair — continuou a filha, determinada. — Ele é judeu?

Quirke ficou surpreso.

— Como soube disso?

— Sei lá. Só me ocorreu que fosse. Estranho, nunca acho que existem judeus irlandeses.

— Ele é de Cork — disse Quirke.

— Ah, de Cork. Sinclair... Este é um nome judeu?

— Não sei. Corruptela de outro, provavelmente.

Ela o olhou com um sorriso infeliz.

— Ah, Quirke — disse ela —, não fique amuado. Fica parecendo um alce com dor de dentes. — Ela jamais o chamava de outra forma, apenas Quirke.

Ele pagou a conta e os dois saíram. Do lado de fora, uma leve radiação cinza pendia no ar. Phoebe recentemente se mudara do apartamento na Haddington Road, que não lhe agradava, e agora morava em um conjugado na Baggot Street. Quirke insistiu que ela encontrasse algo melhor e se ofereceu para pagar metade do aluguel, ou até todo ele, mas ela insistira, com delicadeza, e numa firmeza admoestadora, que o quartinho lhe servia perfeitamente bem. O canal ao lado do apartamento era lindo, ficava a uma caminhada de dez minutos do trabalho, e ela podia comprar todas as suas provisões na Q & L — do que mais precisava? Ele detestava pensar nela, disse, engaiolada num lugar tão pequeno, sem nada em que cozinhar além de um fogareiro e tendo de dividir o banheiro com outros dois inquilinos. Mas ela se limitou a olhá-lo, sorrindo com os lábios apertados, daquele jeito teimoso, e ele desistira. Uma vez, sugeriu que ela podia morar com ele, mas os dois sabiam que era impossível, e Phoebe ficou feliz que o assunto morresse. Ela era uma solitária, como o pai, e os dois tinham de aceitar esse fato.

Eles andaram pela Kildare Street, passaram pela National Library e o Dáil. Um morcego, um ponto veloz de negror, voejou acima deles no ar violeta.

— Você devia telefonar para ele — disse Quirke. — Devia telefonar para Sinclair.

Ela enganchou o braço no dele.

— O que está tentando fazer? — Ela riu. — Você dá um péssimo cupido.

— Só estou dizendo...

— Além do mais, se alguém tem de telefonar, é ele. As mulheres não telefonam para os homens... não sabia?

A contragosto, ele sorriu; agradava-lhe que ela se divertisse à custa dele.

— Desculpe-me por ele ter sido tão calado — disse Quirke. — Ele teve um choque. Conhece a irmã de Richard Jewell.

— O homem que se matou?

Ele virou a cabeça e olhou a filha.

— Como sabe disso?

— Como sei do quê?

— Que ele se matou.

— E não foi? É o que todo mundo está dizendo.

Ele suspirou e balançou a cabeça.

— Esta cidade.

Eles chegaram ao fim da rua e viraram à esquerda.

— Não podia continuar em segredo — disse Phoebe —, considerando quem ele era.

— Sim. As notícias correm, mas quase sempre estão erradas.

O que restava da luz se acabava e a grande massa de árvores comprimidas atrás das grades do St. Stephen's Green parecia irradiar escuridão, como se a noite tivesse sua origem ali.

— Ele está saindo com ela... com a irmã? — perguntou Phoebe.

— Sinclair? Saindo com Dannie Jewell? Acho que não. Ela tem problemas. *Ela* já tentou se matar.

— Ah. Então é de família.

Ele hesitou.

— Richard Jewell não se matou.

— Não?

— Não. Alguém fez isso por ele.
— Não pode ter sido a irmã!
— Eu não penso assim.
— Então, quem?
— Esta é a questão.

Ela parou e o fez parar também.

— Você não vai se envolver nisso, não é, Quirke? — Phoebe o olhou duramente. — Diga que não vai.

Ele não a olhou nos olhos.

— Eu não colocaria desse jeito, *me envolver*. Tive de ir lá, ver o corpo... O legista do estado está doente, era domingo, então eles me chamaram.

— "Eles"?
— Sim, você adivinhou.
— O inspetor Hackett? Ah, Quirke. Você não resiste. Devia ser detetive... Acho que daria um detetive melhor do que ele. Então: me conte.

Quirke traçou um esboço do que acontecera, e, quando terminou, eles tinham chegado à portaria do prédio de Phoebe. A escuridão caíra sem que percebessem, mas ainda assim uma leve cintilação malva se demorava no ar. Ela o convidou a entrar e ele se sentou na única cadeira enquanto a filha preparava um café no fogareiro que ficava em um armário com tampo de fórmica num canto, ao lado da pia. A maioria dos pertences de Phoebe, que não eram muitos, ainda estava em caixas de papelão empilhadas no chão ao pé da cama estreita. A única luz vinha de uma lâmpada de 60 watts sem luminária, pendurada no meio do teto como algo que foi enforcado.

— Sim, eu sei — disse Phoebe, olhando a lâmpada. — Vou comprar uma luminária de pé. — Ela trouxe sua xícara de café. — Não me olhe com esse jeito de censura. Da próxima vez que você vier, não vai reconhecer o lugar. Tenho planos.

Ela se sentou no chão ao lado da cadeira, de pernas cruzadas e a própria xícara no colo. Estava com um vestido preto de gola de renda branca e o cabelo severamente preso atrás das orelhas. Quirke teve vontade de dizer que ela parecia cada vez mais uma freira, mas não teve coragem; ele já a magoara bastante no passado — agora podia ficar de boca fechada.

— Então, é evidente — disse ela — que você pensa que a morte de Richard Jewell tem alguma relação com a briga dele com Carlton Sumner.

— Eu disse isso? — Ele não pensava assim; percebeu que estava meio embriagado.

Ela sorriu.

— Não precisa dizer; posso adivinhar.

— Você está ficando boa nesse negócio da morte.

Agora os dois fecharam a cara e olharam para o lado. Gente conhecida de Phoebe, uma delas uma amiga, morrera de forma violenta; era sua piada de humor negro, que ela seria chamada de a viúva negra sem jamais ter se casado. Quirke bebeu o que restava do café amargo, levantou-se e levou a xícara à pia. Lavou e a colocou virada para baixo no escorredor de pratos.

— Tem algo errado na casa — comentou ele, enxugando as mãos em um pano de prato. — Em Brooklands, quero dizer.

— Bom, como alguém acabou de cometer suicídio ou foi assassinado, ou o que seja...

— Não, tirando esse fato — disse ele.

Ele acendia um cigarro. Ela o olhou de onde estava. De certo modo, sempre seria um estranho para Phoebe, um estranho íntimo, esse pai que nas duas primeiras décadas de sua vida fingiu que ela não era sua filha. E agora, subitamente, ela notou, vendo-o ali, o homem volumoso em seu terno preto apertado demais, diminuindo a sala já pequena, que, sem ter reparado bem, ela enfim lhe perdoara, e também as mentiras e os subterfúgios, os anos de renúncia cruel, tudo isso. Ele era demasiado triste, triste e de alma ferida, para que ela continuasse a se ressentir dele.

— Conte mais — pediu ela, estremecendo um pouco. Phoebe se obrigou a sorrir. — Fale-me da viúva e da garota que tentou se matar. Conte-me tudo.

\* \* \*

David Sinclair estava confuso, com ressentimentos de Quirke pela tentativa canhestra desta noite de juntá-lo com a filha, e se ressentia de Phoebe também, por cooperar. E aquele restaurante medonho só o fez se lembrar da sala de dissecação, com consecutivos pratos de carcaças pálidas e úmidas. Ele ainda tinha o gosto da solha no fundo da garganta, uma gosma amanteigada e salgada. Por que aceitou o convite? Podia ter dado alguma desculpa. Sempre soube que seria um erro deixar que Quirke se aproximasse mais do que permitia a etiqueta profissional. O que viria agora? Programas no cinema? Visitas em manhãs de domingo? Tardes na praia, com garrafas térmicas de chá e sanduíches com areia, ele e a garota de mãos dadas pelas ondas enquanto Quirke, com as pernas da calça arregaçadas e um lenço amarrado na cabeça, ficava sentado e olhando da areia, sorrindo de maneira paternal e presunçosa? Não, não, ele daria um fim a isso antes que começasse. Fosse o que *isso* fosse.

Entretanto, havia a garota. Não era lá grande coisa, com aquela carinha séria e o cabelo preso como se fosse um castigo que ela se impunha por transgredir algum preceito religioso. Ela era um estudo em preto e branco — o rosto pálido e o cabelo negro, o azeviche do vestido e sua gola de renda engomada — como o negativo de uma foto dela mesma. E aquele ar de saber algo que não era do conhecimento de mais ninguém, alguma chacota um tanto ridícula — dava nos nervos. Sim, a expressão era esta: dava nos nervos. Ele tentou se lembrar da história sobre Quirke e ela, parece que Quirke fingira durante anos que ela não era sua filha, mas do cunhado, Malachy Griffin, o demissionário obstetra do Hospital da Sagrada Família. Ele não deu atenção às fofocas — e daí se Quirke preferiu rejeitar toda uma família de prole indesejada?

Mas Phoebe, ora, Phoebe; apesar de tudo, ele não conseguia tirá-la da cabeça e isso o irritava.

Ele ouviu o telefone assim que entrou no hall. Seu apartamento ficava dois andares acima, e Sinclair subiu a escada de dois em dois degraus, impelindo-se no corrimão um tanto pegajoso. Estava convencido de que era Quirke ligando para ele, como tinha telefonado dois dias antes, não para convocá-lo ao trabalho, mas para outra coisa — o quê? Outro encontro com ele e a filha, já? Certamente não. Chegou ao patamar do segundo andar, sem fôlego e meio tonto, e o telefone ainda tocava. Decidido, este que ligava. Ele entrou de rompante no apartamento e se atrapalhou ao levar o fone à orelha — por que estava nessas condições? Mas é claro que ele sabia; embora fosse improvável, tinha certeza de que era Quirke ligando para falar com ele sobre Phoebe.

Na confusão, de início não identificou a voz e, quando enfim reconheceu, teve de se obrigar a não gemer.

— Ah, Dannie — disse ele. — Você está bem? — Sabendo, naturalmente, que ela não estava.

ELE DEIXOU O TÁXI SEGUIR NO FIM DA PEMBROKE STREET, sem querer descer bem na portaria de Dannie, não sabia por quê. Ela estava de penhoar ao abrir a porta para ele. Não se preocupou em acender a luz da escada e eles subiram ao apartamento no escuro. Uma claraboia no espaço tinha uma única estrela, no formato de um punhal e brilhante. Dannie ainda não havia falado uma palavra sequer. Ele estava cheio de pressentimentos; quase podia senti-los sacudindo-se dentro dele como um líquido gorduroso e medonho. Por que atendeu ao maldito telefone? Agora estava numa armadilha. Dannie ia levar a noite toda nisso. Ele já havia passado por isto, o jogo de palavras, as lágrimas, os gemidos baixos, as súplicas por compreensão, ternura, piedade. Agora eles chegaram à porta aberta do apartamento e, quando ela entrou à frente, ele hesitou por um segundo na soleira, perguntando-se se tinha coragem de se virar nos calcanhares e descer na mesma velocidade com que subira a escada até sua casa para atender ao angustiado pedido de ajuda de Dannie.

O apartamento tinha um cheiro familiar, pardacento e opaco, que assumia quando a moradora entrava em depressão; parecia o cheiro de cabelo sem lavar havia muito tempo, ou talvez fosse de fato isso. Dannie tinha dois estados de espírito inteiramente distintos. Na maior parte do tempo, era uma filha da classe média, friamente controlada, amante dos prazeres, um tanto entediada, um pouco mimada. Depois, algo acontecia, uma mistura de substâncias no cérebro pendendo a balança para o lado errado, e ela mergulhava no que parecia um poço sem fundo de tristeza e aflição amargurada. Os amigos aprenderam a ter medo desses lapsos e, ao primeiro sinal, encontravam desculpas convenientes para sua indisponibilidade. Sinclair, porém, era incapaz de rejeitá-la quando ela estava assim, tão triste e indefesa. É claro que ela também era de enfurecer. Era duro suportar sua inflexibilidade, e ele, depois de horas sendo apoquentado, tinha o impulso de agarrá-la pelos ombros e sacudi-la até que os dentes batessem.

Em seguida, quando a depressão passava e ela recuperava o equilíbrio, ficava cheia de desculpas, baixando a cabeça daquele jeito infantil só dela e soltando o riso envergonhado. Embora eles nunca tivessem falado nisso com franqueza, era de conhecimento dos dois o quanto ela valorizava Sinclair jamais se aproveitar dela quando estava mais fraca, pois neste estado ela faria qualquer coisa para ganhar uma migalha que fosse de solidariedade. Por mais de uma vez Sinclair tentou, quando ela caiu em seus braços e se agarrou a ele, mas sempre lhe vinha à cabeça o lema sensato, embora cruel, de seus tempos de estudante: não se fode com os loucos. De qualquer modo, ele suspeitava que Dannie não tivesse muito interesse por essas coisas. Ela trazia o ar de uma virgem pervertida, se tal coisa era possível. Pobre Dannie, tão bonita, tão estragada, tão digna de pena.

Na sala, eles se sentaram no banco do nicho da janela grande que dava para a rua deserta. Embora fosse quase meia-noite, um brilho arroxeado ainda se demorava no ar e as luzes de rua cintilavam fracas.

— Eu lamento — disse Sinclair — por seu irmão. — Ele não sabia mais o que dizer.

— Lamenta? — disse ela com indiferença. — Acho que eu não. Não é estranho? — Ela olhava a rua. Parecia calma, a não ser pelas mãos, entrelaçadas no colo, mexendo-se em um movimento convulsivo, como se as lavasse. — Ou talvez não seja estranho — acrescentou —, talvez ninguém jamais fique sinceramente triste quando alguém morre, apenas finja. Não dizem que não é pela pessoa que morre que nos lamentamos, mas por nós, porque vamos morrer também? Ainda assim, as pessoas choram ao túmulo, e não acho que elas se lamentem tanto por si mesmas a ponto de chorar, sabe? Já viu crianças num enterro, como parecem entediadas, a raiva que parecem ter pela obrigação de cumprir essa chatice, ficar de pé no frio e na chuva, enquanto o padre diz orações que elas não conseguem entender, e todo mundo fica tão solene? Eu me lembro de quando papai morreu e eu...

    Sinclair deixou os pensamentos vagarem. Apesar de tudo, era quase tranquilizador ficar sentado ali, no escuro, a voz de uma jovem despejada nele como um bálsamo suave — isso é, tranquilizador se ele não prestasse atenção ao que ela dizia. Ele se recordava de um encontro, podia ser chamado assim, que testemunhou entre ela e o falecido irmão. Foi numa noite de primavera. Sinclair e Dannie andavam juntos pela Dawson Street. Tinham bebido no McGonagle's, e Dannie estava meio embriagada, falando e rindo de dois escritores que estiveram ao lado deles no bar discutindo, bêbados, se o país ainda podia se gabar de um campesinato digno desse nome. Uma Mercedes preta e reluzente com motorista e traseira alta e quadrada parou na frente do Hibernian, e três homens saíram do hotel, falando alto e rindo. Ao vê-los, Dannie se calou subitamente; embora continuasse andando, Sinclair sentiu sua hesitação, ou timidez, como um cavalo nervoso que se aproxima de um salto complicado. Um dos homens era Richard Jewell. Ela o vira primeiro, depois ele se virou, sentindo o olhar dela, talvez, e, quando seus olhos caíram nos dela, ele também hesitou por um segundo, em seguida jogou bem a cabeça para trás, inflando as narinas, e sorriu. Foi um sorriso estranho, de certo modo feroz, quase um rosnado. Os dois irmãos não se cumprimentaram, apenas trocaram aquele olhar rápido e intenso, o dele com o sorriso, o outro parecendo subitamente ferido, então Jewell virou-se para os companheiros e lhes deu um tapa nos ombros, despedindo-se, indo rapidamente para o banco traseiro da Mercedes, que arrancou com suavidade do meio-fio. Sim, Dannie disse entredentes, sim, aquele era o irmão dela. Ela andava a passo acelerado, de costas retas e rígidas, olhando bem à frente; empalidecera muito. Estava claro que não diria mais nada sobre o assunto, e Sinclair deixou passar. Mas ele se lembrava da expressão de Dannie, tensa e grave, e o andar quase violento a passos duros, a coluna rígida e os ombros artificialmente erguidos, tendo desaparecido de sua mente tudo do McGonagle's e aqueles escritores bêbados e engraçados.

— ... Mas também é estranho — dizia agora — que as pessoas simplesmente desapareçam quando morrem. Quero dizer, elas ainda estão ali, o corpo ainda está ali, mas *elas* se foram, o que havia nelas foi extinto, como uma luz que foi apagada. — Ela parou e virou o rosto para Sinclair, sentado ali, uma figura obscura diante dela no brilho prolongado do crepúsculo. — Ainda bem que ele morreu — falou, muito baixinho, como se mais alguém na sala pudesse entreouvi-la. — Sim, fico feliz com isso.

Ele percebeu que ela chorava, as lágrimas escorriam pelo rosto, como se ela não tivesse consciência delas. Tentou pensar no que dizer, algo reconfortante, que ela era dura demais consigo mesma, que estava em choque, esse tipo de coisa, mas as palavras não lhe vieram, e, se viessem, ele sabia que teriam sido inadequadas naquele momento, tolas, palavras fracas, ridículas até, nas circunstâncias. Não sabia lidar com a tristeza dos outros.

— Conte-me o que aconteceu — disse ele.

Ela virou a cara e voltou a ficar absorta, e se contorceu ao ouvi-lo, como se de repente ele a tivesse despertado do sono. Dannie franziu o cenho.

— O que aconteceu onde?

— Em Brooklands. No domingo.

Ela pensou por um minuto inteiro antes de falar:

— Eles não me deixaram vê-lo. Eu queria, mas eles não deixaram. Acho que ele devia estar horrível, o sangue e tudo. Foi uma espingarda, a dele, aquela de que ele gostava tanto. — Ela se virou de novo para Sinclair e falou com rapidez e urgência: — Primeiro, disseram que ele deu um tiro em si mesmo, mas apareceu um policial, um detetive, e ele disse que não, que outra pessoa tinha feito aquilo. Mas quem iria lá num domingo e daria um tiro nele... Quem faria isso? — Ela estendeu o braço na sombra e procurou pela mão dele, no banco, segurando-a, apertando. — Quem faria uma coisa dessas?

Ele foi à cozinha preparar um café para os dois. Dannie tinha todo tipo de engenhoca elétrica e cara para cozinhar que ele sabia que jamais usava. *Pobre menina rica*, pensou e sorriu com ironia. Enquanto esperava que a cafeteira chegasse ao ponto de ebulição, ele se colocou à janela com as mãos nos bolsos, olhando a rua, porém sem vê-la. Imaginava o que teria acontecido em Brooklands, o lugar que ele nunca viu. Quirke lhe descreveu a cena, a sala externa à qual se subia por uma escada acima do estábulo, a mesa, o corpo torcido por ela, a mancha na janela como uma imensa flor vermelha. Alguém subiu aquela escada sem fazer ruído e entrou furtivamente por trás de Richard Jewell, e quando este se virou teria se visto encarando os dois canos de uma arma que ele reconheceu de imediato, uma Purdey calibre 12 com cano duplo de 60 centímetros, com sistema de ejeção automática e cabo de pistola reto de nogueira turca encerada. Sinclair, cujo pai trabalhou a vida toda na propriedade rural dos condes de Lismore, entendia alguma coisa de armas. Atrás dele, no fogão, a cafeteira começou a borbulhar.

Foi só de madrugada que ele enfim convenceu Dannie a ir dormir. Ela estava exausta, mas ainda falava, dando voltas pelo assunto da morte e da dificuldade de saber se comportar diante dela. Ele a fez tomar um comprimido, escolhendo da miríade de vidrinhos marrons que Dannie mantinha numa prateleira exclusiva no armário do banheiro. Ela não tirou a colcha, deitou-se por cima ainda de penhoar, virou-se de lado com os joelhos puxados para cima e a mão abaixo do queixo, olhando a sombra, para além dele. Sinclair apagou a luminária da mesa de cabeceira e sentou-se junto a ela por um bom tempo em uma cadeira de espaldar reto, fumando como uma chaminé e bebendo os restos frios do café na xícara.

À volta deles, a cidade era silenciosa. Quando ela falou, deu-lhe um susto, pois ele pensara, tinha esperanças de que ela adormecia.

— Aqueles pobres órfãos — disse ela.

Ele não entendeu e não conseguiu enxergar seu rosto no escuro, o que transparecia ali. Richard Jewell só tinha uma filha, ele sabia, além disso a mãe da filha não estava morta. Então, a que órfãos se referia? Mas ela não disse mais nada e, naquele momento, o comprimido fazia efeito, sua respiração assumia um ritmo superficial e lento, e ele sentiu que a consciência de Dannie lhe escapava. Esperou mais quinze minutos, olhando o ponteiro luminoso dos segundos em seu relógio dar a volta pelo mostrador. Depois se levantou em silêncio, sentindo uma súbita pontada de dor no joelho que ficara rígido, saiu e fechou a porta do quarto.

No patamar, não conseguiu encontrar o interruptor da luz e teve de tatear seu caminho escada abaixo, o coração em disparada de muito café e vários cigarros. Sob a claraboia, a estrela em forma de punhal ainda faiscava. Do outro lado da portaria, ele virou à esquerda e partiu para a Baggot Street. O ar da noite era frio e úmido em seu rosto. Ele pensou não haver ninguém na rua, mas uma jovem, que mal passava de uma menina, saiu de uma soleira escura e perguntou se ele tinha fogo. Não podia ter mais de 16 anos. Tinha o rosto branco e fino, mãos brancas que o fizeram pensar em garras. Naquele momento, inexplicavelmente, veio-lhe a nítida lembrança do rosto de Phoebe Griffin, sorrindo ligeiramente para ele do outro lado da mesa do restaurante. A garota, ignorando a caixa de fósforos que ele lhe estendia, perguntou se estava interessado em se divertir. Sinclair disse que não e pediu desculpas, sentindo-se um tolo. Continuou andando e a prostituta lançou uma leve obscenidade para ele.

*Que órfãos?*

# 3

De certo modo, Quirke sabia que ela telefonaria. Embora ele lhe tenha dado o número do telefone de casa, por algum motivo ela preferiu ligar para o hospital. "Aqui é Françoise d'Aubigny", disse ela, acrescentando em seguida, "a Sra. Jewell", como se ele tivesse se esquecido. Quirke soube quem era desde a primeira palavra pronunciada. Aquela voz. Depois do diálogo inicial, os dois ficaram calados por alguns instantes. Quirke fantasiou que a ouvia respirar. Sua testa esquentou. Que absurdo; ele estava sendo absurdo.

— Como vai? — perguntou ele.

O juiz de instrução deu um veredicto em aberto sobre Richard Jewell — uma dissimulação, é claro, mas não surpreendente; o *Clarion* publicou o julgamento em dois parágrafos enterrados em uma página do miolo.

— Na realidade, eu me sinto muito estranha — disse Françoise d'Aubigny. — Como se estivesse em um balão, flutuando acima de tudo. Nada tem peso.

A lembrança dela esteve se imiscuindo nos pensamentos de Quirke durante dias, evasiva e insubstancial como um fio errante de uma teia de aranha, e igualmente pegajosa. Mesmo deitado na cama de Isabel Galloway, ele via o rosto da outra, suspenso, acima dele no escuro, e se sentia culpado, depois ressentido, porque não havia motivo para culpa nenhuma, nem nada de concreto. *Ou ainda não*, como sussurrou uma vozinha em sua cabeça.

— Sim — disse ele agora —, o luto é estranho.

— Ah... Parece que você conhece o sentimento.

— Minha mulher morreu. Já faz muito tempo. — Ela não fez qualquer comentário. Mais uma vez, fez-se silêncio na linha. — E sua filha — perguntou ele —, como está se saindo?

— Não muito mal. É uma garotinha muito corajosa. O nome dela é Giselle. — Agora foi a vez de Quirke não saber o que dizer. — Ela se recusou a ir ao enterro.

— Quantos anos ela tem?

— Nove. Muito nova, mas com idade para saber o que quer. Eu me lembro bem de como fui nessa idade, a dor aguda que sentia com as coisas na época.

Mais uma vez houve silêncio na linha, um tanto inquietante.

— Quer se encontrar comigo? — Quirke se ouviu perguntar.

A resposta dela foi imediata.

— Sim, eu gostaria.

ELES SE ENCONTRARAM PARA ALMOÇAR NO HIBERNIAN. HAVIA o movimento habitual do horário de almoço e a porta de vidro se abria e fechava, lançando um clarão repetido de luz solar refletida pelo piso de mármore, entre os pés de quem entrava e saía. Ela já estava à mesa quando ele chegou, sentada de costas muito retas, os ombros jogados para trás e os olhos fixos na porta, em expectativa. Trajava um vestido leve e fino, azul-claro, de bolinhas, e um chapéu minúsculo, enfeitado com uma pena e um broche, que ele desconfiava ter sido comprado na Maison des Chapeaux, onde a filha dele trabalhava — talvez até Phoebe o tivesse vendido. Ela estendeu a mão com a palma para baixo, como quem espera ser beijada, mas ele apenas a apertou e foi desajeitado.

— Peço desculpas — disse ela, olhando em volta — por ter sugerido este lugar... Richard almoçava aqui o tempo todo. Na verdade, acho que senti um ou dois olhares de reprovação. Será que devia pelo menos estar de preto?

Ela pediu uma salada e um copo de água gelada. Tristonho, Quirke pensou em meia garrafa de vinho, mas desconsiderou a ideia. Correu os olhos pelo cardápio, hesitante, e se conformou com uma omelete.

— Sim — disse Françoise d'Aubigny —, Richard adorava este lugar. Costumava brincar que era sua resposta ao Kildare Street Club, onde naturalmente ele não seria bem recebido. — Ela olhou para Quirke com um brilho indagativo. — Você sabe que a família é judia. Não é algo que eles costumem mencionar.

Ele sabia? Não tinha certeza. Havia o fato de Jewell ter sido circuncidado, mas isso nunca era uma prova conclusiva. Não sabia o que pensar deste aspecto das coisas, ou que relevância teria. E ela? O nome d'Aubigny era judeu? Ele podia perguntar a Sinclair, que talvez soubesse.

— Duvido que o pessoal da Kildare Street me recebesse também — disse ele, mas não a olhou nos olhos. Pensou mais uma vez no vinho; quem sabe só uma taça?

Ela ainda o observava, com um leve sorriso.

— Dr. Quirke, acho que você não está inteiramente à vontade.

Ele experimentou um lampejo súbito de impaciência, até de irritação. Ela estava certa: não deviam ter vindo almoçar aqui; provavelmente nem deveriam ter se encontrado.

— O caso, Sra. Jewell, é que não sei exatamente o que está acontecendo... Quer dizer, por que estamos aqui, desse jeito. — Ela estava tão linda que era quase doloroso de olhar.

Ela baixou os olhos, como quem quer esconder o sorriso.

— Sim, como eu disse, talvez não tenha sido uma boa ideia. — Agora ergueu a cabeça e sorriu. — Mas, se me lembro bem, o convite partiu de você.

A comida dos dois chegou. Quirke pediu ao garçom para lhe trazer uma taça de Chablis. Para sua surpresa, Françoise d'Aubigny disse que também beberia. Talvez ela estivesse tão nervosa quanto ele, apesar do ar de frieza e equilíbrio.

— Aquele detetive — disse ela quando o garçom saiu —, qual é mesmo o nome dele?

— Hackett.

— Sim. Hackett. Todos os policiais daqui são iguais a ele?

Quirke ficou feliz por ter motivo para rir. Recostou-se na cadeira.

— Não. Acho que não. Mas ele não é tão curto quanto parece.

— Curto?

— Obtuso. Lento.

— Ah, não... Não foi o que me pareceu. Ao contrário.

— Sim, ele é astuto, esse Hackett. — Ele via o garçom costurar por entre as mesas, trazendo no alto uma bandeja com duas taças.

— No início, pensei que *você* fosse o detetive da cidade — disse ela — e que ele era... não sei. Alguém do local, talvez, de lá. Não sei muito a respeito de Kildare, embora Brooklands seja nossa há muitos anos.

O garçom baixou as taças. Em suas profundezas cor de palha, cintilaram duas estrelas idênticas da luz de alguma janela distante. Quirke não pegou a taça, contou até dez, lenta e mentalmente.

— Ele não conhece bem o lado social das coisas — disse —, por isso, segundo penso, costuma me levar. — Quirke pensava no vinho e não no que dizia. Agora olhou nos olhos dela e sentiu sua testa se avermelhar. — Mas não sou muito sofisticado. — Ele ergueu a taça. Notou o leve tremor na mão. Bebeu. Ah!

— Você acredita, como ele — dizia Françoise d'Aubigny —, que meu marido não se matou?

Quirke, girando a haste da taça nos dedos, tentava não sorrir de pura felicidade. Era irresistível a euforia que brotava quando o álcool espalhava seus filamentos por ele como as raízes de uma sarça ardente. Agora precisava ter cuidado, disse a si mesmo, tinha de controlar as palavras.

— Sra. Jewell, acho que não há dúvida nenhuma de que seu marido foi assassinado.

Ela pestanejou e ele viu que engolia em seco.

— O que você descobriu — disse ela — quando... quando fez seu trabalho?

— A autópsia, quer dizer? Não passa de uma formalidade. Você viu como estava a cena naquele dia, seu marido atravessado na mesa, com a espingarda nas mãos.

— Sim?

Ela esperou, olhando-o, e ele alterou o peso do corpo na cadeira, inquieto. Certamente ela não podia estar em dúvida, na certa só estava se agarrando à esperança de... Do quê? Será que realmente pensava que era preferível ele ter se matado?

— É muito difícil falar sobre esse assunto, Sra. Jewell.

O olhar dela endureceu.

— Difícil para você ou para mim?

— Para você, é claro, mas para mim também.

Eles ficaram em silêncio, ela com os olhos pretos fixos nele e Quirke olhando em volta, pouco à vontade. Ela não havia provado a salada, nem o vinho.

— Sra. Jewell — ele se curvou sobre a mesa com o ar de quem recomeça a explicar em termos ainda mais simples algo que já era evidente —, não é fácil se matar com uma espingarda. Pense no tamanho do cano, na falta de jeito para colocar a arma em posição. Certamente seu marido não pode ter feito isso e terminado com a arma atravessada no peito, como você viu...

— O que eu vi? — vociferou ela, e o casal na mesa ao lado parou a conversa pelo meio e a olhou, assustado. — O que acha que vi? Meu marido prostrado ali, daquele jeito horrível... O que eu devia fazer, tomar nota de tudo, como se fosse alguém como você? — Seus olhos brilhavam muito. — Acha que sou um completo monstro, que não tenho sentimentos, que sou incapaz de ficar em choque?

— É claro que não...

— Então, por favor, não fale comigo desse jeito, como se discutisse a questão com o seu inspetor Hackett.

Ela se interrompeu, e ambos baixaram os olhos para as taças de vinho, a dela ainda cheia, a dele quase vazia.

— Perdoe-me, por favor, Sra. Jewell — disse ele. — Você me perguntou o que descobri e eu tentei explicar.

— Sim, sim, sim — disse ela, a voz num silvo —, claro, eu é que devo pedir desculpas. — Ela deu de ombros, conciliadora, e forçou uma centelha de sorriso. — Por favor, continue.

Ele abriu as mãos para mostrar que estavam vazias.

— O que mais posso dizer? Seu marido não se matou, Sra. Jewell. O inspetor Hackett já lhe disse isso e ele tem razão. Isto é um homicídio. Lamento muito.

Ela o encarou por um bom tempo, uma veia mínima se contorcendo no lado do queixo, depois arrebanhou a taça e bebeu metade do vinho em um gole só. Agora era a mão dela que tremia.

— O que vou fazer, Dr. Quirke? Diga-me o que fazer. Minha vida de repente parece ter se espatifado. Não posso fingir que Richard e eu éramos... que estávamos na empolgação inicial do amor, como dizem. Mas ele era meu marido, era pai de Giselle. E agora estamos sem ele.

Seus olhos brilhavam, e ele receou que ela fosse chorar. A mente de Quirke se agitava, impotente. Como poderia dizer a ela o que fazer, como viver? Sua própria vida era um mistério, um mistério insolúvel; como poderia saber da vida dos outros?

— Já ouviu falar — disse ela — de um homem chamado Sumner, Carlton Sumner?

— Sim, claro. Sei dele. — Ele sentiu o coração se acalmar.

— Devia conversar com ele; o inspetor Hackett devia interrogá-lo.

— Por quê?

Ela olhou o salão preocupada, como se buscasse com urgência alguma coisa.

— Se meu marido tinha inimigos... e sem dúvida tinha... o maior deles era Carlton Sumner.

Agora tudo tinha um ritmo mais lento, junto com o coração de Quirke, e ele teve a sensação de estar suspenso em um meio de sustentação líquido e pesado, porém maravilhosamente transparente.

— Está dizendo que você acha que Carlton Sumner pode ter alguma relação com a morte de seu marido?

Ela balançou a cabeça rapidamente e com impaciência.

— Não sei dizer. Mas acho que você deveria saber... que seu amigo detetive precisa saber... como estavam as coisas entre este homem e meu marido.

Ele olhou a omelete meio devorada no prato, a gota restante de vinho brilhando no fundo da taça. Pôs as mãos nos braços da cadeira e se levantou.

— Com licença, eu preciso... — Afastou-se rapidamente da mesa e foi para o saguão. Onde ficava o toalete? Ele viu a placa e foi para lá. Dois religiosos, um vigário e o que devia ser um bispo, conferenciavam junto a uma palmeira envasada. Um mensageiro, com seu chapeuzinho vistoso, olhou nos olhos de Quirke e, por algum motivo, sorriu e deu uma piscadela. Quirke passou pela porta de vaivém para o banheiro dos homens. O lugar estava vazio. Colocou-se diante do espelho grande, atrás das pias, e olhou fixamente por alguns momentos os próprios olhos, até que este olhar, que não parecia se originar dele, obrigou-o a se retrair e se virar. O gotejar de uma caixa-d'água com defeito dava a impressão de que ela falava sozinha.

Ele respirou fundo, e outra vez, sem perceber o ar fétido que tragava. Lavou as mãos e as enxugou na toalha, arriscando outro olhar para si no espelho, voltando ao saguão. À porta do salão de jantar, parou por um segundo para olhar onde estava sentada Françoise d'Aubigny. Ela acendia um cigarro; pensou vagamente que devia perguntar a Phoebe se tinha sido ela que lhe vendeu aquele chapéu. Respirou fundo mais uma vez, pressionando brevemente o osso esterno, e passou por entre as mesas. Françoise d'Aubigny ergueu os olhos para ele, soprando de lado a fumaça do cigarro.

— Você está bem? — perguntou ela.

— Sim. — Ele se sentou. — Eu não devia beber vinho.

— Ah, não?

Ele não estava com vontade de explicar este assunto, nem como tática de evasão.

— Sumner e seu marido — disse ele — eram parceiros de negócios? — Aos próprios ouvidos, sua voz parecia fina e fraca.

Françoise d'Aubigny curvou-se para a frente com os cotovelos na mesa e o cigarro suspenso de um lado. O batom era de um tom de escarlate escuro e quase violento. Ainda não havia tocado na salada e a alface já começava a murchar.

— Carlton Sumner estava tentando *tirar* os negócios de meu marido.

— Quer dizer que ele tentava entrar no mercado dele ou...?

— Ele estava tentando tomar os negócios. Ele queria... ele quer... especialmente o *Clarion*. Comprou algumas ações em segredo.

— Quantas?

— Não sei... não consigo me lembrar. Acho que foram muitas. Richard estava preocupado. Acredito que ele tinha medo de Sumner.

— Um canto da boca de Françoise se ergueu num leve sorriso irônico. — Não era de muita gente que Richard tinha medo, Dr. Quirke.

— Não — disse Quirke —, imagino que não. — Ele acendeu um dos próprios cigarros. Queria outra taça de vinho. — Então, Sumner estava fazendo uma tentativa de tomada hostil?

— Acho que sim. Houve uma reunião na casa de Sumner, no campo. Algo deu errado e Richard foi embora.

— Por quê?

— Não sei. Richard não falava comigo sobre essas coisas. — Seus olhos se estreitaram, e ela virou um pouco a cabeça de lado. — Você sabe disso, não sabe, da discussão e de Richard indo embora?

— Sei?

— Estou vendo na sua cara.

Ele fez um sinal para o garçom e ergueu a taça vazia, balançando-a.

— Meu assistente, no hospital, conhece sua cunhada.

Ela se retraiu um pouco, desconfiada.

— Dannie? Ela foi tratada em seu hospital?

— Não, não. Ele a conhece socialmente. Conheceram-se na faculdade. — Ocorreu a Quirke perguntar como eles se conheceram, porque Sinclair certamente era dois ou três anos mais velho do que Dannie Jewell. Será que Sinclair era um daqueles oportunistas que avançavam nas jovens do primeiro ano de estudos? — Eles jogam tênis juntos.

— Sim, Dannie joga bem — resmungou ela; era evidente que pensava em outra coisa. — Qual é o nome dele, de seu assistente?

— Sinclair. — Ele fez uma pausa. — Ele é judeu.

— Ah, sim? — disse ela vagamente. A informação não interessava; na verdade, ele não sabia se ela havia registrado. — Coitada da Dannie — ela lançou um olhar sombrio para o vazio —, isso tem sido muito difícil para ela, essa morte.

Chegou a segunda taça de vinho de Quirke. Desta vez ele contou até vinte, porém mais rápido do que antes.

— Fale-me da guerra — disse ele. Ela pestanejou, confusa por um momento. — Você disse que seu irmão foi morto.

— Ah. Sim. — Ela virou o rosto de lado por um breve instante. — Eles o levaram para Breendonk... Era um campo, um presídio fortificado, na Bélgica.

— Porque ele era judeu?

Ela o encarou.

— O quê? Não, não, ele não era judeu. — Sua expressão se desanuviou. — Ah, entendi. Você pensou... — Ela se interrompeu e riu; Quirke teve a impressão de que era a primeira vez que ouvia o riso de Françoise d'Aubigny. — Nós não somos judeus. Que ideia! — Ela riu de novo, balançando a cabeça. — Meu pai era um tremendo antissemita.

— Ainda assim...

— ... Ainda assim eu me casei com um judeu, não? — Ela assentiu, o sorriso ficou mais ácido. — Esse foi o maior crime que eu podia ter cometido. Meu pai... como vocês dizem mesmo?... me deserdou. Eu não era mais filha dele, ele disse. Na verdade, foi uma pena. Ele gostava de Richard, antes de descobrir que era judeu. Eles são... eram... muito parecidos, de várias maneiras. Não fui ao enterro dele. Agora me arrependo. Por isso não consegui insistir que Giselle estivesse lá quando Richard foi enterrado. Eu entendi.

Eles ficaram em silêncio. Quirke bebeu o vinho. Deveria ter comido mais da omelete, isso o ajudaria com o álcool, mas agora os ovos estavam frios e criavam um brilho parecido com o suor. Era sempre assim com ele: a bebida azedava o apetite e o deixava irritadiço, embora cantasse numa voz tão doce em suas veias.

— Seu irmão — disse ele —, o que houve com ele?

Ela acendia outro cigarro. Agora a mão estava firme, ele notou.

— Nunca mais tivemos notícias dele, nada. Provavelmente foi levado para o leste. Não sei qual foi a maior tristeza para meu pai, que o filho tenha morrido ou que tenha morrido entre os judeus. — Ela olhou para Quirke e virou a cara rapidamente. — Desculpe — disse em voz baixa —, eu não deveria dizer uma coisa dessas. Meu pai, afinal, não podia deixar de ser quem era. Nenhum de nós pode deixar de ser quem é.

Eles deixaram que alguns momentos se passassem em silêncio, um sinal de respeito, mais ou menos, pelos mortos, talvez, pelo pai bem como o filho. Depois Françoise d'Aubigny se agitou e apagou o cigarro no cinzeiro de vidro na mesa.

— Acho que agora preciso ir embora — disse ela. Quirke gesticulou de novo para o garçom. A mulher o observava, ponderando alguma coisa. — Vai falar com o inspetor sobre Carlton Sumner? — perguntou.

Quirke não a olhou.

— Sim, vou falar sobre isso. Mas esteja avisada, ele pode precisar lhe fazer algumas perguntas... Hackett, quero dizer.

Ela deu de ombros, mas ele via que ela não estava tão despreocupada quanto fingia estar.

— Se meu marido foi assassinado, então alguém o matou. Precisamos descobrir quem foi — ela arqueou uma sobrancelha, procurando a aquiescência dele —, não precisamos?

O DIA TINHA UMA LUZ OFUSCANTE QUANDO ELES SAÍRAM DO hotel e o brilho refletido nos tetos e janelas dos carros que passavam os obrigou a semicerrar os olhos. Eles se despediram na calçada.

— Obrigada pelo almoço. Foi muito agradável.

— Você não comeu nada.

— Não comi? Ultimamente, eu nem percebo. — Mais uma vez ela estendeu brevemente a mão fria e mole. — *Au revoir*, Dr. Quirke. Espero que nos encontremos novamente.

Ele a viu andar na direção da Nassau Street. Caminhava rapidamente, mas sem pressa, em passos ligeiros e hábeis, de cabeça baixa, como se procurasse no chão algum pequeno obstáculo que se erguia em seu caminho. Ele se virou e tomou o lado contrário, sem pensar aonde ia, sem se importar.

No cruzamento da Molesworth Street, uma brisa cálida o assaltou e teria levado seu chapéu se ele não o segurasse; a aba batia como um bico de pato, e ele sorriu consigo mesmo, exausto. O álcool no sangue — não o bastante, nem perto disso — já se dispersava, e ele se agarrava num leve e feliz desespero ao que restava de seus efeitos. No St. Stephen's Green, as árvores, salpicadas pelo sol, pareciam pasmadas de calor, a folhagem brilhando num tom de verde-escuro quase preto. Ele teve uma visão repentina do verão, afastado do calor pegajoso, do barulho e da sujeira, levando alegremente sua vida azul e dourada de sempre, e naquele exato momento, lhe ocorreu a ideia pavorosa de que ele se apaixonara. Tinha esperanças de que fosse o vinho.

# 4

MAS NÃO FOI O VINHO, E NOS DIAS QUE SE SEGUIRAM ÀQUELE almoço com Françoise d'Aubigny, o espírito cada vez mais agitado de Quirke o levou, impotente, a excessos ainda maiores de loucura amorosa. Sentia-se um velho devasso e insensível, vergonhosamente agrilhoado a uma juventude apaixonada. Era tolice ficar assim, nessa idade. Como se a própria mulher fosse assustadora demais para pensar nela diretamente, ele se fixou em aspectos oblíquos, como fazia quando era adolescente e encontrava na rua uma garota que lhe agradava; olhava para todo lado, menos para ela. A França, agora, não só o país, mas a ideia da França, de súbito tornou-se enorme para Quirke, como se passasse uma lente de aumento por um mapa do mundo e parasse, trêmulo, naquela grande massa em forma de fantasma no lado ocidental da Europa. Bastava tomar um gole de claret e lá estava ele, numa Provença imaginária, sob folhas de parreiras matizadas, sentindo o cheiro da poeira e do alho, ou em algum *impasse* ardente junto do Sena, os pombos bamboleando e a água correndo limpa pelos canais pavimentados, metade da rua na sombra roxa, e a outra ofuscada pelo sol.

Entrou de lado no Fox, na frente do Trinity College, e comprou um maço de Gauloises, levou para casa e se sentou fumando sonhadoramente perto da janela escancarada dando para a Mount Street enquanto o céu do fim de tarde se amarelava pelas bordas e as primeiras prostitutas chegavam titubeando nas calçadas largas. Encontrou o jornaleiro que carregava exemplares antigos do *Le Monde*, comprou e, com seu francês fraco, labutou pelas reportagens sobre a *guerre d'Algérie* e o Tour de France no mês seguinte. Não se sentia assim havia tempos, quando cortejou Delia, e agora estava horrorizado consigo mesmo, envergonhado e, ainda assim, ridiculamente feliz, tudo a um só tempo. Parecia flutuar pelos dias num êxtase estupefato, todos os obstáculos se abrindo como que por mágica, como quem boia na água.

Eles não combinaram de se encontrar novamente, ele e Françoise, mas não importava, Quirke sabia que se encontrariam, que o destino dos dois cuidaria disso. O destino cuidaria de tudo; não havia nada a fazer senão esperar. E esse tempo todo, enquanto o jovem Lotário saltitava nos prados de sua fantasia, colhendo ramalhetes de flores e chamando extasiado o nome da amada, em outra parte não encantada de sua mente, o cachorro velho que ele realmente era estremecia de consternação à ideia da circunstância violenta e sangrenta que o levou a este amor.

Em uma daquelas noites carregadas de romance — aquele céu de damasco, o vagar das nuvens de cobre! —, ele chegou em casa e encontrou Jimmy Minor sentado na escada diante da portaria. Minor era um nome absurdamente adequado, pois ele era um camarada mínimo, de cabelo ruivo fino que formava um bico de viúva e uma cara pequena, espremida e pálida, tomada de sardas grandes e amorfas. Usava calça de veludo cotelê desbotada, paletó de tweed e uma gravata verde e estreita com o nó muito apertado, parecendo um legume murcho. Fumava um cigarro com um desprazer amargo, como se fosse uma tarefa que lhe atribuíram injustamente, mas que ele não podia evitar.

Quirke não ficou surpreso; estivera esperando que Minor o procurasse.

— Soube que agora você está no *Clarion* — disse ele, parando na escada enquanto o jovem se levantava. — Não pensei que fosse um jornal do seu gosto.

— É um jeito de ganhar a vida — respondeu Minor, na defensiva, e, por um segundo, mostrou um canino manchado de tabaco.

Quirke tinha a chave na fechadura.

— Um amigo meu costumava dizer que o *Clarion* só falava de cavalos e padres mortos. Imagino que fosse nos velhos e respeitáveis tempos, antes de os Jewell assumirem e o transformarem em um tabloide.

Minor suspirou; sem dúvida essa não era a primeira zombaria despertada pelo novo emprego.

— É mais fácil atacar algumas coisas do que outras — disse ele. — Imagino que você leia o *Irish Times*... desculpe, acho que você recebe o *Times*.

Quirke, passando pela soleira, meneou a cabeça.

— Se recebesse alguma coisa, seria o *Indo*.

— Não faltam padres mortos e cavalos ali.

— Mas não penso muito nisso. Leio os casos judiciais.

— Então gosta de certa dose de obscenidade respeitável.

Quirke sorriu levemente.

— Entre — disse ele. — Preciso tirar esse terno.

No apartamento, o ar era pesado e malcheiroso — ele havia se esquecido de deixar uma janela aberta. Agora abriu uma delas, baixando a vidraça o máximo que podia. O céu assumira um rosa escuro pelas margens, com faixas mais altas de laranja e de um branco cremoso; as nuvens pequenas haviam partido. E lá estava Vênus, pontilhando o *i* do pináculo da Pimenteira, a igreja de São Estêvão, com um cravo de gelo esverdeado.

— Uma xícara de café? — perguntou Quirke por sobre o ombro. — Ou vamos para o pub?

— Pensei que você precisasse se trocar.

— E vou, num minuto.

Minor estava junto à estante, passando os olhos pelos títulos com aquela cabecinha afilada jogada para trás. Tinha um novo cigarro a caminho.

— É claro que você sabe por que estou aqui — disse ele, num tom forçosamente distraído, ainda olhando os livros. — Vejo que gosta de poesia. Um monte de Yeats. — Ele virou a cabeça. — É o seu preferido, não, Yeats? — E assumiu uma voz cantarolada, imitando o poeta numa fluência vibrante: *"A fúria e o lodo das veias humanas."*

Quirke não deu resposta nenhuma.

— Como está se saindo o *Clarion* sem o chefe? — perguntou ele.

Minor deu uma risadinha.

— Sem o chefe, é? Você é ótimo no humor negro. Ossos do ofício, imagino. — Ele pegou um livro e o folheou. Quirke viu a ponta do cigarro de Minor, receando que derramasse cinza quente na página. Era uma primeira edição de *The Tower* de Yeats, um livro que ele valorizava.

— O *Clarion* sem chefe deixa ouvir sua sofisticada música — disse Minor, com os olhos ainda na página. — Como Orfeu.

Quirke pensou que ele citava o livro que tinha nas mãos, depois percebeu seu erro.

— É bem o contrário — disse ele.

— Hmm?

— Orfeu acabou reduzido a uma cabeça, depois que as mênades despedaçaram seu corpo.

— Ah. Curvo-me a sua erudição superior, Dr. Quirke.

Agora foi a vez de Quirke suspirar. De súbito, estava entediado. Não tinha prazer em trocar chistes com este homenzinho azedo. Desconfiava de tê-lo convidado só porque isto lhe daria a oportunidade de falar de Françoise d'Aubigny.

— Soube que você escreveu a matéria sob a morte de Richard Jewell — comentou ele. — Mas sem assinar. — Ele acendeu um Gauloise. — Sabe de uma coisa, durante dias depois da morte de Stalin, ninguém de sua turma de bajuladores teve a coragem de dar a notícia ao grande público soviético. Como se o monstro velho pudesse voltar e acabar com eles.

Minor recolocou o livro na estante. Quirke notou de má vontade a delicadeza com que ele manuseou o volume e o cuidado com que o encaixou em seu lugar original.

— Não era uma matéria que precisasse ser assinada — disse Minor, tranquilamente. — Seu amigo Hackett, da Yard, não está falando muito. Devo pensar que a morte de Jewell não foi suicídio?

— É o que pensa?

— Não pode ter sido um acidente.

— Não pode.

Minor foi à janela, e os dois ficaram lado a lado, olhando para fora.

— Tem muita gente feliz com a morte de Dick Jewell — disse ele.

— Estou certo de que sim.

— Soube até que a viúva dele não está agindo como uma mulher arrasada pela tristeza.

— Acho que o casamento chegou ao fim há muito tempo.
— É verdade?
— Parece que eles tinham vidas separadas.

Minor deu de ombros.

— Eu não teria como saber disso.
— Foi o que ela deixou implícito.
— Ah, sim?
— Quando nos encontramos. — Era irritante, mas Minor mal parecia prestar atenção. — Nós almoçamos no Hibernian. Alguns dias atrás... depois que o corpo foi encontrado.

Agora Minor tinha o cenho franzido.

— Você almoçou com a mulher de Jewell?
— Sim. — Quirke percebeu que transpirava um pouco. Era perigoso falar com Minor desse jeito, quem poderia saber aonde isso levaria? Entretanto, não conseguia parar. Era como se estivesse se agarrando pela ponta dos dedos a um carrossel descontrolado, girando cada vez mais rápido. — Ela me telefonou. Queria conversar.
— Sobre o quê? — Minor encarava, incrédulo. — Sobre a *morte* do marido?

Quirke foi à lareira e fingiu ajeitar uma fotografia emoldurada na parede. Atget, *Versailles*, *Vénus, par Legros*. O jeito seguro de si, porém levemente sofrido da escultura de mármore. Como o dela. Sua mente não parava, conversando consigo mesma. Ele se sentia vagamente indisposto, como se estivesse se resfriando. *La grippe*. A febre do amor. Que absurdo, absurdo. Ele deu as costas ao homenzinho à janela.

— E como não seria assim? Falar sobre ele, quero dizer. Sobre o caso.
— E o que ela disse?

O que ela *disse*? Ele mal conseguia se lembrar, exceto, naturalmente, de uma coisa.

— Ela falou em Carlton Sumner.
— Ah, ela falou. E o que disse a respeito dele?
— Que ele e o marido tiveram uma briga numa reunião de negócios na casa de Sumner, em Wicklow. Que o marido havia saído. Sabe alguma coisa sobre isso?

— Só dos boatos. Sumner fazia uma tomada de controle hostil do jornal, Jewell não gostou, eles tiveram uma briga... O que tem de extraordinário nisso? O mundo dos negócios é sempre uma guerra.

— Sim, e morre gente nas guerras.

— E você acha que não morre nos negócios...? — Ele se interrompeu. Ambos tinham se afastado da janela e agora se encaravam. Minor fumava outro cigarro, como ele fazia isso? Eles apareciam como que conjurados diretamente do maço, já acesos. — Está sugerindo o que eu penso que seja? — perguntou ele, quase rindo. — Que Carlton Sumner...?

— Vou trocar de roupa — disse Quirke.

O que restava do sol do longo entardecer estava na cama, uma geringonça grande e dourada caindo oblíqua pela janela. Quirke ficou ali e respirou fundo mais de uma vez. Tirou o terno e o pendurou no guarda-roupa — o paletó tinha cheiro de suor antigo —, vestiu uma calça cinza apertada demais para ele e encontrou um suéter de caxemira azul-claro que ele nem sabia que tinha, vestindo-o também. Depois viu seu reflexo no espelho do guarda-roupa, chamativo em tons pastel. Tirou o suéter e a calça, colocou uma calça cáqui e um velho paletó de tweed.

Eles foram para a Baggot Street, ao Toner's. Não estava lotado. O crepúsculo azulado e onírico de verão parecia penetrar na atmosfera enfumaçada, suavizando ainda mais a pouca conversa que havia ali. Ao balcão, Quirke sentou-se em uma banqueta de madeira enquanto Minor ficou de pé, para que ficassem quase no nível dos olhos. Minor, fumando, é claro, tinha a mão no bolso da calça, sacudindo moedas. Quirke pensou que era aconselhável não beber e pediu um suco de tomate. Minor pediu um caneco de cerveja preta que, de certo modo, quando o levou aos lábios em bico, o deixou ainda mais parecido com um menino arrogante e precocemente envelhecido.

— E então — disse ele, limpando a boca com as costas da mão —, acha que Carlton Sumner pegou Diamond Dick. — Ele soltou uma gargalhada em relincho.

Quirke refletiu que aquilo não valia uma resposta.

— Até que ponto a tomada de controle era séria? — perguntou ele.

— Pelo que soube, muito séria. Sumner é dono de 29% das Jewell Holdings. São muitas ações, muita influência.

— Ele agora vai renovar a oferta.

— Talvez não. Disseram que perdeu o interesse. Sabe como são esses garotões; não ficam no ambiente de uma derrota. De qualquer forma, de que adiantaria a ele ter Dick Jewell morto?

— Quem sabe, vingança?

Minor meneou a cabeça.

— Isso não faz sentido.

— Não, não faz.

— O que Hackett pensa?

— E quem sabe o que Hackett pensa?

Eles tomaram suas bebidas em silêncio por um tempo.

— O que mais ela disse, a esposa... a viúva? — indagou Minor.

— Ela tem uma filha, de nove anos. Está preocupada com ela. É duro perder o pai nessa idade.

— Ela é francesa, não, a mulher?

— Françoise d'Aubigny.

— Hein? — Minor lhe lançou um olhar penetrante, talvez captando alguma coisa no tom de Quirke, um entusiasmo injustificado. Quirke brincou com o suco de tomate.

— Ela ficou com o nome de solteira — disse ele. — Françoise d'Aubigny.

— Não diga. — Ele sorriu. — Foi o que ela lhe disse, entre ostras e vichyssoise no Hibernian? A ocasião deve ter sido muito agradável. — Minor levava o orgulho profissional longe demais. Ele lambeu os lábios, ainda sorrindo. — Ela dará uma herdeira e tanto, imagino.

— Você imagina?

Por um segundo, Minor ficou com um bigode fino de espuma que mais uma vez limpou com as costas da mão delicada e meio sardenta.

— Ao que parece, é uma verdade. Eu não creio que ela... a mulher... não creio que tenha interesse em assumir. Provavelmente vai se conformar com o dinheiro e voltar para a França. Pelo que dizem todos, ela não gosta daqui. Eles têm uma casa no sul, um lugar desses, em Nice, acho, por aí. — Ele olhou atentamente para Quirke. — Você parece ter se impressionado com ela. Ela não é uma beleza? He he. — Quirke não disse nada. — Muito estranho — continuou Minor —, ela lhe telefonar para almoçar quando o marido nem tinha esfriado na cova. Os franceses são mesmo muito diferentes.

Quirke continuava calado. Agora lamentava não ter deixado Minor sentado na frente da sua porta, não ter simplesmente passado por cima dele e cuidado da própria vida, em vez de permitir sua entrada e dar a ele a oportunidade de falar daquele jeito de Françoise d'Aubigny, como se estivesse passando essas mãozinhas pegajosas por todo o corpo da mulher.

Um homem parrudo e avermelhado, de terno preto sujo, estava passando, parou e disse a Minor:

— Meu Deus, Jimmy, por onde anda se escondendo? — O homem olhava de esguelha, oscilando; estava completamente bêbado. Os dois conversaram por um minuto em tons de escárnio, depois o homem vermelho se afastou, trôpego. Minor não o apresentou a Quirke, que não esperava que o fizesse. Quirke pensou: *Esta cidade de estranhos de passagem*. Ele se lembrou de que devia telefonar a Isabel Galloway depois do trabalho, antes que ela fosse para o palco — ela estava no elenco de *Saint Joan* e esta era a noite da pré-estreia. Sentindo-se culpado, ele procurou moedas nos bolsos e olhou a cabine telefônica, pequena, com uma porta envernizada em um efeito pomposo de madeira e uma janela circular como uma vigia.

— Foi só isso que ela disse sobre Sumner — perguntou Minor —, que houve uma briga em Wicklow?

Quirke terminou o resto aguado e cor-de-rosa do suco de tomate.

— Você tem alguma coisa sobre isso?

— Sobre o quê?

— A morte de Jewell, a briga com Sumner. *Você me* procurou, lembra-se.

— Eu esperava que *você* soubesse de alguma coisa. Em geral, sabe. Hackett fala com você, ele é seu... — ele sorriu de um jeito desagradável — seu amigo especial.

Quirke desprezou a provocação.

— Hackett está tão confuso quanto todos nós — disse. — Por que *você* não vai falar com Carlton Sumner?

— Ele não me receberia. O pessoal dele diz que não fala com a imprensa. Não precisa, imagino.

Quirke começava a sentir dor de cabeça; surgia como uma batida atrás da testa, como de um tambor pequeno e esticado. Precisava de uma bebida, uma de verdade, mas não se atreveu a pedir nenhuma. Levantou-se da banqueta.

— Preciso ir — disse ele.

— Eu te acompanho.

A noite estava suave e amena. Acima da Baggot Street, uma névoa de estrelas parecia o leito de um rio sedimentado de prata.

— Como está Phoebe? — perguntou Minor. — Não a vejo há algum tempo.

— Ela está ótima. Mudou de casa.

— Onde mora agora?

— Em uma rua por lá, depois da ponte. Ela tem o que chama de conjugado. — Quirke costumava se perguntar sobre Minor e sua filha. Presumia que eles fossem e sempre seriam nada além de amigos, mas não podia ter certeza. Phoebe tinha seus segredos. Ele se perguntou se Sinclair teria telefonado para ela, depois daquele jantar desastroso no Jammet's. Torcia para que sim. A ideia de Sinclair cortejando Phoebe era um ponto de possível conforto no fundo da mente de Quirke.

— O capataz Maguire — disse Minor. — Sabia que ele passou uma temporada em Mountjoy?

Quirke demorou um segundo para absorver isso.

— Maguire?

— Ele é o capataz de Brooklands... O haras de Jewell.

— O que você quer dizer com temporada?
— Três anos. Homicídio culposo.

Sinclair telefonou para Phoebe. Convidou-a ao cinema. Foram ver *Rastros de ódio*, estrelado por John Wayne, no Savoy. Este segundo encontro dos dois não teve maior sucesso do que o jantar no Jammet's. O filme parecia irritar Phoebe. Enquanto andavam pela O'Connell Street depois do cinema, ela falou nele com desprezo. Não gostava de John Wayne, disse; ele era afeminado — "aquele *andar*" —, apesar de toda a pose de durão; na realidade, não passava de uma farsa. E Natalie Wood, no papel de uma garota que foi roubada pelos comanches — aquelas tranças, aquela maquiagem mogno brilhante e ridícula!

Sinclair ouviu em silêncio essas queixas. A veemência de Phoebe era desproporcional ao tema. Ela era uma criatura muito mais estranha do que ele imaginava. Sentiu uma escuridão nela, até a imaginou: um lago negro, circular e reluzente, como o fundo de um poço, inteiramente parado, mas de vez em quando a superfície estremecia por um momento em reação a algum terremoto distante ou uma rachadura e lançava um clarão de luz fria. Ela não fazia o gênero dele. Em geral, ele gostava de mulheres obtusas, não intelectuais, mas com muito vigor, turbulentas e exuberantes, que fingiam lutar quando as conduzia de costas para um sofá ou, em raras ocasiões, uma cama, mas depois cediam às gargalhadas. Ele não conseguia imaginar esse tipo de investida rude com Phoebe, não era capaz de imaginar tomando iniciativa nenhuma. Ela também era magra, magra demais. Quando eles estavam se sentando no cinema e a mão dele por acaso roçou na dela, Sinclair ficou chocado com a magreza fria daquela mão e, a contragosto, foi lembrado da sala de dissecação. Por que ele estava ali com ela, o que ele queria, ou esperava? Com relação a Phoebe Griffin, ele não conseguia entender a si mesmo.

Para surpresa de Sinclair, ela perguntou se ele gostaria de subir para um café. O convite foi feito com tanta naturalidade e franqueza que ele de pronto disse sim, sem pensar. Quase de imediato, porém, teve suas dúvidas. Era como se eles fossem crianças, e ela o tivesse convidado para brincar na casa dela, mas eles não eram crianças e a brincadeira que ele podia fazer com ela não seria infantil. Esta era a filha do chefe. Foi Quirke, no entanto, quem o convidou para jantar e conhecer Phoebe, e o que ele devia pensar senão que era um estímulo para... Para o quê? Não sabia. Era tudo muito perturbador. O que Quirke esperava dele? O que Phoebe esperava dele? O que ele esperava de si mesmo? E por que, aliás, telefonou para ela, antes de tudo? Ao andar ao seu lado, os dois agora em silêncio, ele se viu um pouco como um condenado caminhando para seu destino.

Eles também ficaram em silêncio no ônibus. Phoebe pagou a passagem dos dois antes que ele conseguisse tirar o dinheiro do bolso. Ela dobrou as tiras de papel e colocou na mão dele, sorrindo com cumplicidade, como se fosse um código secreto que confiava a ele. Sentaram-se no segundo andar e viram passar as ruas reluzentes. Embora fossem apenas dez e meia e ainda fizesse calor, não havia ninguém por ali, porque os bares ainda não tinham fechado. As árvores na Merrion Square eram uma massa escura, as folhas do alto das copas salpicadas e coloridas das luzes de rua a intervalos regulares. Sinclair não gostava da noite, sempre foi assim, desde criança; dava-lhe uma sensação de desolação sinistra. Ele pensou com saudade na própria casa, a poltrona junto da janela, as cortinas fechadas, o toca-discos esperando para ser ligado.

Phoebe deu sinal no ônibus, e eles ouviram a campainha tocar na cabine do motorista.

A CASA ERA BEM PROPORCIONADA, DE TETO ALTO E UMA MOLDURA para quadros correndo por todas as paredes, mas era muito pequena para ser sala, quarto e cozinha num cômodo só. Enquanto Phoebe preparava o café, ele andava por ali, circunspecto, olhando seus pertences, tentando demonstrar interesse sem ser inquisitivo. Havia uma foto em um porta-retratos prateado no consolo da lareira, mostrando um Quirke novo, com uma jovem no braço — a esposa morta há muito tempo, sem dúvida.

— O dia do casamento deles — disse Phoebe, do outro lado da sala, dando-lhe um susto. Ela se aproximou e lhe entregou a xícara, e juntos eles ficaram olhando a foto do casal feliz. — O nome dela era Delia — acrescentou. — Ela não era bonita, mesmo nessa roupa esquisita? Não a conheci... morreu no meu parto. — Ela lançou a ele um olhar estranhamente malicioso. — Então, imagine toda a minha vida de culpa — falou, num tom arrastado de estrela de cinema. Ele não sabia o que responder a isso.

Só havia uma cadeira, ao lado da lareira, e ela o fez se sentar enquanto se colocava na cama. E também caixas de papelão pelo chão; ele se lembrava de Quirke ter falado na mudança recente. Tomou o café. Estava forte demais e tinha um sabor amargo de fervido; provavelmente o deixaria acordado durante horas.

— Você gosta do meu pai? — perguntou Phoebe. Ele a encarou, arregalando os olhos. Ela estava sentada na cama, de pernas cruzadas por baixo do corpo e as costas na parede. Trajava um vestido preto com uma gola branca, o mesmo que usara outra noite, no Jammet's? O cabelo preto-azulado, como a asa de um corvo, brilhava à luz da luminária. Ela era muito branca. — Desculpe-me — disse, dando uma risadinha. — Imagino que não se deva perguntar essas coisas. Mas você gosta?

— Não sei se é uma questão de gostar — disse ele com cautela.

— Ele anda um pouco como John Wayne, já reparou?

— Anda, é? — Ele riu. — Sim, acho que um pouco. Talvez todo grandalhão ande assim.

— Como é trabalhar com ele?

Sinclair teve a nítida impressão de que essas perguntas não eram sobre o pai, mas sobre ele.

— É muito profissional. E acho que trabalhamos bem juntos. — Sinclair se interrompeu. — E *ele* gosta *de mim*?

— Ah — disse ela alegremente —, não falamos dessas coisas.

Ele não sorriu.

— De que coisas vocês *falam*? — Poucas, ele supôs, conhecendo Quirke.

Ela refletiu, virando a cabeça de lado como um passarinho.

— Bem, ele não fala comigo do trabalho em si. Este último caso, por exemplo... Aquele Jewell, que foi baleado. — Ela ficou em silêncio por um momento, olhando a própria xícara. — Ele me disse que você conhece a filha dele... Não, a irmã, não é?

— Sim, Denise... Dannie, como é chamada. Eu a conheço desde a faculdade.

— Você a conhece bem?

Ele hesitou. Essa pergunta de novo, a mesma que Quirke fez.

— De vez em quando nós jogamos tênis juntos — disse ele.

— Hmm. — Ela o examinou com muita atenção. — Tenho certeza de que você é um bom amigo. — Ela se levantou da cama e foi ao fogareiro no canto para se servir de mais café. Virou-se para Sinclair e levantou o coador, indagando, mas ele meneou a cabeça. Ela voltou a se sentar na cama, composta, como antes.

Sinclair queria fumar e se perguntava se poderia, e se ela teria lido seus pensamentos quando disse: "Pode fumar, se quiser. Tem um cinzeiro no consolo da lareira." Ela o viu pegar os cigarros e acender um, levantou-se para pegar o cinzeiro e o colocou no chão ao lado da cadeira.

— Como é ser um judeu? — perguntou ela.

De novo ele a encarou, soltando, surpreso, um jato rápido de fumaça. Era uma pergunta que jamais lhe fizeram, uma que nunca esperava ouvir. Ele deu uma risada breve e fraca.

— Acho que não penso nisso. Quer dizer, você não pensa no que é, pensa?

— Mas *eu* não penso que sou alguma coisa, entendeu? Sou como todo mundo por aqui. Mas você... você tem uma identidade, uma raça.

— Não é exatamente uma raça.

Ela gesticulou com impaciência.

— Eu sei, eu sei. Sei tudo sobre isso, os povos semitas e assim por diante. Mas a realidade é que você é judeu, membro de uma minoria muito, mas *muito* pequena. Isso deve causar alguma impressão... quero dizer, você deve ter consciência disso, pelo menos em parte do tempo.

Ele viu o que era. Apesar do que alegava, ela não pensava ser igual a todo mundo, de maneira nenhuma; pensava ser parecida com ele, ou o que julgava dele, uma *outsider*, até uma pária, cara-pálida entre os comanches.

— Minha família não era religiosa — disse ele —, e se você não é pelo menos um pouquinho religioso, então não é realmente judeu.

— Mas na guerra você deve ter sido... deve ter sentido...?

Ele baixou a xícara ainda com café no chão ao lado do cinzeiro.

— Vou lhe contar uma história — disse. — A guerra estava terminando e começava a se espalhar a notícia dos campos de concentração. Era a época da Páscoa, quando a Igreja Católica coleta uma oferenda anual dos paroquianos, sabe? Em uma noite escura, ouvimos uma batida na porta e minha mãe me mandou atender. Ali, na soleira, estava o maior padre e com a cara mais vermelha que eu já tinha visto na vida, um verdadeiro caipira, o pescoço imenso por cima da gola e os olhinhos de porco saltados. Ele me olhou de cima, pela extensão da batina, e no sotaque de Cork mais forte que se pode imaginar falou: "*Vim pegar os judeus!*" — Ela virou a cabeça de lado mais uma vez, franzindo o cenho, hesitante. — *O de Deus*, era o que ele queria dizer — falou Sinclair —, o dinheiro da Páscoa, só que um *d* de Cork sai como um *j*, e entendi *judeus*.

— E o que você fez? — perguntou ela, agora rindo. — O que disse?

— Fechei a porta na cara dele, corri para a cozinha e disse a minha mãe que era um caixeiro-viajante vendendo meias.

— Você teve medo?

— Acho que sim. Naquele tempo, eles sempre eram assustadores, os padres e gente assim... Qualquer autoridade do mundo *deles*.

Ela não perdeu a oportunidade.

— Está vendo? — disse, triunfante. — O mundo *deles*. Você se sentia diferente.

— Toda criança se sente diferente, seja judia ou não.

— Só as crianças?

— O que quer dizer com isso?

— *Eu* me sinto diferente e sempre será assim. Acho que você vai pensar que é vaidade, mas não é. Posso fumar um cigarro?

Sinclair levantou-se rapidamente, pegando o maço de Gold Flake no bolso.

— Desculpe-me — disse ele sem jeito, a testa morena mais escura. — Não pensei que você fumasse.

— Não fumo. Antigamente sim, mas eu parei.

Phoebe pegou um cigarro, ele abriu o isqueiro num estalo, e ela se curvou para a chama, tocando brevemente o dorso da mão de Sinclair com a ponta do dedo, para se equilibrar. Atrás da fumaça, ele pegou um leve sopro do perfume dela. Ela o olhou de baixo, mexendo os cílios.

De súbito, ele se deu conta da noite que os envolvia, vasta e sossegada.

— Preciso ir embora logo — disse ele.

Ela se recostou, dobrou o braço e colocou a palma da mão embaixo do cotovelo do outro braço. Tirou um pedaço de tabaco do lábio inferior. Ele se afastou de costas, virou-se, foi à cadeira junto da lareira e se sentou.

— Se eu não soubesse que é uma bobagem — disse ela, num tom quase despreocupado —, diria que você tem um pouco de medo de mim.

Ele a olhou como uma coruja e, de repente, riu.

— Bem, é claro que tenho. Que homem não tem medo quando uma mulher o leva para sua casa?

— Deveria ser o contrário?

— Claro — disse ele —, mas na verdade nunca é, como sabe. No fim das contas, nós somos o sexo mais fraco.

— Sim — disse ela, satisfeita —, você é.

E assim eles ficaram sentados por um bom tempo, sorrindo um para o outro, nenhum dos dois sabendo exatamente o que acontecera entre eles, mas certos de que houvera alguma coisa.

# 5

O QUE O DESTINO DOS DOIS DISPÔS, OU O QUE O DESTINO DISPÔS na forma de Françoise d'Aubigny, foi justamente uma festa. Ela não a chamou assim: no pequeno convite debruado de dourado, dizia *Coquetel Memorial*, que, aos ouvidos de Quirke, tinha um tom quase cômico. O evento seria às cinco da tarde na residência urbana de Jewell — agora de Françoise d'Aubigny —, no alto do St. Stephen's Green. Era uma casa grandiosa, com um grande jardim japonês de pedras nos fundos, e ali estavam reunidos os convidados. Ninguém soube muito bem o que vestir para ocasião tão estranha. Os homens estavam adequadamente com ternos sóbrios, mas as mulheres foram obrigadas a improvisar e havia à mostra muita seda, plumas pretas e chapéus azul-cobalto, e uma ou duas das mulheres mais maduras usavam luvas de algodão preto até o cotovelo. Garçons de casaca e gravata branca andavam entre os convidados levando bandejas de prata com champanhe em taças de cristal; a mesa de armar coberta com uma toalha branca ofuscante oferecia canapés, tigelas de azeitonas, picles de cebola e, no centro, um enorme salmão, suculento, indecente em seu rosa, arrumado em uma salva de níquel, todo pontilhado de porções de maionese e um recheio de contas reluzentes que alguns convivas conseguiram identificar como o melhor caviar Beluga.

— *C'est très jolie, n'est-ce pas* — disse Françoise d'Aubigny atrás dele, e Quirke se virou rapidamente, quase derramando a champanhe.

— Sim — concordou ele —, muito alegre... quero dizer, muito elegante.

Ela estava com um vestido de festa de cetim azul metálico e não usava enfeite nenhum, apenas um relógio mínimo cravejado de diamantes no pulso esquerdo. Tocou a borda da taça na dele, produzindo um leve tilintar.

— Obrigada por vir — disse em voz baixa. Quirke deu uma resposta educada que saiu como um gorgolejo. Passou tantos dias se lembrando dela, imaginando-a, e agora a súbita realidade de sua presença era dominadora.

Ela virou a cabeça para olhar a multidão murmurante.

— Acha que eu os choquei de novo? — perguntou.

— Bem, eles não rejeitaram o convite — disse Quirke. — Os irlandeses adoram um velório, como sabe.

— Velório? Sim, claro, acho que é o que eles pensam que seja.

— E não é?

Ela ainda olhava o ambiente, com um leve sorriso judicioso.

— Talvez eu devesse ter servido uísque e não champanhe — disse ela. — É o que as pessoas bebem em um velório irlandês, não?

— E cerveja, você se esqueceu da cerveja, e garrafas de cerveja preta, e *crubeens* em um balde.

— *Crubeens?*

— Pés de porco... *Pieds de porc.*

Ela riu baixinho, baixando a cabeça.

— Infelizmente sou uma anfitriã muito ruim. Depois, eles dirão coisas horríveis a meu respeito.

— Nem mesmo os *crubeens* os impediria de falar mal. Esta é Dublin.

— Você é muito — ela procurou pela palavra — *cínico*, Dr. Quirke. — Ela sorriu.

— Cínico? Espero que não. Eu diria *realista*.

— Não, sei qual é a palavra certa para você: desencantado. Uma palavra bonita, porém triste.

Ele concordou e inclinou a cabeça numa leve mesura — estava pegando o jeito da mesura gaulesa — e parou um garçom que passava, trocando a taça vazia por outra cheia. Duas deve ser o limite, disse a si mesmo; já se sentia suficientemente *dérangé* na presença desta mulher inebriante.

— Coma alguma coisa, Dr. Quirke — disse ela. — Sei que não sentirá falta de um pé de porco. Agora devo... como se diz?... circular.

— Ela ia se virar, mas parou, colocando dois dedos no pulso dele. — Não vá embora sem falar comigo de novo, sim?

Ela se afastou naquele andar acelerado, de cabeça baixa e a taça de champanhe aninhada no peito com as duas mãos. Ao lado dele uma ginkgo, não mais alta do que ele, mal passando de um broto fino, tremeu sem parar com todas as suas folhas.

NA MEIA HORA SEGUINTE, ELE CONVERSOU COM VÁRIAS PESSOAS; era inevitável um mínimo de socialização, embora Quirke, se pudesse, teria se esquivado. Queria ficar sozinho para repassar mentalmente e sem distrações aqueles momentos que ele e Françoise d'Aubigny partilharam junto da mesa de armar, com suas tigelas pequenas e modestas de entradas deslumbrantes e seu salmão desavergonhado. Apareceu um juiz idoso que conheceu o pai adotivo de Quirke, e ele teve de parar e ouvi-lo por dolorosos cinco minutos — o velho era surdo, falava aos berros, como se todos os outros partilhassem de sua incapacidade —, e uma atriz do Abbey que lhe lançou um olhar de reprovação jocoso e perguntou numa voz permeada de falsa doçura por que Isabel Galloway não estava com ele. Vez por outra, quando se abria um espaço entre as cabeças tagarelas, ele tinha um vislumbre tentador de Françoise — na imaginação, ele pelo menos conseguia abandonar a formalidade do sobrenome —, mas, mesmo abrindo caminho como podia pela multidão, não conseguia se colocar em sua vizinhança. Bebeu uma terceira taça de champanhe, depois uma quarta, e passou por uma porta-janela com esta taça, entrando na casa.

Penetrou em uma cozinha moderna e grande, onde foi ignorado pelos funcionários contratados do bufê, atarefados com seu trabalho, e seguiu por um longo corredor que se ampliou depois de duas portas verdes, transformando-se no hall da frente. Esta parte da casa parecia deserta. Ele notou pinturas — duas delas do insípido Paul Henry e um duvidoso retrato a óleo de um presunçoso de chinó — e uma antiga mesa lateral de carvalho, tendo acima um grande espelho de moldura dourada que se inclinava da parede e dava a impressão de vigilância e de uma leve ameaça. À direita e à esquerda, duas portas brancas e compridas, uma de frente para a outra. A da direita, para vaga surpresa de Quirke, estava trancada. A outra dava em uma sala de estar quadrada, de pé-direito alto e iluminada pelo sol do fim da tarde. Ele entrou.

Ali, duas enormes janelas abriam-se para a rua que entrava no Green e em suas árvores, e a luz despejada por elas tinha um tom verdejante. Um relógio de pêndulo grande e antigo, com um tique-taque pesado e hesitante, batia junto a uma parede. Em um aparador havia um vaso de rosas de um amarelo vivo. Ele foi se colocar perto de uma das janelas, erguendo o rosto, banhando-se na radiação calma e suave do céu. A champanhe provocara um zumbido leve, não desagradável, em sua cabeça. *Desencantado*, ela tinha dito. Sim, era uma palavra bonita e, sim, trazia um peso de tristeza, mas também havia algo de duro nela, duro e inflexível. Ele pensou no fato sombrio de que estava ali devido a uma morte violenta, embriagado com a champanhe do morto e transbordando de paixão por aquela viúva perigosa e encantadora. E sabia dos perigos da situação em que se encontrava e os aceitava, mais do que aceitava — o que era a paixão sem riscos, sem transgressão? Embora se soubesse culpado de muitas mentiras e evasivas imperdoáveis na vida, jamais tentou esconder de si o gosto pelo risco do pecado. Para ele, era o que agora representava Françoise d'Aubigny.

Quirke começou a experimentar uma sensação um tanto desagradável na base da nuca. Virou-se. Uma garotinha magra, pálida e comum, com um rosto comprido e estreito e óculos de aro redondo, olhava-o de uma poltrona junto da lareira. A poltrona tinha um estofamento caro de seda amarela, com uma estampa sutil de flor-de-lis, e era amarelo também, ou melhor, dourado, o vestido da menina, o traje formal inadequado com laços e babados sugestivos do século XVIII, fazendo-a parecer uma adulta vista da perspectiva errada, longe demais. Tinha o cabelo em duas tranças pretas presas nas pontas com fitas douradas que combinavam com o vestido. Ela parecia muito composta e seu olhar era direto e fixo, e Quirke, parado na luz tingida de verde e subitamente definida, sentiu-se um espécime preparado especificamente para o exame da menina.

— Olá — disse ele, a voz soando artificialmente alta no teto elevado.

A menina não respondeu de imediato, ainda o examinava, as lentes dos óculos eram dois círculos de luz opaca. Por fim, ela falou.

— Você é do pessoal do papai — perguntou ela —, ou é um amigo de *maman*?

Ele achou peculiarmente difícil pensar numa resposta satisfatória ou mesmo plausível a esta pergunta inteiramente lógica.

— Bem, acho que não sou nem uma coisa, nem outra. Só falei com seu pai uma vez, há muito tempo, embora tenha encontrado sua mãe várias vezes.

Ele franziu o cenho e a viu absorver isso; era evidente que, assim como Quirke, ela considerava a resposta dele insatisfatória.

— Você é um detetive? — Havia nela o leve ceceio de um sotaque.

— Não — disse ele, rindo —, não, sou um... sou uma espécie de médico. E você deve ser Giselle, não?

— É claro — disse ela com desdém.

A menina tinha um livro aberto no colo, um volume grande com ilustrações em tons desbotados.

— O que está lendo? — perguntou ele.

— *La Belle et la Bête*. *Maman* trouxe de Paris para mim.

— Ah. E você então lê em francês?

Ela também pareceu considerar esta pergunta indigna de resposta e apenas deu de ombros, como quem repete, *é claro*.

Em momentos de constrangimento social, Quirke sempre tinha uma consciência aguda de seu volume; de pé ali, sob o olhar fixo daquela pessoinha enervante, ele se sentia um gigante desajeitado de um conto de fadas. Agora a criança fechou o livro e o meteu com firmeza entre a almofada e o braço da poltrona, levantando-se e alisando a frente do vestido dourado.

— Por que você não está na festa? — perguntou ela.

— Eu estava. Mas eu vim... olhar a casa. Nunca estive aqui. É uma casa muito bonita.

— É mesmo. Temos outra no campo, em Brooklands... Mas você deve saber disso. E outra na França. Você conhece a Côte d'Azur?

— Infelizmente, não muito bem.

— A nossa casa fica em Cap Ferrat. Fica perto de Nice. Nossa casa fica num morro no alto da baía de Villefranche. — Ela franziu a testa, pensativa. — Eu gosto de lá.

A menina avançou e se colocou diante dele. Não era pequena para a idade, entretanto o alto da cabeça mal alcançava o nível do diafragma de Quirke. Ele sentiu o cheiro da menina; parecia pão dormido. O cabelo era de um preto reluzente, como o da mãe.

— Quer ver o meu quarto? — perguntou ela.

— Seu quarto?

— É. Você disse que veio ver a casa, então tem que ver lá em cima também. — Ele tentou pensar num jeito de declinar este convite, mas não conseguiu. Ela era uma figura estranhamente convincente. E segurou a mão esquerda dele.

— Vem — disse ela animadamente —, por aqui.

Ela o levou pela sala e abriu a porta. Teve de usar ambas as mãos para girar a maçaneta grande de bronze. No hall, segurou-o pela mão de novo e eles subiram a escada juntos. Sim, era o que parecia: o ogro incompreendido, monstruoso e desajeitado, mas no fundo inofensivo.

— Como você sabia quem era eu? — perguntou ela. — Você já me viu?

— Não, não. Mas sua mãe me disse seu nome e achei que você não podia ser outra pessoa.

— Então você conhece a *maman* muito bem, não é?

Ele pensou por um instante antes de responder; de algum modo, ela o compelia a sérias reflexões.

— Não, não muito bem. Mas almoçamos juntos.

— Ah, almoçaram — disse ela, sem ênfase. — Acho que você a conheceu quando papai morreu, porque você é médico. Você tentou salvar a vida dele?

A mão dela era seca, fria e ossuda, e ele pensou em um filhote de passarinho caído do ninho, mas este era um filhote que sem dúvida sobreviveria.

— Não, não sou esse tipo de médico.

— Que outros tipos de médico existem?

Ela agora o levava por um patamar com um tapete persa em tons variados de vermelho, do ferrugem ao sangue.

— Ah, todo tipo de médico — disse ele.

Ao que parecia, esta resposta bastou.

Seu quarto era absurdamente grande, um espaço enorme e quadrado, todo pintado de branco, com um teto branco e um carpete branco e imaculado, e até uma coberta branca na cama pequena e estreita. Era alarmante de tão arrumado, nem um brinquedo ou peça de roupa à vista, nem uma imagem que fosse nas paredes. Podia ser a cela de um anacoreta profundamente devoto, mas de uma riqueza imprópria. Provocou um estremecimento em Quirke. O único salpico de cor estava na única janela de guilhotina alta de frente para a porta, dando para Iveagh Gardens, um retângulo de azul, dourado e verde excessivo suspenso no meio de toda aquela brancura como uma pintura de Douanier Rousseau.

— Eu fico muito tempo aqui — disse a menina. — Gostou?

— Sim. — Quirke mentiu. — Muito.

— Não é muita gente que convido para vir aqui, sabia?

Quirke fez a mesura de francês que aprendera há pouco.

— É uma honra para mim.

Ela soltou um leve suspiro e disse, categórica:

— Você não quis dizer isso.

Ele não tentou contradizê-la. Juntos, foram à janela.

— Gosto de olhar as pessoas nos jardins — disse ela. — Aparece todo tipo de gente. Elas caminham. Algumas têm cachorros, mas nem todas. Às vezes elas fazem um piquenique. E tem um velho, acho que ele mora ali, eu vejo o tempo todo, andando pelas calçadas ou sentado na grama. Ele tem uma garrafa dentro de um saco de papel pardo. Uma vez eu tentei acenar para ele, mas ele não conseguiu me ver.

Ela parou. Quirke tentou dizer algo, mas não conseguiu. Imaginou a menina ali, recostada nessa janela, em silêncio, vendo a vida passar através daqueles seus óculos grandes.

— Quer brincar comigo? — perguntou ela.

Ela estava muito perto dele, olhando com gravidade, aquelas lentes redondas brilhavam, as tranças eram pesadas. A menina tinha uma presença física muito imediata, ou melhor, criava uma sensação fortemente tangível do físico, pois, na realidade, não era sua proximidade que o pressionava, pelo que ele percebeu, mas o senso de sua própria carnalidade, o calor de seu próprio sangue.

— Brincar de quê? — perguntou ele, cauteloso.

— Qualquer coisa. Do que você gostava de brincar quando era pequeno?

Ele riu, mas não lhe soou como um riso, mais parecia um ofegar nervoso.

— Sabe de uma coisa, nem consigo me lembrar. Já faz muito tempo. Do que *você* costuma brincar com seus amigos?

Algo se passou por trás daquelas lentes brilhantes, um breve lampejo de ironia e diversão que lhe conferiu uma aparência muito mais madura. Pela primeira vez, ele viu nela uma semelhança com a mãe.

— Ah, o de sempre — disse ela. — Sabe o quê. — Ele sentiu que era zombaria.

Ela ainda o olhava fixamente, um pé pousado no peito do outro, balançando um pouco os quadris magros. Ele nem imaginava o que estaria passando pela cabeça dela.

— Esconde-esconde — disse ele, com certo desespero — é uma brincadeira de que eu me lembro.

— É, papai e eu brincávamos disso. Mas ele era bom demais e sempre me encontrava, eu podia me esconder onde fosse.

Fez-se silêncio, e ela parecia esperar uma resposta específica. O carpete podia ser um manto de gelo rangendo. Será que ele devia tentar dizer a ela algo sobre o pai, procurar lhe dar algum conforto, ou lhe daria a oportunidade de continuar falando nele? Ele era órfão; não sabia o que era perder um pai ou mãe, súbita e violentamente, entretanto a calma e o controle daquela criança lhe pareciam artificiais. Mas as crianças eram para ele uma espécie distinta, indecifrável como os felinos, digamos, ou os cisnes.

— Tem uma coisa que você pode fazer para mim — disse ela.

— Ah, sim? — ele falou com ansiedade.

— Tem uma coisa que papai me deu e não consigo achar. Você pode procurar em cima daquele guarda-roupa — ela apontou — e ver se está lá. Sei que tem altura para isso.

— E que coisa é?

— Só um brinquedo. Um globo de vidro, sabe como, com líquido e neve dentro.

Ela agora o observava com mais entusiasmo, curiosa, parecia, para ver o que ele faria, como reagiria a esse pedido. Ele foi ao guarda-roupa que ela apontara — era de uma madeira quase branca, bétula ou freixo — e passou a mão pela borda externa no alto. Não sentiu nada, nem mesmo poeira.

— Acho que não tem nada aqui — falou ele. — Você disse um globo de neve? Tem uma cidade pequena dentro dele...?

— Pode estar no fundo. Você não procurou no fundo.

— É alto demais. Não consigo alcançar.

— Sobe nessa cadeira. — Ela a levou para ele. Tinha pernas curvas e um estofamento de cetim branco. Quirke olhou a cadeira, em dúvida. — Anda, sobe aqui. Se você sujar, a empregada limpa.

Ele não conseguia pensar num jeito de terminar com isso... Isso o quê, exatamente? Era um jogo que ela fazia, e se divertia à custa dele? Os olhos dela agora eram quase ávidos, e mais do que nunca se sentia ridicularizado. Ele ergueu o pé direito — nenhuma parte dele jamais pareceu tão grande ou inadequada num ambiente — e o colocou na cadeira, preparando-se para se impelir para cima. Neste momento, a porta se abriu, e Françoise d'Aubigny pôs a cabeça por ela, chamando a filha. Tudo se petrificou em um quadro vivo, a mulher à porta segurando a maçaneta, o homem equilibrado em um pé só, a garotinha de pé diante dele com as mãos recatadamente entrelaçadas à frente. E então Françoise d'Aubigny disse algo em francês; as palavras tinham um tom furioso, até violento. Quirke tirou o pé da cadeira e baixou no carpete como se não fosse dele, mas um fardo que amarraram nele.

— Desculpe-me — disse Quirke, sem saber do que exatamente se desculpava, mas a mulher não deu ouvidos a suas palavras.

— O que você está *fazendo*? — disse ela. — Por que está aqui? — Seu olhar ardente estava fixo em Quirke; pareceu-lhe que ela nem mesmo olhou a menina. Ele não tentou falar novamente; o que teria dito? Ela avançou da porta e pôs a mão em garra no ombro da menina, mas toda sua atenção ainda era dirigida a Quirke. — Pelo amor de Deus! — sibilou. Ele percebeu que ainda tinha a taça de champanhe na mão, embora agora estivesse vazia; talvez estivesse meio embriagado, era por isso que ela estava tão zangada? Num instante ela se transformara numa harpia, o rosto estreito branco como as paredes, a boca um talho vermelho. O que será que ele fez, de que ofensa ela o julga culpado? A situação em que ela o surpreendeu certamente não passava de um absurdo. Ele avançou um passo, levantando a mão conciliadora, mas Françoise d'Aubigny virou-se rapidamente, e junto com ela a menina, fazendo-a andar porta afora. Ali, a menina se demorou por um segundo, virou a cabeça e lançou a Quirke um olhar do que lhe pareceu a pura maldade sorridente. Ela se foi e ele ficou ali, perplexo e abalado, boquiaberto como um peixinho dourado.

No momento, ele estava descendo a escada, parando a cada terceiro ou quarto degrau para ouvir a casa, não sabia o que procurava — recriminações, lágrimas, o choro sofrido de uma criança espancada? Mas não ouviu nada, apenas o ruído distante de vozes do lado de fora, onde continuava aquela festa grotesca. Ele passava pela sala de estar quando a porta se abriu e Françoise d'Aubigny estava ali, não mais furiosa, porém fatigada.

— Por favor, não vá — disse ela, recuando um passo e abrindo mais a porta, gesticulando para ele entrar. Quirke hesitou, sentindo uma centelha de resistência colérica; deveria se esquecer de que há menos de três minutos ela o fuzilara com os olhos, furiosa, como se ele fosse um invasor ou, pior, algum molestador de crianças? Todavia, ele não conseguiu passar ao largo; a atração da beleza dela, de sua, sim, magnificência, era forte demais para ele. Quando passou pela soleira, ficou aliviado ao ver que a menina não estava ali, embora tenha visto seu livro ainda alojado de lado na poltrona, onde ela o deixara. O sol tinha se alterado na janela, agora mais fino, uma lâmina de um dourado mais intenso.

Françoise d'Aubigny foi à lareira, torcendo espasmodicamente um lenço de renda nas mãos.

— Perdoe-me — disse ela. — Você deve me considerar uma pessoa horrível por falar com você daquele jeito.

— Não, eu é que devo pedir desculpas. Não pretendia invadir a privacidade de seu lar. Não me pareceu assim, quando fiz. Sua filha é muito encantadora.

Ela o olhou rapidamente.

— Você acha? — Parecia uma pergunta sincera que exigia uma resposta sincera.

— Sim, claro — disse ele sem convencer, mentindo novamente. — Encantadora e... e irresistível. — Ele tentou abrir um sorriso triunfal, sem saber o que havia para conquistar. — Ela insistiu em me mostrar o quarto.

Parecia que Françoise não ouvia mais. Ficou junto do consolo, olhando a lareira de mármore vazia com uma expressão atormentada.

— Tem sido tão difícil — disse ela em voz baixa, como se falasse sozinha —, tão difícil, esta última semana. O que é que se diz a uma criança cujo pai... morreu, tão de repente, de um jeito tão horrível?

— As crianças são resistentes — disse Quirke, consciente de que isso soava tolo e banal. — Elas superam coisas que nos matariam.

Ela ainda estava vidrada na grade da lareira, depois voltou a si com um sobressalto e se virou para ele.

— São mesmo?

Ele hesitou.

— Assim eu soube.

— Você não tem filhos?

— Não... quero dizer, sim. Eu tive... *tenho* uma filha. É adulta. Não a conheci quando era criança.

Ela começou a chorar, sem preâmbulos, sem estardalhaço, sem barulho algum, os ombros se sacudindo. Ele não hesitou, atravessou a sala e a tomou nos braços. Ela era tão magra e, de súbito, tão frágil, uma ave alta e desolada. Pelo tecido de cetim de seu vestido, ele sentia as bordas afiadas das omoplatas; seus soluços as faziam se contorcer como asas dobradas e tensas. À aproximação dele, ela pressionou os punhos que seguravam o lenço e os manteve junto do peito, e agora estavam contra o peito dele também, embora não fossem uma barreira, como ele sentiu, ao contrário, aquele gesto representava um sinal de carência, um gesto de súplica. De algum modo, Quirke encontrou sua boca e sentiu o gosto das lágrimas, quentes e ácidas. Ele a beijou, mas ela não correspondeu, apenas tolerou os lábios dele, relutante, ao que parecia, ou talvez até sem perceber. Ela podia ser uma sonâmbula, esbarrando nele no escuro, sem acordar. Desvencilhou-se do abraço dele e recuou um passo.

— Desculpe-me — disse Quirke, embora não lamentasse nada.

Françoise piscou; ele notou que ela se concentrava.

— Não, não, por favor, não fique se desculpando. Estou feliz. Foi — ela sorriu com esforço, as lágrimas ainda brilhando nas bochechas — inevitável.

Era estranho para ele como toda incerteza e dúvida, todo aquele titubeio adolescente, como tudo passara, livrou-se disso num instante, substituído por algo mais profundo, mais sombrio, de muito mais peso, como se esse beijo fosse o ápice de uma cerimônia que ele não tinha consciência de se desenrolar e que terminou ali, junto da lareira fria, com os dois selando um pacto solene de dependência e colaboração tensa; e não era a proximidade da lareira, ele sabia, que conferia a sua boca um amargo sabor de cinzas.

# 6

Quando a recepcionista do hospital ligou dizendo que ele tinha uma visita, Quirke não reconheceu no início, mas depois se lembrou.

— Diga a ela que vou subir. — Ele colocou lentamente o fone no gancho.

Estava frio na sala do porão, como era habitual, mas o calor deste dia chegava a essas profundezas. Quirke deu os últimos tragos no cigarro e o apagou no cinzeiro da mesa, levantando-se. Não estava com o jaleco branco, mas agora o vestiu; servia como uma máscara, aquele jaleco, emprestando anonimato e autoridade. Ele andou pelo corredor curvo pintado de verde e subiu a grotesca escadaria de mármore que levava ao saguão de entrada do hospital — o lugar fora construído para abrigar escritórios do governo no século anterior, quando os governos ainda podiam pagar por esse tipo de coisa.

Ela esperava junto da mesa da recepção, aparentando estar meio nervosa e perdida.

— Sra. Maguire — disse Quirke. — Como vai?

Ela usava um chapeuzinho feio virado para o lado esquerdo, com um alfinete de pérola. No braço, trazia uma bolsa de couro caramelo. Quirke notou os calçados baratos.

Ela falou com atropelo:

— Dr. Quirke, espero que não se importe de eu vir aqui desse jeito, eu só queria falar com o senhor sobre...

— Está tudo bem — disse ele em voz baixa, o dedo no cotovelo de Sarah Maguire para afastá-la do ouvido das duas recepcionistas, que a olhavam com franca especulação. Pretendia levá-la à cantina, mas agora concluiu que seria melhor afastá-la inteiramente do prédio; havia certa histeria em suas maneiras e não agradava a ele a perspectiva de uma cena. Ele tirou e dobrou o jaleco branco, pedindo a uma das recepcionistas que cuidasse dele até sua volta.

— Venha comigo — disse ele a Sra. Maguire. — A senhora parece precisar de uma xícara de chá.

Eles foram para o barulho e o calor do meio da tarde. O ar tinha um tom azulado, parecia carregado e quase irrespirável. Ônibus bradavam e os tetos pretos e curvos dos carros emitiam um brilho de derretido. Eles pararam na cafeteria Kylemore da esquina. Àquela hora havia alguns clientes, principalmente mulheres, fazendo uma pausa das compras, aparentando calor e irritação. Quirke a levou a uma mesa no canto. Tinha um cigarro a caminho da boca antes de se sentarem. Apareceu a garçonete de uniforme cor de chocolate e ele pediu um bule de chá com biscoitos e um copo de água com gás para ele. A Sra. Maguire retraiu-se no canto em sua cadeira, muito parecida com um camundongo espremendo-se pela entrada escura do buraco. Havia uma queimadura no canto da boca. Os olhos eram tão claros que era difícil saber a cor; Quirke pensou naquelas bolas de gude de vidro leitoso que eram muito valorizadas em sua infância.

— Então — disse ele —, pode me dizer o que quer conversar comigo.

Como se ele já não soubesse.

— É sobre William, meu marido. Ele...

De súbito, quando ela disse o nome, Quirke se lembrou. Como pôde ter esquecido, quando Jimmy Minor lhe contou sobre Maguire ter cumprido pena em Mountjoy, que ele dera testemunho médico no julgamento? Billy Maguire — é claro. Dez anos atrás, foi isso — mais, quinze. Um negociante de gado morto numa briga depois de uma feira em Monasterevin. Golpe de punho no pescoço, artéria carótida esmagada e, como se não bastasse, o sujeito caiu de costas e bateu o crânio em uma pedra do calçamento. Billy Maguire não conhecia a força que tinha ou, ao que parecia, seu mau gênio incontrolável. O júri teve pena dele, daquele jovem desolado e assustado, arriado na cadeira dia após dia, com seu terno de domingo, tentando acompanhar os procedimentos do julgamento como a criança mais lenta numa sala de aula. Ele pegou cinco anos, três, como se revelou, por bom comportamento. Será que Dick Jewell sabia da condenação quando o contratou para administrar Brooklands? Quirke achava que não. Jewell, o filantropo social, era em grande medida um fruto hábil da imaginação dos redatores do *Clarion*.

— ... Mas não há motivo para ele ser caluniado agora — dizia a mulher de Maguire, recurvada para a frente, esticando o pescoço fino e indefeso. — William é um bom homem, e isso tudo faz parte do passado, não é, Dr. Quirke?

— Caluniado? — disse Quirke. — Como?

Ela lançou um olhar de lado, rápido e amargurado.

— Ah, na cidade, é claro, estão dizendo que o Sr. Jewell não fez aquilo tudo sozinho, que foi tudo montado por alguém que estava lá naquele dia. Mas foi suicídio, não foi, doutor?

Quirke abriu o sorriso mais gentil que conseguiu.

— A senhora nem tocou no seu chá. Tome um pouco, vai acalmar seus nervos.

— Ah, meus nervos! — exclamou ela, com uma risadinha áspera. — Meus nervos não podem mais se acalmar.

Quirke bebeu sua água, as bolhas subiam pelo nariz e estouravam, mínimas, dando-lhe vontade de espirrar.

— O que acha que posso fazer, Sra. Maguire?

— Talvez possa falar com ele, dizer para se aguentar e não prestar atenção a esse povo da cidade que fala dele pelas costas. Ele se lembra do senhor. Do... do julgamento, que o senhor foi simpático.

Ele desviou o rosto do medonho olhar suplicante, que, para vergonha dele, lhe dava nos nervos.

— E o que *ele* acha que aconteceu naquele dia? — perguntou Quirke.

Ela baixou a cabeça e afundou o queixo no pescoço, olhando-o fixamente.

— Como assim?

— Seu marido... *ele* acha que Richard Jewell se matou?

O olhar fixo vacilou e resvalou para o lado.

— Ele não sabe o que aconteceu, assim como todo mundo — ela voltou a olhar para Quirke e, agora, seus olhos se estreitaram —, não sabe mais do que a própria Guarda Real, quando a gente lê nas entrelinhas o que dizem os jornais, até o *Clarion*. — Mais uma vez aquela risadinha áspera. — Especialmente o *Clarion*.

Ele serviu mais chá. Ela olhou as mãos dele como se Quirke realizasse uma manobra exótica e tremendamente delicada.

— Há quanto tempo vocês estão em Brooklands — perguntou ele —, a senhora e seu marido?

— Desde o ano depois de ele... de ele sair. A Sra. Jewell o contratou.

— *A Sra.* Jewell? — perguntou ele incisivamente. — Françoise? Quer dizer...

— Sim, ela. Ela é coproprietária de Brooklands, como sabe. Ela sempre administrou o lugar.

— E ela contratou seu marido como capataz. Ela sabia do...?

A mulher o olhou com compaixão.

— Que ele esteve na prisão? Acha que é possível guardar segredo de uma coisa dessas, naquele lugar?

— A senhora não pensou em se mudar, ir para outro lugar?

Desta vez ela balançou a cabeça, sem acreditar na ingenuidade dele.

— E para onde teríamos nos mudado? — Ela tomou um gole da xícara e fez uma careta. — Esfriou — falou ela, mas quando ele se propôs a pedir um novo bule ela disse que não, não conseguiria beber o chá, estava aborrecida demais. Ficou ensimesmada por um tempo, sondando distraidamente a queimadura com a ponta da língua. — Ele não teve nenhuma chance desde que nasceu, o pobre William — continuou. — A mãe morreu quando ele tinha sete anos e o pai o colocou no St. Christopher's.

— St. Christopher's — disse Quirke, a voz monótona.

— Sim. O orfanato. — Ela o olhou; a expressão dele também era vaga. — Era um lugar daqueles. As coisas que ele me contou! E eles se dizem padres? Ha!

Ele virou a cara. A fumaça do cigarro se contorcia indolente na luz do sol que entrava pela porta, e as pernas arranhadas das mesas brilhavam, a poeira deslocada no chão.

Ele falou mais uma vez:

— Diga-me, Sra. Maguire, o que acha que posso fazer pela senhora.

— Não é por mim — respondeu ela com aspereza, olhando-o rapidamente.

— Bem, então por seu marido.

— Eu já falei... O senhor podia conversar com ele.

— Não vejo de que adiantaria isso. Se ele não tem motivos para se sentir culpado, então...

— *Se?* — De novo aquele olhar fixo. Havia um leve estrabismo no olho esquerdo que lhe conferia um aspecto torto e meio demente. Por que, verdadeiramente, ela o havia procurado?

— Como eu disse, se não tem motivos para se sentir culpado, não entendo por que precisa que eu ou qualquer outro converse com ele. Está preocupada com os nervos *dele*?

— Ele está terrivelmente tenso. Leva o emprego muito a sério, sabe? É uma grande responsabilidade administrar o haras. Ora, é claro que existe preocupação sobre o que vai acontecer. Estão falando que ela vai vender e se mudar para a França. — *Ela*. Ao pronunciar esta palavra, sua boca delgada ficou ainda mais fina. — O irmão do Sr. Jewell vai voltar da Rodésia e cuidar dos negócios, mas o Sr. Jewell deixou metade de Brooklands para ela fazer o que bem entender.

— Estou certo de que ela não deixará que a senhora e seu marido passem fome.

— Tem certeza mesmo? — Ela soltou aquele riso frio. — Eu não teria certeza de nada, com aquela lá.

Ele acendeu um cigarro.

— A senhora estava na casa naquela manhã, não? — perguntou ele. — Ouviu o tiro da espingarda?

Ela balançou a cabeça.

— Não ouvi nada, até que William desceu do escritório e nos contou o que tinha acontecido.

— Nos contou?

— Ela e eu... Sua Senhoria, a Sra. J.

— Pensei que ela tivesse chegado mais tarde, de Dublin.

— Ela chegou? — Seus olhos ficaram vagos. — Não sei, pensei que estivesse ali. Tudo virou um borrão na minha cabeça. Nem acreditei quando William contou o que aconteceu. E depois a Guarda Real, e aquele detetive... — Ela fixou nele sua encarada estrábica. — Por que o Sr. Jewell faria uma coisa dessas, meter uma bala em si mesmo, daquele jeito?

Ele apagou o cigarro no cinzeiro de estanho. Tentava pensar num jeito de encerrar aquela conversa, se é que ela existia, e voltar ao trabalho. A mulher o irritava, com suas maneiras ao mesmo tempo obsequiosas e amargas como fel.

— Não creio que ele tenha dado aquele tiro.

— Então, o que...?

— Outra pessoa, Sra. Maguire — disse ele. — Foi outra pessoa.

Agora ela soltou o ar lentamente.

— Então, o que estão dizendo na cidade é verdade.

— Que ele foi assassinado? Eu acho que sim. A polícia pensa que sim.

De repente, ela estendeu o braço e o segurou pelo pulso.

— Então o senhor terá de falar com aquele detetive e dizer a ele que não foi William. O meu William não faria uma coisa dessas. Aquele outro assunto, foi um acidente... O senhor mesmo testemunhou no tribunal. O senhor o ajudou na época... vai ajudá-lo agora?

Ela soltou seu pulso. Ele a olhou, tentando esconder o desprazer.

— Não sei o que posso fazer para ajudá-lo. Não penso que ele *precise* de ajuda, uma vez que não é culpado de nada.

— Mas estão dizendo...

— Sra. Maguire, não se pode impedir a fofoca do povo. Ninguém consegue.

Ela arriou, soltando um longo suspiro que parecia deixá-la murcha.

— É sempre assim — disse ela em voz baixa e venenosa. — Os poderosos fazem o que querem e a gente que se lixe. Ela vai vender, eu sei que vai, vai embora para o sul na França com aquele arremedo de filha dela e vai nos deixar onde Jesus deixou os judeus.

— Tenho certeza de que está enganada. — A voz de Quirke era severa, mas involuntária. Ele não podia negar: achava aquela mulher repulsiva, com sua voz lamentativa, o olho torto e aquela ferida no lábio. Disse a si mesmo que não era culpa dela, que a mulher era uma das vítimas naturais da vida, mas de nada adiantou; ainda tinha a forte vontade de se livrar dela. — E agora — disse ele com uma energia exagerada, empurrando a cadeira para trás e pegando meia coroa para pagar a conta — preciso voltar ao trabalho.

Ele se levantou, mas ela continuou sentada, fitando com olhos estreitos e vagos na direção de sua cintura.

— Está certo — disse ela, num resmungo veemente —, volte para seu grande trabalho. Vocês são todos iguais, todos vocês.

Ela soltou um soluço abafado e, arrebanhando a bolsa, deslizou de lado na cadeira, precipitou-se para a porta de cabeça baixa e lá se foi, tragada no sol empoeirado da rua. Ele colocou a moeda na mesa e suspirou. Será que a mulher tinha razão, Françoise ia vender e partir para a França? Afinal, o que a prendia ali?

Ele saiu para a luz do dia e seu coração parecia gelado, apesar do calor. De súbito não conseguia imaginar aquele lugar sem Françoise d'Aubigny.

No sábado, ele e o inspetor Hackett foram a Roundwood. Hackett pediu a companhia de Quirke "para ver o que você arranca desse tal de Carlton Sumner". Sentaram-se no banco traseiro da grande viatura policial sem insígnia, num silêncio amistoso pela maior parte do trajeto, olhando os campos ressecados que se abriam em leque ao seguirem pelas estradas retas e estreitas. O sargento Jenkins estava ao volante, e quando os dois olhavam para a frente viam sua nuca estreita e as orelhas pontudas.

— Ainda não tem carro, Dr. Quirke? — indagou Hackett.

Quirke não disse nada. Sabia que era uma provocação. O Alvis que ele teve, uma fera magnífica e de preço exorbitante, capotou no mar numa tarde de neve do inverno anterior, com um morto dentro dele.

Eles passaram por Dundrum e dali subiram a longa ladeira para as montanhas. O tojo lutava para florescer, mas a aridez a tudo tomava. Não chovia havia semanas, e os pinheiros e abetos que cerravam fileira pelas encostas vergavam suas copas.

— Haverá incêndios — disse Hackett. — E será o fim dessas plantações. E já não era sem tempo, eu diria... devíamos plantar carvalhos e freixos, e não essas malditas porcarias feias. — Em Enniskerry, o pitoresco vilarejo tinha um engarrafamento de fim de semana dos que estavam a caminho de Powerscourt e Glencree. Jenkins era um motorista nervoso e pisava forte no freio, jogando a alavanca de marcha, e assim os dois homens na traseira eram atirados para a frente e para trás como um par de manequins; nenhum deles fez comentário algum.

Quirke descreveu a visita de Sarah Maguire.

— Sim — disse Hackett —, revisei a ficha do homem, o marido. Você testemunhou no julgamento.

— É verdade, eu tinha me esquecido.

— Você foi bonzinho com ele.

— O juiz também. Foi uma infelicidade... ninguém saiu daquilo incólume.

O detetive deu uma risadinha.

— Em particular, o pobre palerma que morreu. — Ele ofereceu um cigarro, e Quirke pegou o isqueiro e acendeu. — O que a esposa queria?

— Não sei — respondeu Quirke. — Pediu-me para falar com você, dizer que não foi o Billy dela que matou Diamond Dick.

Hackett não disse nada, apenas olhou de banda para Quirke, com um sorriso torto.

A CASA DE SUMNER TINHA A APARÊNCIA DE UM RANCHO, UM retângulo feio de construções térreas de laje espalhando-se em torno do pátio central, com uma grama raquítica e queimada do sol.

Eles entraram por um portão de ferro batido que podia ser decorado com emblemáticos chifres de vaca e um par cruzado de revólveres. No fim de uma entrada curta e de terra, passaram sob uma arcada baixa para o pátio, onde uma mulher de calça larga e blusa azul-clara esperava por eles. Quirke a reconheceu. Gloria Sumner não mudara muito no quarto de século desde que ele a vira pela última vez. Era alta, loura e de ombros largos, tinha um rosto forte e quadrado que antigamente fora bonito e agora era atraente. Ela se aproximou, estendendo a mão.

— Inspetor Hackett, não?

Hackett apresentou Quirke. O educado sorriso de boas-vindas da mulher não se alterou: ela se lembrava dele e decidiu não demonstrar? Não devia gostar de recordar a época em que se conheceram — as meninas da turma e da posição social dela não engravidavam antes do casamento —, e, de qualquer modo, eles se relacionaram muito brevemente.

— Dr. Quirke — disse ela —, é muito bem-vindo.

Ela levou os dois por uma varanda envidraçada para dentro da casa — Jenkins recebeu a ordem de esperar no carro — e por um corredor baixo e largo a uma sala de estar, também envidraçada de um lado e mobiliada com poltronas de encosto baixo e um grande sofá de couro. Havia cactos em vasos e um tapete de pele de lobo, com cabeça e tudo, olhos de vidro fixos e ferozes. Gloria Sumner viu Quirke olhando essas coisas e lhe abriu um sorriso irônico.

— Sim — disse ela —, meu marido gosta de ser lembrado do espírito canadense e selvagem de sua juventude. — Ela se virou para Hackett. — Um chá, inspetor? — Seu olhar assumiu uma luz irônica. — O senhor me parece homem de uma xícara bem forte.

Ela deve ter apertado uma campainha oculta, porque quase de imediato apareceu uma garota, ou uma jovem — era difícil saber sua idade —, vestida em calça de veludo cotelê rústica e uma camisa xadrez. Era baixa, atarracada e tinha o cabelo claro, quase sem cor, e um rosto ossudo maltratado pelo sol. Não era um fantasma, entretanto andava num silêncio sinistro, tentando ser invisível e não olhar para ninguém.

— Ah, Marie — disse Gloria Sumner. — Chá, por favor. — Ela se virou para Quirke. — E o Dr. Quirke... chá, ou outra coisa?

— Nada, obrigado — respondeu Quirke. — Talvez um copo de água.

A garota Marie assentiu uma vez, muda, e partiu no mesmo silêncio com que entrou.

— Sentem-se, senhores — disse Gloria Sumner. Os dois homens assumiram as poltronas, enquanto a mulher se reclinou um pouco no sofá e os olhou com um interesse tranquilo. Estava de sandálias gregas, com as tiras cruzadas pelos tornozelos. — Meu marido está cavalgando — acrescentou. — Deve voltar logo. Espero que não tenha caído. — Mais uma vez ela sorriu com ironia para o lado de Quirke. — Infelizmente ele tem esse costume, mas não gostaria que vocês soubessem disso.

Eles falaram do tempo, do forte calor, da falta de chuva.

— Os cavalos detestam — disse Gloria Sumner. — A poeira é pavorosa para eles... Eu os ouço tossindo nos estábulos por metade da noite. Entende alguma coisa de cavalos, Dr. Quirke?

A essa altura, Quirke concluiu que ela se lembrava dele e que por algum motivo se divertia ao não admitir.

— Não, não entendo. Desculpe-me.

— Ah, não se desculpe. Eu detesto animais. — Ela se virou para Hackett. — E quanto ao senhor, inspetor... É um homem do turfe?

— Na verdade não, senhora — respondeu Hackett. Tinha tirado o chapéu e o equilibrava em um dos joelhos; a aba deixou uma marca vermelha e rasa na testa, abaixo da linha do cabelo. O terno era de um azul elétrico na luz severa da sala. — Meu tio tinha dois cavalos de arado quando eu era novo. E havia um bardoto velho na casa dele em que costumávamos montar.

A expressão da mulher era vaga.

— Um bardoto?

Hackett sorriu com benevolência da ignorância dela.

— Creio que o cruzamento entre um cavalo e uma mula, senhora.

— Ah.

Marie entrou com o chá e o copo de água para Quirke. Ainda tinha o cuidado de não olhar nos olhos de ninguém. Entregou o copo a Quirke e ruborizou quando ele agradeceu. Saiu rapidamente, dando a impressão de que só por esforço pessoal não desatou a correr dali.

— Imagino — disse Gloria Sumner, olhando de um homem a outro — que estão aqui para falar de Dick Jewell, não? Que coisa. Nem acreditei quando soube. Mal acredito, mesmo agora.

— A senhora conheceu o homem? — perguntou Hackett. Ele havia transferido o chapéu para o chão, entre os pés, e tinha xícara e pires equilibrados no joelho.

— Bem, sim, é claro. Acreditem ou não, antigamente Carl e eu éramos muito amigos dos Jewell.

— E o que perturbou esse ótimo estado de coisas, se posso perguntar?

Ela sorriu.

— Ah, terá de perguntar a meu marido, inspetor.

Quirke estivera ouvindo, ou melhor, sentindo a aproximação lenta de passos surdos e pesados, e agora, de repente, na luz ofuscante do outro lado da parede de vidro, surgiu um homem dourado em um enorme cavalo preto e reluzente. Gloria Sumner virou-se, protegendo os olhos com a mão.

— Ele chegou — disse ela —, o *chevalier* em pessoa. Mais chá, inspetor?

CARLTON SUMNER ERA UM HOMEM GRANDE, TINHA A CABEÇA NO formato de uma caixa de sapato e quase do mesmo tamanho; cabelo cacheado preto e o bigode quadrado, olhos redondos e um tanto caídos de um tom surpreendentemente suave de castanho-claro. Vestia uma camisa de lã de manga curta dourada, calça de montaria castanho-clara e botas muito altas, muito engraxadas, mas agora empoeiradas pela cavalgada, e esporas, autênticas esporas de caubói, que tilintavam com seu caminhar. Os braços eram excessivamente peludos.

— Meu Deus — disse ele ao entrar —, que calor!

A mulher fez as apresentações e não tinha sequer terminado quando Sumner se virou para Hackett.

— Vocês estão aqui por causa de Dick Jewell... ele foi assassinado, não foi?

— É o que parece — disse o detetive. Ele havia se levantado e segurava xícara e pires na mão esquerda. Abriu seu sorriso de sapo e lábios finos. — O senhor não parece muito surpreso com isso, Sr. Sumner.

Sumner riu, lenta e sonoramente.

— Surpreso? Estou muito surpreso... surpreso que alguém já não tivesse feito isso antes. — Seu sotaque canadense conferia às palavras um tom mais áspero do que ele parecia pretender. Ele se virou para a mulher. — Onde está Marie... preciso de uma bebida, algo longo e gelado, ao contrário de Marie.

Gloria Sumner ensaiou uma leve mesura sarcástica.

— Vou preparar eu mesma — disse ela —, se Sua Senhoria puder esperar alguns minutos.

Sumner desprezou a ironia e voltou a atenção para Quirke.

— E você é...?

— Quirke — respondeu ele. — Sou legista.

— É *o quê*? — Ele olhou para Hackett. — Vocês trabalham juntos? — Ele agitou o dedo pontudo de um para outro. — Vocês formam uma espécie de dupla, não? — Ele se virou de novo. — Como é seu nome mesmo... Quirke?... Você seria o Dr. Watson, não? O assistente do detetive aqui. — Não havia nada a se dizer a respeito disso. Sumner balançava a cabeça e ria sozinho. — Este país — disse ele.

A mulher voltou, trazendo um copo alto com algo rosa-claro, cubos de gelo e um ramo verde saindo dali.

— Mas que diabos é isso? — Sumner pegou o copo e o ergueu à luz, de olhos semicerrados.

— Pimm's — respondeu a mulher. — Alto e gelado, como você mandou. — Sumner tomou um gole, engoliu e fez uma careta.

— Bebida de fresco — disse. — Olha, podemos todos nos sentar? Estou morto de cansaço.

Quirke não pôde deixar de admirar a atuação, a tranquilidade arrogante, a agressividade despreocupada.

Eles se sentaram, exceto Gloria Sumner.

— Deixarei que os homens conversem. — Ela olhou para Quirke ao se virar, e havia algo ali que ele achava um tanto inquietante. Será que ele a beijou uma vez, no passado, quando eram novos, será que a beijou na chuva, debaixo de árvores, no crepúsculo do fim de alguma festa? Era nela ou em outra que estava pensando? Naquela época, ele beijou muitas garotas em muitos crepúsculos.

— E então, cavalheiros? — disse Sumner depois que ela saiu. Desafivelava as esporas e agora as jogou, tilintando com estrondo, na mesa baixa diante do sofá. — O que posso fazer por vocês?

Ele se esparramou no sofá com o tornozelo cruzado sobre o joelho, erguendo a bebida alta. Gotas de umidade escorriam pelo copo. O cabelo e os pelos do bigode cintilavam como se cada fio tivesse sido tratado com a cera marrom das botas.

— O senhor teve uma reunião aqui com Richard Jewell mais ou menos uma semana antes de ele... de ele morrer — disse Hackett. — Não é verdade?

Sumner fechou um dos olhos e apontou o outro para Hackett como se mirasse pelo cano de uma arma.

— Imagino que tenha ouvido falar que houve uma briga e ele foi embora.

— Foi o que soubemos — disse Hackett. — Qual foi o problema?

Sumner ergueu a mão e a deixou cair.

— Negócios. Só negócios.

— O senhor estava fazendo uma oferta de compra de ações da empresa dele — disse Quirke.

— Eu estava? — Sumner falou lentamente, sem se dar ao trabalho de olhar para ele. — Eu negociava uma fusão. Dick estava relutante. Dissemos coisas. Ele saiu intempestivamente. E foi só.

— Depois disso, o senhor não o viu de novo? — perguntou Hackett.

— Não. Ou, espere aí, sim, claro, eu tinha me esquecido: um dia, fui à casa dele e estourei a cabeça do homem com sua espingarda.

— Como o senhor sabia — perguntou Hackett, num tom agradável — que foi com a espingarda dele?

Sumner tapou a boca e olhou o policial com os olhos redondos.

— Ah, meu Deus — exclamou —, como eu fiz isso... deixando escapar uma pista fundamental. — Ele se recostou de novo e tomou um grande gole de sua bebida cor-de-rosa, estalando os lábios. — Neste país, todo mundo sabe de tudo. Ainda não percebeu isso, Sr. Holmes?

A água no copo de Quirke ficara morna e um tanto turva. Ele se lembrava de Sumner quando jovem, de sua aparência, das coisas que dizia. Na época, também era o valentão, filho de um homem rico, convencido, sem se importar com o que dizia. Tinha dinheiro quando todos os outros eram pobres e gostava de ostentar, bebidas para todos, ternos espalhafatosos, almoços que duravam a tarde toda, carros velozes e garotas rápidas; e então vieram Gloria e o bebê. É surpreendente que eles ainda estivessem juntos, se é que estavam, e não fosse só aparência.

— Veja bem — disse Sumner a Hackett. — Não posso ajudá-lo nisso. Não sei que diabos aconteceu com Dick. Primeiro disseram que ele meteu uma bala em si mesmo, depois começaram os boatos, e agora parece que ele foi assassinado. Foi homicídio, não? — Hackett não disse nada, e Sumner se virou para Quirke. — Você sabe, mesmo que ele não saiba, não é? Porque é legista, essas coisas. — Ele esperou. — Não? Nada a declarar? Não me diga... estão presos a um juramento solene.

Ele riu e bebeu mais, tirou o ramo verde e comeu, o galho e as folhas, e eles ouviram seus dentes mastigando.

— Mas isso não importa nada — disse ele. — Dick morreu, o resto é bobagem. — Ele se levantou e foi à parede de vidro, parando ao sol, coçando vigorosamente a virilha. — Françoise teria vendido para mim — acrescentou, olhando o pátio e a grama queimada. — Mas o irmão, qual é mesmo o nome dele, Ronnie Rodésia, não vai negociar. Mas vou achar um jeito de convencê-lo. — Ele se virou e olhou os homens. — Quero aqueles jornais. Preciso de uma voz. Vou conseguir.

Um relógio tocou numa sala distante. Com os cactos, a pele de lobo e a luz forte, eles podiam muito bem estar em algum deserto distante, do outro lado do mundo.

— A Sra. Sumner me disse — falou Hackett — que o senhor e ela já foram grandes amigos dos Jewell. É isso mesmo?

Sumner se afastou do vidro banhado de sol e voltou a se sentar no sofá.

— Meu Deus — resmungou, disparando o nariz para uma axila, depois a outra —, estou fedendo. — Ele levantou a cabeça. — Vocês vão precisar de mim por muito mais tempo? Tenho de tomar um banho. — Hackett o olhou impassível, e Sumner soltou um suspiro, jogando-se mais uma vez nas almofadas do sofá. — Sim, éramos amigos — disse ele numa voz cansada. — Durante um tempo, eu tive alguns cavalos em Brooklands, e fomos lá, Gloria e eu, para jantar e essas coisas. As duas mulheres faziam trabalho de caridade juntas... Dick financiava aquele lugar para crianças, St. Não-sei-o-quê. Uma vez passamos as férias juntos na casa deles no sul da França. — Ele riu. — Não foi um sucesso. Dickie e eu não cabemos muito bem em um espaço confinado.

— Vocês brigaram? — perguntou Quirke.

— O quê, quer dizer a socos, à moda antiga? Não, claro que não. Uma rixa. Altercação. Françoise é muito francesa, em particular quando está na França. Houve — ele riu sem acreditar, recordando-se —, houve uma encrenca por causa de toalhas. Imaginem... Toalhas! Fomos embora mais cedo, voltamos para o velho torrão e juramos nunca mais ir a lugar nenhum como hóspedes de ninguém. Percebemos que éramos caseiros até a medula... — Ele se interrompeu. Estivera examinando Quirke, e agora, de cenho franzido, falou: — Espere aí... eu conheço você. Quirke. Você estava na faculdade na minha época, não? — Quirke assentiu. — Por que não disse? Eu vi que o conhecia quando entrei, mas não conseguia situar. Quirke. Meu Deus. Deve fazer o quê, 25 anos? Mais? Então você conseguiu, obteve seu diploma. Ninguém acreditava que conseguiria, sabia?

Ele riu, e Quirke continuou calado.

— Bem — continuou Sumner, levantando o copo —, aos velhos tempos, *doutor* Quirke. — Ele se virou para Hackett. — Vejam, por que não ficam para almoçar? Podem nos regalar com histórias da vida de investigações, podemos falar dos mestres do crime que vocês pegaram, essas coisas. O que me dizem?

Marie, a empregada, voltara para retirar o chá. Sumner falou:

— A Marie aqui conhecia Diamond Dick... Não é, Marie? — Ela lhe lançou um olhar assustado. — O Sr. Jewell — disse-lhe ele. — Seu benfeitor. — Ele gostou de como soou, riu e repetiu: — Seu amado benfeitor. Ha!

Ela pegou a bandeja com o bule de chá e a xícara vazia de Hackett.

— Deseja mais alguma coisa? — perguntou a Sumner, e quando ele meneou a cabeça em negativa a empregada escapuliu dali.

— O que Jewell fez por ela? — perguntou Quirke.

— Por Marie, a ratinha? Tirou-a daquele orfanato que ele financiava... como se chama mesmo?... St. Christopher's. Ela era uma espécie de escrava lá.

— Ela trabalhou para ele... para ele e a esposa?

— Por algum tempo. Depois aconteceu alguma coisa e Françoise a largou conosco. Ela é ótima... Não é muito inteligente, mas, tudo bem.

— O que aconteceu, Sr. Sumner? — perguntou Hackett. — O senhor sabe?

— Não. Um alvoroço qualquer. Ninguém fica muito tempo com Françoise. Vocês devem ter conhecido o sujeito que cuida do lugar, ele e a mulher, a outra ratinha, não? Mas aquilo é que é sofrer sem parar. Qual é o nome deles?

— Maguire — disse Quirke.

— Isso. Veja bem — ele ergueu um dedo —, acabo de me lembrar. Maguire matou um sujeito anos atrás, quebrou o pescoço dele ou coisa assim numa briga de bar. Sabia disso, doutor?

Quirke assentiu.

— Eu estive envolvido no caso.

— Não diga. — Ele bebeu o que restava do drinque. — O que você acha? Talvez ele tenha metido a bala no velho Dickie. — Ele olhou de um para outro. — Já pensaram nisso? Não se aguentou mais de fúria, subiu e baleou o chefe. Mas acho que ele teria atacado Françoise primeiro.

— Sr. Sumner, eu agradeceria sinceramente — disse Hackett —, se o senhor nos contasse qual foi a desavença que teve com Richard Jewell naquele dia aqui.

— Já falei... Foram negócios. Sempre há brigas quando são feitos negócios... é da natureza do jogo. — Ele coçou o bigode com o indicador, fazendo um ruído áspero. — Muito bem — disse então, e suspirou. — Eu tenho uma boa parte da empresa dele. Fiz a ele uma proposta de sociedade, ele me mandou ao inferno, as coisas ficaram acaloradas, ele foi embora. Só isso. Se acham que fiquei sentado aqui me remoendo por uma semana, depois fui à casa dele numa manhã e estourei a cabeça dele... ah, francamente.

— O senhor não o viu de novo, depois daquele dia? — perguntou Hackett.

— Não. — Ele se levantou. — Não, eu não o vi de novo, nem falei com ele, nem soube dele... Agora, se não se importam, preciso mesmo tomar um banho. Estou começando a cozinhar.

Hackett continuou sentado, com o chapéu no chão entre os pés. Ele o pegou e examinou a aba.

— E imagino que o senhor não faça ideia de quem o quisesse morto.

— Está brincando? Eu poderia lhe dar uma lista de nomes do tamanho do seu braço. Mas, escute aqui — ele ergueu a mão e riu —, talvez tenha sido Françoise. Deus sabe que ela o odiava.

Quirke agora estava de pé, e Hackett enfim também se levantou, virando o chapéu nas mãos.

— Como está seu filho, Sr. Sumner? — perguntou ele.

Sumner ficou imóvel e baixou a cabeça quadrada, os olhos furibundos por baixo das sobrancelhas pretas e grossas.

— Está ótimo... por quê?

Parecia que o ar entre os dois homens crepitava, como se uma forte descarga de eletricidade tivesse passado por ali. Quirke os observou, olhando de um para outro.

— Só curiosidade minha — disse Hackett. — Ele agora está no Canadá, não?

— Não, ele voltou.

— Para fazer o quê?

— Trabalhar para mim.

— Isso é bom — comentou o detetive. — Isso é muito bom. — Ele sorriu. — Bem, vamos deixar que o senhor tome seu banho. Talvez possa se despedir da Sra. Sumner por nós.

Mas Gloria Sumner já estava à porta.

— Estes homens estão partindo — disse Sumner a ela. Seu estado de espírito tinha se alterado; todo o esplendor arrogante sumira e a voz era cheia de rancor.

— Eu os acompanharei à porta — retrucou Gloria Sumner, e levou os dois homens pelo corredor baixo até a varanda envidraçada, onde o calor martelava. — Meu Deus — disse ela —, seu motorista deve ter assado, o coitado. Eu podia ter mandado Marie levar uma bebida gelada.

— Há quanto tempo — perguntou Quirke — ela está com vocês, a empregada?

— Marie? Estranho, nunca penso nela como "a empregada". Acho que três, quatro anos. Por que pergunta?

Quirke não respondeu, limitando-se a dar de ombros.

— Um bom dia para a senhora — disse Hackett, e pôs o chapéu.

— Adeus. E adeus, Dr. Quirke. Foi um prazer revê-lo depois de todos esses anos. — Ela sorriu para ele. — Pensou que eu não me lembraria, mas lembrei.

Jenkins tinha transferido o carro-patrulha para a sombra magra de uma bétula e estava com todas as janelas abertas, mas transpirava e tinha tirado o paletó e a gravata. Ele recebeu Hackett com um olhar magoado e deu a partida no motor. Gloria Sumner ainda estava na soleira da varanda e acenou lentamente enquanto eles partiam.

— Que história foi aquela do filho? — perguntou Quirke.

— Teddy Sumner — disse Hackett. — É meio garoto. Tem ficha. Deu carona a uma menina depois de uma festa certa noite em Powerscourt. Deveria ter cumprido pena, se o pai não fosse quem era. Eles o despacharam para a casa da família no Canadá. Agora, pelo visto, voltou.

Eles passaram pelo vilarejo de Roundwood. Em meio às árvores à direita do reservatório, havia um brilho de peltre. Quirke olhava a parte de trás das orelhas grandes e rosadas de Jenkins.

— Sumner não gosta de ouvir perguntas sobre o filho — disse.

— Não, de fato, eu reparei.

Quirke esperou, mas não viria mais nada.

— Acha que pode haver uma ligação com Dick Jewell?

— Ah, não. — Hackett assumiu o olhar brando e vago de sua preferência quando se esforçava muito para raciocinar. — Mas queria saber se Teddy estava lá no dia em que Jewell e Sumner tiveram aquela briga. Eu devia ter perguntado.

— Sim — disse Quirke. — Devia mesmo.

# 7

Para Sinclair, a ideia pareceu louca assim que lhe ocorreu, mas tinha um apelo peculiar e persistente. Ele saiu pela terceira vez com Phoebe, no que depois supôs ter sido seu verdadeiro primeiro encontro, pois, embora ela não o tivesse convidado a entrar, a noite terminou com um beijo longo e sério, um beijo solene à porta do prédio dela, e agora descobriu que ela jamais se distanciava de sua mente. Ele passou a ver sua beleza pouco convencional — estava na delicadeza das mãos magras, no ângulo ligeiramente felino do queixo, na palidez quase transparente da pele. Também começou a valorizar seu senso de humor, a zombaria irônica e sutil na atitude para com as coisas, inclusive ele, talvez especialmente ele. Phoebe tinha um intelecto brilhante; Sinclair se perguntou como acabou trabalhando numa loja de chapéus. Não conseguia deixar de imaginá-la sem roupa, recostada numa cama, virando-se para ele com o braço escorado, uma mecha do cabelo caindo pelo rosto, todo o corpo nu brilhando como a lâmina de uma faca. Sim, era só o que ele tinha em mente, e mais. Porém, agora ocorreu a ideia louca de que a apresentaria a Dannie Jewell, Sinclair não sabia por quê. Talvez quisesse ver como as duas se dariam. *Ou talvez*, disse uma voz maliciosa em sua cabeça, *você queira aprontar das suas.*

Eles combinaram de sair na tarde de domingo, Phoebe e ele, para ver as azaleias na encosta atrás do castelo de Howth. Fariam um piquenique com uma garrafa de vinho. Com a aproximação do dia marcado, ele hesitava se teria o atrevimento de perguntar se Dannie poderia ir, e mais de uma vez discou o número do telefone do corredor da casa onde Phoebe tinha seu conjugado, mas desligou antes que alguém atendesse. A ideia *era mesmo* louca, sem dúvida. O que pretendia conseguir, a que propósito deveria servir? Phoebe mais provavelmente se ressentiria da presença de Dannie, e esta não se importaria muito de segurar vela.

Provavelmente Dannie nem sequer apareceria, mesmo que Phoebe dissesse que ela podia ir. Por fim, ele criou coragem e telefonou para as duas, primeiro Phoebe, depois Dannie. As duas concordaram. E logo em seguida, naturalmente, ele se arrependeu de tudo, xingando a própria idiotice.

Ele ligou primeiro para Dannie, e os dois foram a pé até a casa de Phoebe. A manhã estava ensolarada e quente, mas uma brisa leve e fresca descia das montanhas, e o ar perdera parte do caráter pesado dos últimos dias. Dannie mal podia ser reconhecida, não era a garota que ele vira da última vez, enroscada e desamparada em sua cama, num sono drogado na noite seguinte à morte do irmão, quando ela telefonara pedindo ajuda. Hoje, usava um vestido branco que a brisa inflava em torno do corpo e um suéter leve de caxemira jogado nos ombros, com as mangas num nó frouxo. Ela pôs batom e perfume. Quando atendeu à porta, viu a ansiedade nos olhos dele e colocou a mão tranquilizadora em seu braço, dizendo: "Não se preocupe, eu estou bem, não terei um surto nem nada parecido." Agora eles pararam junto à portaria de Phoebe e sorriram vagamente um para o outro enquanto esperavam que ela descesse, e os plátanos do outro lado da rua farfalhavam as folhas animadamente, como se discutissem sobre aqueles dois jovens de pé ali, no meio de uma manhã de domingo no verão.

Para surpresa dele, elas se entenderam desde o começo, Phoebe e Dannie. Viu como eram parecidas enquanto as apresentava. Não que tivessem alguma semelhança física, mas havia algo de definido que elas partilhavam, embora ele não soubesse exatamente o quê — um caráter de coisas suportadas, talvez, de problemas que não foram vencidos, mas absorvidos, com coragem e determinação, com sofrimento.

Eles pegaram o ônibus para Sutton, depois o pequeno bonde que chiou e chocalhou pela longa ladeira acima da Howth Head. Phoebe tinha preparado o piquenique, sanduíches de presunto em pão integral com alface e fatias de tomate, e um pepino cortado longitudinalmente em quatro, picles num vidro e uma exagerada lata de biscoitos da

Smyths on the Green. Sinclair e Dannie levaram uma garrafa de vinho cada um, e Dannie tinha três taças embrulhadas em guardanapos dentro de um cesto. Não paravam de se olhar nos olhos e sorrir, com certa timidez, pois de repente se sentiam infantis e expostos, saindo numa excursão como pessoas comuns e comumente felizes. Gaivotas circulavam acima deles no azul; ao longe, o sol cintilava no mar, e ninguém falou em Richard Jewell.

Eles desceram perto do cume e andaram rua abaixo, mas ninguém sabia o caminho para o castelo e, por algum tempo, ficaram perdidos, desistindo por fim das azaleias e sentando-se no canto de um campo. Desembrulharam os sanduíches e abriram o vinho. A garrafa de Liebfraumilch de Sinclair perdera o frescor, mas eles não se importaram; beberam dela primeiro, depois o Bordeaux muito mais esplêndido trazido por Dannie. Quando o vinho acabou, as meninas procuraram um lugar retirado para urinar, e Sinclair se deitou de costas na relva macia e exuberante. Cochilou brevemente, protegendo os olhos com o braço, e teve uma espécie de sonho em que Phoebe e Dannie, misturadas em uma só pessoa, aproximavam-se dele, tocavam seu rosto e lhe confidenciavam algum conhecimento profundo que ele esqueceu no momento em que foi acordado pelas vozes das garotas reais. Ele se sentou e viu que elas vinham na sua direção pela relva. Tinham encontrado a mata de azaleias; ficava logo depois do campo seguinte.

— Mas a floração está quase no fim — disse Phoebe, sentando-se ao lado dele e sorrindo com um propósito que Sinclair não conseguia decifrar, e ele pensou mais uma vez no sonho curto e estranho.

Sinclair acendeu um cigarro e ofereceu o maço, mas Dannie meneou a cabeça, e Phoebe lembrou que tinha parado de fumar.

Havia vacas do outro lado do campo, pretas e brancas, algumas de pé, outras estiradas. Um pássaro preto, gralha ou corvo, voou grasnando.

— Olha — disse Phoebe —, aqueles barcos estão disputando uma regata. — Eles protegeram os olhos para ver os iates que navegavam contra o vento e logo ouviram, no alto do morro, retardado pela distância, o estouro de um sinal de largada. — Essas velas brancas — acrescentou Phoebe em voz baixa. — Parecem asas.

Dannie tinha se deitado diante dela na grama com o queixo apoiado nas mãos. Mascava uma folha de mato. Três moscas rondavam sua cabeça, sem parar, traçando o contorno espectral de um halo preto. Sinclair viu mais uma vez como Dannie era bonita, o rosto largo e o queixo delicado, mais bonita do que Phoebe, embora não tivesse nem metade do fascínio, disse ele a si mesmo.

— Não é estranho pensar — disse Dannie — que os velhos de agora antigamente foram jovens, como nós? Encontrei uma velha na rua e pensei que setenta anos atrás ela era um bebê nos braços da mãe. Como podem ser as mesmas pessoas, ela como é agora e o bebê que era na época? Parece... como se diz mesmo?... uma coisa sem pé nem cabeça. Algo que existe, mas que, ainda assim, é impossível.

Sinclair teve a impressão de uma fagulha mínima das trevas, um feixe de luz negra penetrando o ar ensolarado, infinitesimal de tão fina, porém engrossando, engrossando.

Órfãos. A palavra invadiu sua mente. *Aqueles pobres órfãos*, ela havia dito. Mas que órfãos? Ele não perguntaria, não agora.

Naquela mesma tarde de domingo, Quirke estava na cama com Françoise d'Aubigny. Ela telefonara, depois foi ao apartamento dele. Giselle estava em Brooklands, aos cuidados de Sarah Maguire. Não houve preliminares. Ele a recebeu à porta, e eles subiram a escada em silêncio. Depois de entrar no apartamento, ela se virou para Quirke e ergueu a boca para ser beijada. Na primeira vez que fizeram amor, não foi um sucesso. Quirke estava inseguro, e Françoise parecia preocupada — era como se realizasse uma experiência, uma investigação dele, dela mesma, das possibilidades do que podiam ser um para o outro. Depois, eles se sentaram na cama do quarto quente e sombreado, sem falar, mas perdoando-se mutuamente. Quirke fumou um cigarro, Françoise de vez em quando o tirava de seus dedos e dava um trago, e quando ele lhe ofereceu um, ela balançou a cabeça e disse que não, queria dividir aquele, porque tinha o gosto dele.

— Quando você soube que isso ia acontecer? — perguntou ele.

Ela riu baixinho.

— Ah, acho que no dia em que nos conhecemos. E você?

— Não foi tão rápido. As mulheres sempre sabem antes dos homens.

Os seios dela pareciam maçãs brancas, as costelas visíveis abaixo do manto de pele sedoso. Ele percebeu com certa consternação feliz que ela não fazia seu tipo — pelo menos Isabel Galloway tinha alguma carne cobrindo os ossos.

— Você tem alguém? — perguntou ela. A mulher tinha o dom de ler os pensamentos dele.

— Sim — disse ele. — Mais ou menos.

— Quem é ela?

— É atriz.

— Famosa? Eu conheceria?

— Duvido. Ela trabalha principalmente no Gate.

— Diga-me o nome dela.

— Isabel.

— E agora você não se sente culpado por ela?

— Sim.

— Ah. Eu sinto muito.

— Não sinta... Eu não lamento.

Ela pegou o cigarro de novo e o colocou nos lábios, fechando um olho para se proteger da fumaça.

— Acha que vamos continuar juntos, você e eu? — perguntou ela com brandura. — Haverá outras ocasiões como esta? — Sorriu e lhe devolveu o cigarro. — Ou você ficará — ela imprimiu um tremor teatral à voz — dominado pela culpa?

— *Haverá* outras vezes. Haverá todo o tempo do mundo.

— *Alors* — disse ela —, isso é o que chamam de uma declaração?

— Sim. É.

Ela se virou e o abraçou. Ele apagou o que restava do cigarro no cinzeiro na mesa de cabeceira. Seu olhar caiu no telefone ali, curvo, preto e reluzente, um lembrete de tudo que estava fora deste quarto: o mundo e Isabel Galloway.

\* \* \*

Dois dias depois de sair com Phoebe e Dannie, no meio de uma manhã que teria sido comum, Sinclair recebeu um telefonema no hospital. Isto era incomum; quase ninguém o procurava no trabalho. A enfermeira que passou a chamada da recepção lhe soou estranha, parecia prender o riso, e a voz que surgiu era estranhamente abafada, como se o interlocutor falasse através de um lenço.

— Escute aqui, judeuzinho — disse a voz —, continue metendo esse seu nariz gordo onde não deve e vai ficar sem ele. E aí o seu pau e a sua cara de judeu vão combinar bem. — Isto foi seguido por uma gargalhada, depois a linha ficou muda.

Sinclair ficou olhando o fone. Pensou que deveria ser um trote, algum suposto amigo dos tempos da faculdade, talvez — era a voz de um jovem, disto ele estava certo — fazendo isso por uma aposta, ou algum ressentimento antigo, ou mesmo só para se divertir um pouco. A contragosto, ele ficou chocado. Jamais viveu esse tipo de coisa, certamente não desde os tempos da escola, mas na época era uma questão de provocação maldosa, não era abusiva desse jeito, não havia ódio. O efeito foi antes de tudo físico, como se ele tivesse levado um murro na boca do estômago; depois veio a fúria, como uma cortina carmim e transparente caindo por trás dos olhos. Ele também teve o impulso de contar a alguém, a qualquer um. Quirke estava em sua sala, podia ser visto pela vidraça na porta; cuidava da papelada e fumava um cigarro daquele jeito mal-humorado, soprando a fumaça rapidamente de lado, como se não suportasse o fedor. Sinclair bateu à porta e entrou. Quirke o olhou e ergueu as sobrancelhas.

— Meu Deus — disse ele —, qual é o problema? Um dos presuntos ressuscitou?

De repente, para sua intensa surpresa e confusão, Sinclair foi dominado pela timidez. Sim, timidez; era a palavra certa.

— Eu recebi... recebi um telefonema — disse ele.

— Ah? De quem?

— Não sei.

— Você não sabe?
— Não. Um homem.
Quirke se recostou na cadeira.
— Um homem telefonou para você e não deu o nome. O que ele disse?

Sinclair empurrou as fraldas do jaleco branco e colocou as mãos nos bolsos da calça. Olhou fixamente pela janela comprida que dava para a sala de dissecação, gritantemente iluminada pelas grandes lâmpadas fluorescentes e brancas do teto.

— Foi só... — Ele colocou um dedo na testa. — Só abusivo.
— Entendo. Pessoal ou profissional?
— Pessoal. Mas também pode ter sido profissional, não sei.

Quirke girou o maço aberto de Senior Service na mesa até que os cigarros, arrumados como os tubos de um órgão, apontassem para Sinclair; este pegou um e o acendeu com seu Zippo.

— Eu recebia telefonemas assim — disse Quirke. — Não tem sentido lhe dizer para não se importar, sempre é um choque. — Ele apagou o próprio cigarro e pegou outro, recostando-se ainda mais. — Phoebe me disse que você e ela foram a Howth. Foi bom?

Sinclair pensou em ficar indignado — ela contava a Quirke tudo que fazia? Será que também contou a ele do beijo? —, mas a raiva não era tanta.

— Dannie Jewell foi conosco — disse ele.

Quirke demonstrou surpresa.

— Ela foi? Phoebe não me contou. Elas se conheciam?
— Não, não se conheciam antes. Achei que seria bom para Dannie.
— E foi?

Sinclair o olhou. A luz fria que aparecera nos olhos de Quirke, o que era aquilo? Será que ele tinha medo de Phoebe ser afetada por Dannie e seus problemas? Sinclair desconfiava de que Quirke não conhecesse muito bem a filha.

— Ela vai bem, a Dannie. Está superando.
— O luto.
— Isso mesmo.

Algo se estreitou entre eles, como se a atmosfera desse um nó.

— Que bom — disse Quirke vivamente. Rolava a ponta do cigarro de um lado a outro no cinzeiro, afiando-a como a um lápis vermelho.

— Você sabe que Phoebe, como Dannie Jewell, também tem o que superar, coisas que aconteceram no passado.

Sinclair assentiu.

— Ela não fala nesse assunto... Pelo menos até agora não falou comigo.

— Ela viu mais violência do que deveria. E na América ela foi... foi atacada.

Sinclair já ouvira tudo isso; era falado pelo hospital, um fato que ele esperava não ser do conhecimento de Quirke.

— Se está me dizendo para ter cuidado — disse Sinclair —, não precisa. Gosto de Phoebe. Acho que ela também gosta de mim. Só fomos até esse ponto. — Ele queria dizer, *E além disso, foi você que nos colocou juntos*, mas não falou.

O cigarro de Quirke já estava gasto; ele o esmagou no cinzeiro entre os restos de outra dúzia. O assunto Phoebe, Sinclair podia ver, estava encerrado.

— Este sujeito ao telefone — disse Quirke — mencionou algum nome?

Sinclair foi à janela e se recostou nela, com um pé erguido para trás e a sola do sapato na parede.

— O que quer dizer com nomes?

— Às vezes, quando estão de luto, eles ficam loucos de tristeza e reclamam que seus entes queridos estão sendo cortados. Só Deus sabe por que a telefonista passa as chamadas.

— Não, não, não foi nada disso. Ele me disse que eu teria meu nariz judeu cortado se o metesse na vida dos outros.

— Seu nariz judeu.

Os dois sorriram.

— Isso mesmo — disse Sinclair. — Vou esquecer essa parte.

Ele avançou e apagou o cigarro no cinzeiro abarrotado, indo para a porta. A suas costas, Quirke falou:

— Phoebe e eu vamos jantar esta noite. É nosso prazer semanal. Costumava ser na quinta-feira, agora é às terças. Quer ir conosco?

Sinclair parou e se virou.

— Obrigado — disse —, mas não. Tenho algo a fazer. Talvez outro dia. — Ele partiu novamente para a porta.

— Sinclair.

De novo ele parou.

— Sim?

— Fico feliz que você e Phoebe sejam... amigos — disse Quirke. — E eu valorizo sua... sua preocupação com ela. — De repente ele parecia vulnerável ali, metido na cadeira pequena demais para o corpo, as mãos grandes de palmas viradas para cima na mesa, como quem suplica.

Sinclair fez que sim com a cabeça e saiu.

# 8

O St. Christopher's era um casarão cinza, desolado, num falso estilo gótico situado em um promontório rochoso que dava para a Lambay Island. O mais sofisticado entre os padres da Ordem do Redentor que administrava o lugar referia-se jocosamente a ele como o Château d'If, mas os internos o chamavam de outra coisa. Era um orfanato, exclusivamente para meninos. Aqueles que passaram por ali se lembravam mais nitidamente do cheiro específico do lugar, uma mistura complexa de pedra úmida, lã molhada, urina choca, repolho cozido e outro odor, esparso, acre e pungente, que parecia ser aos sobreviventes do St. Christopher's o fedor da própria infelicidade. A instituição tinha uma reputação formidável por todo o território. Mães ameaçavam os filhos malcriados de os mandarem para lá — porque nem todos os internos eram órfãos, de maneira nenhuma. O St. Christopher's acolhia todos que chegavam e a parcela de subsídio estatal que cada um trazia. A superlotação jamais era problema, porque meninos são pequenos e os do St. Christopher's tendiam a ser menores do que a maioria, graças à dieta frugal de que desfrutavam. Os passageiros do trem para Belfast tinham a melhor vista da casa grandiosa destacando-se em sua rocha, com as paredes de granito puro, as torres ameaçadoras, as chaminés eriçadas soltando filetes de fumaça de carvão. Contudo, poucos que passavam a olhavam por muito tempo, virando a cara, inquietos e estremecendo.

Quirke viajou de trem a Balbriggan e na estação contratou um táxi que o levou pelo litoral até Baytown, um grupo de chalés vizinhos ao St. Christopher's, parecendo amontoados de alvenaria desgastada que sobrou da construção da casa depois de concluída. O dia, embora muito nublado, estava quente e tinha um jeito rabugento, decidido a reter a chuva que enchia as nuvens gordas, tão necessária aos campos sedentos. Nos portões altos, Quirke puxou a corrente do sino, e agora um velho saía da guarita do portão com uma grande chave de ferro, abrindo-o para ele. Sim, disse Quirke, ele era esperado. O velho olhou o terno bem cortado e os sapatos caros e fungou.

Nas lembranças de Quirke, a entrada de carros era muito maior e mais larga, uma grande curva levando majestosamente à casa, mas na realidade não passava de uma trilha cercada com uma vala de cada lado, agora seca. Ele supôs que este seria o tom geral de sua visita desta tarde, tudo fora de proporção em sua memória confusa. Passara menos de um ano ali, a caminho de Carricklea, a suposta escola técnica no extremo oeste, aonde fora mandado porque ninguém sabia o que fazer com ele. Não foi muito infeliz no St. Christopher's, não se a infelicidade dele fosse comparada com a escala do que ele sofreu até então em sua curta vida e certamente não se comparado com o que esperava por ele em Carricklea. Um ou dois padres do St. Christopher's foram gentis, ou pelo menos mostraram uma brandura intermitente, e nem todos os garotos maiores batiam nele. Entretanto, Quirke teve um estranho estremecimento ao subir esta rua de terra, nesta luz tristemente radiante, e, a cada passo, seus pés e suas pernas pareciam afundar ainda mais no chão.

Um menino desajeitado, com o cabelo louro cortado à escovinha, um interno de bom comportamento, levou-o por um corredor silencioso a uma sala de teto alto e pouca luz, com uma mesa de jantar de carvalho que provavelmente nunca viu uma refeição e três enormes janelas que deixavam entrar apenas um filete de luz do exterior. Quando esteve ali, não teve conhecimento da existência desta sala, tão grande, como teria parecido a ele, de mobília tão suntuosa. Ficou de pé e mãos nos bolsos, olhando vagamente para fora — um trecho de gramado, um caminho de cascalho, ao longe uma parte do mar — e ouvindo os estalos e silvos aparentemente apreensivos no fundo das entranhas. O almoço não lhe caía muito bem.

O padre Ambrose era alto, magro e grisalho, como um daqueles sacerdotes altruístas e simples que aram os campos da missão ou cuidam de leprosos.

— Boa tarde, Dr. Quirke — cumprimentou ele na voz tensa e aguda de um asceta. — O St. Christopher's sempre fica feliz em ver os antigos meninos. — Um leque de rugas finas se abriu no canto externo de cada olho quando ele sorriu. Sua mão era um feixe de gravetos secos e finos em um embrulho de papel encerado. Emanava um leve aroma de cera de vela. Era um espécime implausível e perfeito do que deveria parecer um padre, soava e cheirava a padre, e Quirke se perguntou se era mantido numa cela em algum lugar e obrigado a este serviço sempre que chegava um visitante.

— Eu queria perguntar — disse Quirke — sobre uma menina... uma jovem... chamada Marie Bergin. — Ele soletrou o sobrenome. — Parece que ela trabalhou aqui por algum tempo, alguns anos atrás.

O padre Ambrose, ainda distraidamente segurando a mão que Quirke estendera, aproximou-se muito dele e examinou minuciosamente suas feições, passando os olhos velozes aqui e ali, e Quirke teve a sensação sinistra não de ser olhado, mas apalpado, suave e delicadamente, como se um cego tateasse por todo o seu rosto com a ponta dos dedos.

— Venha, Dr. Quirke — disse ele em sua voz sussurrante e reservada —, venha se sentar.

Eles se sentaram em um canto da mesa de jantar, em duas cadeiras de espaldar alto, arrumadas em torno da mesa como efígies de antigos sacerdotes, os fundadores do lugar. Quirke se perguntava se teria permissão de fumar quando o padre procurou numa dobra do hábito e pegou um maço de Lucky Strike.

— Um dos padres da América manda para mim — disse. Ele abriu a embalagem de estanho prateado e bateu um dedo habilidoso por baixo do maço, ejetando um cigarro. Ofereceu a Quirke e retirou outro. O primeiro sopro da fumaça de sabor exótico levou Quirke imediatamente de volta a uma grande casa perto do mar no sul de Boston, anos antes. — Lembra-se de seus tempos aqui? — perguntou o padre.

— Eu era muito novo, padre, tinha sete ou oito anos. Lembro-me da comida.

O padre Ambrose abriu seu sorriso enrugado.

— Nossos cozinheiros nunca foram famosos por suas habilidades culinárias, infelizmente. — Ele deu um trago no cigarro como se provasse algo fabuloso e caro. Este era outro detalhe de que Quirke se lembrava, das várias instituições que suportou: como os padres e frades fumavam, como dissolutos ávidos, cedendo com todos os sentidos a um dos prazeres muito pouco permitidos. — Então isso já faz algum tempo, bem antes da guerra. Mudamos muita coisa desde essa época. Este é um lar feliz, Dr. Quirke. — Seu tom não era defensivo, mas os olhos cintilaram rapidamente.

— Não tenho más recordações.

— Fico feliz em saber disso.

— Mas na época minhas expectativas eram modestas. Afinal, eu era órfão. — Por que, na realidade, ele veio aqui hoje? Perguntar sobre a empregada dos Sumner era só um pretexto. Ele estava cutucando uma velha ferida.

— E você foi trazido ao St. Christopher's. Deus dá o frio conforme a roupa, como diz o provérbio. De onde você veio?

— Eu não tinha origens, padre. Suspeito de quem eram, mas se for verdade, não quero que se confirme.

O padre o examinava atentamente de novo, passando os dedos fantasmagóricos no braile da alma de Quirke.

— De fato existem certas coisas que é melhor não saber. Esta menina, esta... como disse que era o nome?

— Marie... Marie Bergin.

— Isso mesmo. — O padre franziu o cenho. — Não me lembro dela. Ela trabalhou nas cozinhas?

— Creio que sim.

— Sim. Porque naturalmente não temos empregadas; os meninos trabalham nos turnos de limpeza. É uma boa disciplina para a vida, saber fazer uma cama e manter as coisas em ordem. Já mandamos muitos jovens independentes e educados para o mundo. Disse que esta Marie Bergin está trabalhando agora para alguém que você conhece?

Ele disse isso? Pensava que não.

— Sim, ela trabalhava para a família Jewell, depois...

O padre Ambrose ergueu as mãos.

— Os Jewell! Ah! — Seu rosto se ensombreceu. — O pobre Sr. Jewell. Que tragédia.

— Creio que ele era um de seus benfeitores.

— De fato. E foi uma grande perda para nós, uma perda trágica.

— Ele arrecadava fundos para o lugar?

— Sim, e contribuía ele mesmo, com muita generosidade. Existe um pequeno comitê extraoficial — ele pronunciou *comité* — criado por ele, entenda, ele e alguns amigos, também homens de negócios. Nem consigo pensar no que faríamos sem os Amigos do St. Christopher's... É assim que se chamam... E certamente esta é uma época de preocupação para nós, um tempo de incerteza, com a morte do Sr. Jewell. — Ele voltou os olhos para a janela, seu perfil de religioso nítido contra a luz. — Um homem tão bom, especialmente bom, considerando que não era de nosso credo. Mas há uma história de discreta colaboração entre a comunidade judaica daqui e a Santa Madre Igreja. O Sr. Briscoe, nosso novo prefeito, era um grande amigo de Roma, ah, sim. — Ele se interrompeu para olhar o maço de cigarros na mesa, estendeu a mão para ele e a retraiu. Sorriu como quem se desculpa. — Eu raciono a dez por dia. É uma pequena mortificação da carne a que me obrigo. Se fumar outro agora, não terei um depois do meu chá... Mas, perdoe-me, Dr. Quirke, não lhe ofereci nada. Gostaria de um chá, ou talvez uma taça de xerez? Sei que há uma garrafa em algum lugar por aqui.

Quirke meneou a cabeça.

— Nada, obrigado. — De má vontade, ele estava gostando deste homem simples e gentil. Como tanta sensibilidade conseguiu sobreviver em um lugar como o St. Christopher's? — O senhor imagina — perguntou ele — que alguém nas cozinhas se lembraria de Marie Bergin?

O padre formou um O com a boca.

— Duvido disso, Dr. Quirke. A rotatividade do pessoal é grande por aqui... As meninas raras vezes ficam mais de alguns meses. Tentamos encontrar para elas um lugar em boas famílias, no mundo. Um orfanato de meninos não é lugar para uma jovem. Assim, muitas são inocentes, entenda, vindas do interior, sem nenhuma noção dos perigos que esperam no mundo.

— Agora ela trabalha para o Sr. e a Sra. Sumner — disse Quirke.
— Ah, sim? Este é outro nome que conheço bem.
— Ah?
— Sim... O Sr. Sumner é um dos Amigos do St. Christopher's.
— Ele é?

O padre Ambrose sorriu e baixou a cabeça estreita.

— Sim, é surpreendente, eu sei. Mas veja bem: em geral, o mais improvável mostra ter um lado santificado. Gostaria de ver parte de nosso trabalho aqui? Posso guiá-lo em uma pequena visita, não tomará mais de quinze minutos de seu tempo.

À MEDIDA QUE ELES ANDAVAM, O CASARÃO ENTRAVA NUM SILÊNCIO sinistro. Quirke teve a impressão de uma multidão calada e encurralada atrás de portas trancadas, ouvindo. Os meninos que encontravam, passavam arrastando os pés, cabisbaixos. Aqui ficavam as oficinas, com filas de ferramentas bem-arrumadas, onde eram produzidos crucifixos e quadros emoldurados dos santos para distribuição entre os fiéis da África, da China, da América do Sul; aqui fica a sala de recreação, com jogos de dardos e uma mesa de pingue-pongue; no refeitório, mesas de pinho compridas eram dispostas em filas, a superfície branca e esfregada, os veios da madeira destacando-se como veias enceradas. Eles viram a horta da cozinha, onde meninos de avental marrom espreitavam como gnomos trabalhadores em meio aos canteiros de batata e os suportes de vagem-trepadeira.

— Nosso cultivo é tanto — confidenciou com orgulho o padre Ambrose — que com frequência o excedente tem de ser vendido às lojas da região... Uma fonte de renda necessária, posso lhe dizer, nos meses de verão. — Eles atravessaram o gramado, que corria para a beira do mar, pararam à margem e olharam as pedras negras em que, até neste dia calmo, as ondas explodiam em grandes borrifos brancos e pesados.

— Disto eu não me lembro de quando estive aqui — disse Quirke —, do mar. Entretanto, deve ter sido uma presença constante.

Ele sentiu o padre Ambrose ao seu lado, examinando-o de novo.

— Espero que me perdoe por dizer isso, Dr. Quirke — disse o padre —, mas você me parece um espírito perturbado.

Quirke ficou surpreso por não se surpreender. Por um momento não disse nada, depois assentiu.

— Conhece algum espírito que *não seja* perturbado, padre?

— Ah, sim.

— O senhor frequenta círculos diferentes dos meus.

O padre riu.

— Estou certo de que é verdade. Mas você é um médico... Deve conhecer enfermeiras, freiras, companheiros médicos cujas almas estão em paz.

— Sou legista.

— Mesmo assim. Há uma grande paz a ser encontrada, afinal, em meio aos mortos, cujas almas partiram para sua recompensa eterna.

— Se há, não encontrei. — Ele olhava um ganso mergulhar como um dardo branco e penetrar a superfície da água, desaparecendo sem espirrar quase nada que marcasse o local. — Talvez eu esteja procurando no lugar errado, ou vendo do ângulo errado.

Longe, o sol pálido rompeu as nuvens e criou duas pilastras largas de luz, de pernas abertas sobre o mar.

— Talvez veja — disse o padre. Eles se viraram para a casa. — Esta jovem, esta Marie Bergin... Ela está com problemas?

— Não, não que eu saiba.

A turfa verde sob os pés era tesa e resistente como uma cama elástica. Devia ser irrigada pelo mar, pensou Quirke.

— Posso perguntar por que está indagando sobre ela?

Eles estavam no caminho de cascalho. Quirke parou e o padre também, e ambos ficaram de frente um para o outro.

— Parece, padre, que Richard Jewell não se matou, mas foi morto.

— Morto?

— Assassinado.

O padre pôs rapidamente a mão trêmula na boca.

— Ah, Deus do céu. E você acha que Marie Bergin tem algum envolvimento nisso?

— Direto, não. O que estou tentando entender, padre, é *por que* Dick Jewell foi morto.

— Mas certamente uma pobre empregada que já trabalhou para ele...?

— Ela não o matou, é claro que não. Mas pode ser parte do motivo para que outra pessoa o tenha feito.

— Desculpe-me, Dr. Quirke, não entendo.

— Nem eu.

Agora ele descia a entrada de terra. O cheiro marinho de iodo era mais forte, ou talvez ele não tenha percebido quando fez o caminho inverso, mais cedo. No portão, pensou em perguntar ao velho da chave se conhecia Marie Bergin, mas, ao ver a expressão reservada nos olhos reumosos do camarada, julgou que não conseguiria grande coisa dele, mesmo que soubesse quem ela era. O motorista do táxi, que Quirke pedira para esperar, adormecera ao volante, a cabeça caindo de lado e a boca entreaberta, com um rastro de saliva seca. O ar dentro do carro era denso do fedor do homem. Eles partiram pelo litoral. Aquele rasgo distante nas nuvens foi fechado e o céu mais uma vez era uma planície cinza-azulada de cabeça para baixo, intensa, estendendo-se até o horizonte.

Por que Carlton Sumner não disse que era um dos Amigos do St. Christopher's? E quem, além dele e Dick Jewell, seriam os outros Amigos?

Rose Crawford, ou Rose Griffin, como se chamava agora, levou Phoebe para almoçar em um pequeno bar na Dawson Street que Rose descobrira e tratava como um segredo guardado com zelo. Phoebe, embora não fosse dizer isso, não achou o lugar grande coisa.

Era minúsculo e escuro, e havia um cheiro nítido de esgoto. A decoração era fortemente náutica, com redes de pesca jogadas pelas paredes, conchas marinhas coladas por todo lado e um autêntico leme de navio preso à mesa em que estava a caixa registradora. A proprietária, ou talvez fosse apenas gerente, uma loura avermelhada de vestido de lã preto e meias arrastão, exsudava um ar do litoral e até andava com pernas meio tortas de marinheiro. Rose sentou-se no meio desta fantasia marinha com uma expressão satisfeita de proprietária. Tudo isso deixou Phoebe um pouco mareada. Rose, Phoebe tinha de confessar a si mesma, tendia a surpreendentes lapsos de julgamento.

Phoebe pediu carne vermelha, não porque quisesse, mas porque era a única alternativa a peixe no cardápio.

— Bem, querida — disse Rose, em seu sotaque nasalado de uma beldade sulista —, conte-me tudo sobre ele.

Phoebe a encarou, começando a rir.

— Tudo sobre quem?

— Não banque a inocente comigo, mocinha. Conheço esse olhar. Você tem um namorado, sei que tem.

Phoebe baixou o garfo.

— Ah, Rose, não se consegue esconder nada de você.

— Aí está. Eu sabia. Quem é ele?

Embromando, Phoebe tomou um demorado gole da taça de vinho. Havia outras pessoas às mesas ao redor, principalmente casais, mas no escuro — as luminárias de cúpula vermelha nas mesas não pareciam lançar luz, apenas sombras lúgubres —, eram indistintas e, de certo modo, sinistras, curvadas sobre os pratos, falando no que pareciam sussurros.

— Ele não é ninguém muito empolgante, infelizmente — disse ela.

— Eu serei a juíza disto. Vamos... Conte-me.

— Ele trabalha com Quirke.

— Trabalha, é? Então é médico.

— Sim, legista, ou em treinamento, não sei bem. Ele é assistente de Quirke.

— Ah, então é aquele jovem, qual é mesmo o nome...?

— David Sinclair.
— Este. Muito bem.

Agora foi a vez de Rose baixar o garfo. Ela se recostou na cadeira, endireitando a coluna e alongando o pescoço já fino e comprido. A idade exata de Rose era questão de especulação esporádica na família, mas não se chegava à conclusão nenhuma. Phoebe desconfiava de que nem o mais recente marido, Malachy Griffin, soubesse o número exato. A escolha de Rose por Malachy surpreendeu muitos e horrorizou vários, inclusive Phoebe, embora ela tivesse disfarçado sua consternação. Eles eram um casal improvável — Rose, a flor madura do sul americano, e Malachy, o acanhado. Ele era obstetra no Hospital da Sagrada Família, um cargo do qual hesitava havia muito tempo em se aposentar. Também era o homem que nos primeiros 19 anos de sua vida passou por pai de Phoebe, pois Quirke a entregara escondido a ele e à sua mulher depois que a mãe morreu no parto. Este subterfúgio, depois das vicissitudes que ela sofreu desde sua revelação — por Quirke, por acaso, num dia de neve horrivelmente memorável, naquela casa no sul de Boston —, agora parecia a Phoebe não tanto uma traição cruel e desnaturada, mas um aspecto do projeto, do plano, da concepção que Quirke tinha da vida e de como podia ser conduzida.

Rose arriou a boca em um canto, numa careta de palhaço.

— Não sei se aprovo.
— Quer dizer que você reprova David, eu sair com ele?
— Eu não disse que *reprovo*. Ainda não decidi.
— Você conhece David? — perguntou Phoebe com gentileza.
— Se conheço? Talvez tenha encontrado. Certamente ouvi falar dele.
— Ele é judeu.
— Ah. Sim.

Isto provocou um hiato breve e pensativo, durante o qual Phoebe se voltou para o pedaço duro e bem passado de carne no prato. Ela bebeu mais vinho; sentia a necessidade de seu efeito fortificante.

— Você reprova *isso*? — perguntou ela, mantendo os olhos baixos.
— Isso o quê?
— Sabe muito bem... David ser judeu.

— Não tenho nada além de consideração pelo povo judeu — respondeu Rose humildemente. — Um povo industrioso, cuidadoso com o dinheiro, inteligente, desembaraçado, ambicioso para seus filhos. Confesso que não sabia que havia algum neste país.

— Na verdade, eu também não sabia — disse Phoebe, rindo —, mas temos.

Rose assumiu um ar sonhador.

— Os judeus que conheço, ou pelo menos sei que existem, são de Nova York, principalmente, médicos, dentistas e semelhantes, e suas mulheres, senhoras gordas e bigodudas de vozes estridentes.

— Está vendo? — exclamou Phoebe, rindo de novo. — Você *é* preconceituosa.

Rose foi calmamente desdenhosa, empinando o nariz e olhando para o lado.

— Alguns dos homens mais charmosos e cultos que conheci eram preconceituosos até a medula.

— De qualquer modo — disse Phoebe —, não pense que vai me afastar de David dizendo horrores a respeito dele. Na verdade, ele não é mais judeu do que eu.

— E o que isto significa, se posso perguntar?

— O judaísmo é um estado de espírito...

— Certamente é mais do que um estado de espírito, minha menina. Existe uma coisa chamada sangue.

— Ah, por favor — disse Phoebe, gemendo e rindo ao mesmo tempo. — Você é tão antiquada. Sangue! Parece alguém da Bíblia.

— Bíblia que, devo lembrar, foi escrita por judeus. Eles sabem dessas coisas.

— Dessas coisas? Que coisas?

— Posso perguntar, minha cara jovem, se por acaso você está familiarizada com a palavra *mis-ci-ge-na-ção*?

Phoebe baixou os talheres, desta vez com certo barulho.

— Não quero mais falar nisso. — Mas Phoebe achava impossível ficar zangada com Rose, que ela sabia que só estava se divertindo ao falar desse jeito provocador. Rose não se importava muito com nada;

era um dos motivos para Phoebe gostar tanto dela. — Por falar no meu pai — disse ela —, desconfio de que ele vai se meter em problemas de novo.

— Se você acha que pode mudar de assunto, devo lhe dizer que não vai conseguir.

— Eu preciso. Você não está comendo seu peixe, aliás... Está tudo bem?

— Estou distraída demais, como deve saber. Este Sinclair...

— Este *problema* — insistiu Phoebe com firmeza — em que Quirke está se metendo tem relação com aquele homem que morreu, que foi baleado, Richard Jewell.

— Foi baleado? — repetiu Rose, desviada a contragosto da questão. — Não foi ele próprio que deu o tiro? Foi o que os jornais implicaram.

— Quirke pensa que foi outra pessoa.

— Meu Deus — em seu sotaque saiu *Deos* —, não me diga que está bancando o detetive de novo.

— Infelizmente, sim. Tem andado com aquele inspetor Hackett...

— Ah, meu pai!

— ... E eles andam por aí interrogando as pessoas e todo o resto, e se comportando como dois estudantes.

Phoebe tinha os olhos no prato de novo e os manteve ali. Apesar da leveza de sua voz, ela sabia muito bem, assim como Rose, que os crimes em cuja solução Quirke se envolvera não eram tarefa para estudantes; coisas horríveis foram feitas e nem todos os perpetradores foram levados à justiça. O mundo, como Quirke e o inspetor Hackett ensinaram a Phoebe, é mais sombriamente ambíguo do que ela teria imaginado alguns anos atrás.

— E como — perguntou ela, mudando de assunto de novo — está meu pai de outrora?

— Outrora? O jeito como vocês falam por aqui... Parece uma peça de Shakespeare o tempo todo. Se está se referindo a Malachy, meu atual cônjuge, bem, minha cara, devo dizer que ele fica mais esquisito a cada dia. — Phoebe se deliciava com um sotaque que podia colocar três sílabas distintas e separadas na palavra *dia*. — Ele naturalmente é um amor, e o valorizo muito, mas meu Deus, se eu pensasse que depois de me casar poderia mudar o homem, estava muito, *mui-to* enganada. Teimoso como uma mula velha, este meu Mal. Mas, então — ela suspirou —, eu não ia querê-lo de outro jeito. — Ela afastou o prato com um dedo. Apesar de distraída, como alegava, havia comido cada bocado, exceto pela espinha do peixe. Rose foi pobre quando jovem, antes de se casar com um homem rico, e tinha ainda o velho hábito de não deixar comida no prato. — Sabia que antigamente eu tinha interesse por seu... qual é o contrário de outrora?... bem, seu pai *verdadeiro*, o impossível Dr. Quirke?

— Sim, eu sei — respondeu Phoebe, mantendo a voz firme; antigamente ela também pensava em Rose como sua madrasta e ficou amargamente decepcionada e ressentida quando Rose escolheu Malachy Griffin.

— É claro que teria sido um desastre... Um *de-sastre*, querida.

— Sim, provavelmente teria.

— Veja bem, Quirke teria me enfrentado e haveria brigas... Ah, Deus, haveria *brigas*.

— Mas você disse que Malachy é teimoso também.

— Uma coisa é ser teimoso, outra é ser inflexível. E impiedoso. Você conhece Quirke.

Ela conhecia? De certo modo, duvidava disso. De certo modo, pensou Phoebe, não havia jeito de conhecer Quirke verdadeiramente. Nem ele próprio se conhecia.

— Inflexível — disse Phoebe. — Sim, acho que ele é.

Rose corria os olhos atentamente pelo cardápio de sobremesas; tinha uma queda por doces, a que ela tentava resistir, sem muito sucesso. Pediu merengues com creme e calda de framboesa. Phoebe disse que só tomaria o café; sentia-se um tanto embrulhada depois da luta com a carne.

— E esta história sobre o homem baleado — disse Rose. — Imagino que ele não vá deixar ninguém em paz até ter provocado o caos de sempre e irritado gente poderosa, depois de ser maltratado e colocado todos contra ele, não? Ele é um ingênuo, sabe, apesar de tudo. É o que seu falecido avô costumava dizer sobre ele. Quirke é um maldito tolo, diria Josh. Ele pensa que um homem bom pode consertar o mundo, enquanto não vê que a última coisa que as pessoas querem é que o mundo seja como deve ser. E ele conhecia o mundo, e as pessoas, o meu Josh.

Os merengues de Rose chegaram; pareciam neve sólida respingada de sangue. Phoebe virou a cara.

— Mas você disse que Quirke também é impiedoso — disse ela.

— E ele é, quando se trata de conseguir o que quer, sozinho. Todos eles são assim, esses cavalheiros autonomeados da armadura reluzente... Por dentro de todo o aço brilhante, são iguais a todos nós, gananciosos, egoístas e cruéis. Ah, não me leve a mal — ela agitou a colher de sobremesa —, eu adoro Quirke, com toda a certeza. Já fui *apaixonada* por ele, durante algum tempo, mas isso não me impediu de ver quem ele é. — Ela lançou a Phoebe um olhar penetrante e sorriu. — Sei o que você está pensando... Os outros são o nosso espelho. É a verdade. E não sou nenhuma santa — de repente ela era uma caipira —, mas não finjo o contrário. Ora essa, finjo?

— Você é melhor do que pensa — disse Phoebe, sorrindo. — E Quirke é melhor do que você pensa também.

— Bem, meu amor, você pode ter razão, mas, querida, você tem muito a aprender. A propósito, este merengue é simplesmente *dee-li-cioso*.

UM AMANHECER CARREGADO LUTAVA PARA ROMPER QUANDO tocou o telefone na mesa de cabeceira de Quirke. Ele se levantou com esforço, lutando para soltar o braço do emaranhado de lençóis, o coração aos saltos. Na pressa, derrubou o fone do aparelho e se atrapalhou para pegá-lo no chão. Temia e detestava telefones. Era Isabel Galloway, ele sabia quem era quase antes de ela falar.

— Seu canalha — disse ela aos sussurros, seus lábios deviam estar apertados ao bocal, e imediatamente desligou. Ele manteve o fone no ouvido, escutando o zumbido rouco dentro dele, pendendo a cabeça, de olhos bem fechados. Meu Deus do céu.

O quarto estava quente, sem ar, e tinha o cheiro dele. Quirke encontrou os cigarros na mesa e acendeu um. Saiu da cama e abriu inteiramente as cortinas. Três andares abaixo, o jardim comprido e estreito de que ninguém cuidava era um tumulto de verde-escuro sob a luz cinzenta do dia. A fumaça do cigarro o fez tossir; ele se recurvou, com uma tosse seca e ofegante. Precisava de uma bebida — o que ele não daria por uma bebida, naquele momento, apesar da hora e do hálito matinal. Sentou-se na lateral da cama e discou o número dela. Ocupado — ela deve ter deixado fora do gancho. Ele a imaginou, com seu vestido de seda de estampa floral grande, atravessada na cama, a cara nos travesseiros, chorando, xingando-o entre um soluço e outro.

Como Isabel soube? Como descobriu?

Mais tarde, ele percebeu o erro que cometera quando não foi diretamente para a casa dela em Portobello, embora ela tivesse lhe telefonado cedo. Agora foi a vez dele se xingar. Estava abrindo a caixa torácica de um velho que morrera em circunstâncias suspeitas, aos cuidados da filha solteirona, quando Sinclair veio dizer que ele era chamado com urgência ao telefone — o telefone de novo! —, e algo dentro dele de imediato virou gelo.

Ela foi levada ao St. James's. De todos os hospitais da cidade, este era o que ele mais detestava. Sempre que pensava no lugar, lembrava-se com um calafrio de uma noite de tempestade, quando se protegeu em uma varanda gelada, sob a luz loucamente oscilante de um lampião a óleo — um lampião a óleo? Não estaria ele equivocado? —, e esperou por uma enfermeira que trabalhava na emergência, que devia sair com ele, mas que no fim o deixou na mão. Como Isabel chegou lá, Quirke jamais descobriu — talvez ela própria tenha chamado uma ambulância, antes de tomar os comprimidos. Ele não teria estranhado tal atitude.

Ela estava em um quarto minúsculo, com uma janela de tijolos estreita dando para a sala da caldeira. A cama também era estreita, estreita demais, ao que parecia, para acomodar uma pessoa de tamanho normal, mesmo que fosse magra como Isabel. Seu rosto estava abatido e tinha um tom esverdeado. Vestia o que ele via ser uma bata do hospital. Os braços estavam para fora dos lençóis, rígidos e esticados ao lado do corpo. Pelo menos, pensou ele, ela não cortou os pulsos.

— Você sabia — disse ele — que esse tipo de coisa é péssimo para sua saúde?

Ela o olhou em silêncio. Tinha o olhar de uma mártir de El Greco.

— Isso mesmo, ria — disse ela. — Uma piada para cada ocasião.

Ela estava rouca, ele supunha que do efeito dos tubos que forçaram por sua garganta quando bombearam o estômago. Ele havia falado com a enfermeira-chefe, uma freira de cara rude e touca branca que não o olhou nos olhos, mas apertou os lábios e disse que a Srta. Galloway foi muito descuidada, tomando todos aqueles comprimidos por acidente; não, ela não corria grave perigo; sim, eles a manteriam ali esta noite e provavelmente ela teria alta no dia seguinte.

— Quer que eu abra esta janela? — perguntava ele agora. — Está abafado aqui dentro.

— Meu Deus — disse Isabel —, é só isso que você pode dizer, que está abafado?

— O que quer que eu diga?

Ele sentia pena dela, entretanto sentia-se distante também, distante de tudo ali, naquele quartinho miserável, como se estivesse flutuando no teto, olhando a cena de cima, apenas com uma leve curiosidade.

— Não pensei que você podia ser tão cruel — disse ela.

— Não pensei que você podia ser tão idiota. — Ele estremeceu; as palavras saíram antes que pudesse controlar. Ergueu os ombros e os deixou cair. — Desculpe-me, sinto muito.

Ela se mexeu na cama, como se algo em algum lugar tivesse provocado uma pontada de dor.

— Sim, ora, você não sente nem a metade do que eu.

— Como você descobriu? Quem contou?

Ela tentou rir, mas em vez disso saiu uma tosse seca.

— Você acha que pode se deitar na cama da viúva de sei lá quem... Diamond Dick, é isso?... enquanto ele ainda está fresco na cova e que metade da cidade não saberia antes de você recolocar as meias?

Você não é só um calhorda, Quirke, é um idiota também. — Ela virou a cara para a parede.

Ele não queria vê-la sofrer, sinceramente não queria, mas se sentiu petrificado e não sabia como ajudar.

— Eu sinto muito — repetiu ele, mais fraco do que nunca.

Ela não estava ouvindo.

— Aliás, como é ela? — perguntou Isabel. — Que tipo de francesa ela é... Sensual e ardente, ou fria e distante?

— Não faça isso.

— Você preferiria fria, imagino. A paixão não combina muito bem com você.

Ele queria que ela parasse; não desejava ser obrigado a ter pena dela.

— Desculpe-me se eu a magoei — disse ele. — Essas coisas acontecem. Não é culpa de ninguém.

— Ah, não — disse ela com amargura —, é claro que não é culpa de ninguém, menos ainda sua. Pode me dar um cigarro?

— Acho que você não devia fumar.

— Faz mal para minha saúde? — Ela se voltara da parede e o fitava com os olhos semicerrados, procurando um jeito de feri-lo, ele sabia. — Você sabe que ela passou por cada homem meio apresentável deste país, não sabe? Ou acha que foi o primeiro? Ela odiava aquele marido... Deve ter sido ela que o matou. Deve ter gosto por canalhas, primeiro ele e agora você. Meu Deus, o que nós somos... nós, as mulheres. Umas imbecis.

— Virei buscá-la pela manhã — disse ele. — Eu a levarei para casa.

— Não se dê a esse trabalho. — Ela se esforçou para se sentar. Ele quis ajudá-la com os travesseiros, mas Isabel bateu nele com as duas mãos e ordenou para que se afastasse. — Você nunca me amou, Quirke.

— Não acho que um dia eu tenha amado alguém — disse ele suavemente.

— A não ser você mesmo.

— A mim menos do que todos.

— E aquela esposa sua de quem você falava tanto? Qual era o nome mesmo? Delia?

— Ela morreu.

— Ah, isso não pode, não é, morrer? — Ela o olhou, o triste espetáculo do que ele era. — Eu quase sinto pena de você.

— Preferia que não sentisse.

Ela virou a cara de novo.

— Adeus, Quirke.

Ao andar pelos longos corredores, ele teve consciência de uma dor aguda e leve, como se fosse penetrado por um raio de outro planeta, um ferimento tão fino que mal podia ser sentido.

O cheiro dos hospitais, percebeu ele, era o cheiro de sua vida.

Na rua, ele se espremeu numa cabine telefônica e ligou para Françoise.

— Qual é o problema? — perguntou ela. Ele contou. Houve um longo silêncio na linha; depois Françoise disse: "Venha à minha casa."

# 9

Nas manhãs de domingo, quando permitiam as condições do tempo, Quirke comprava alguns jornais ingleses e se sentava em um banco perto do canal abaixo da Huband Bridge. Ali, ele lia, fumava e tentava se esquecer por um tempo das complicações emocionais em que se deixara enredar com o passar dos anos. Hoje, os jornais estavam repletos de notícias ameaçadoras. Era de algum conforto para Quirke, mas não muito, que o estado do mundo fosse muito mais lamentável que o dele.

A manhã estava quente e parada, mas pelo menos a cobertura de nuvens dos últimos dias havia se dissipado, e o sol brilhava no que parecia um céu recém-laqueado. Na água, uma galinha-d'água nadava, atarefada com cinco filhotes que a seguiam em fila como bolas emplumadas cobertas de fuligem e uma libélula iridescente saltitava entre os juncos altos. Gamal Abdel Nasser foi eleito presidente do Egito. A pólio ainda aumentava. Ele acendeu outro Senior Service, recostou-se e fechou os olhos. *Gamasser eleito pres. Egito aumentava. Gamdel Abel Nassólio...*

— Dr. Quirke... Não tenho razão?

Ele saiu sobressaltado de seu cochilo.

Quem?

Terno azul, óculos com aro de chifre, cabelo preto e gomalinado penteado para trás, afastado de uma testa esburacada. Estava sentado na outra ponta do banco, o braço tranquilamente atravessado pelo encosto e um joelho cruzado sobre o outro. Era conhecido, mas quem era?

No cigarro esquecido de Quirke, havia quatro centímetros de uma cinza que agora se desprendeu e caiu suavemente no chão.

— Costigan — disse o homem e tirou o braço do encosto, entrelaçando os dedos diante do peito. Quando sorriu, arreganhou a fila inferior de dentes; eram amarelados e acavalados. — Você não se lembra de mim.

— Desculpe-me, não me recordo...?

— Conheci seu pai adotivo, o juiz Griffin. E Malachy Griffin, é claro. E uma vez tomamos uma bebida juntos, você e eu, na cervejaria McGonagle's, se não me engano. Bebemos e conversamos. — Aqueles dentes de novo.

Costigan. Sim, é claro.

— Eu me lembro — disse Quirke.

— Lembra? — Costigan demonstrou uma satisfação exagerada.

Sim, Quirke se lembrava. Costigan entrou no pub naquele dia e deu um aviso que Quirke ignorara, depois ele foi atacado na rua, levou uma surra que o deixou com um joelho quebrado e uma coxeadura pelo resto da vida. Ele realmente se lembrava. Agora triturava a guimba do cigarro com o calcanhar e pegava seus jornais.

— É um prazer revê-lo — disse ele, começando a se levantar.

— Muito triste — comentou Costigan —, o pobre Dick Jewell. — Quirke sentou-se lentamente de novo. Esperou. Costigan voltou a atenção à galinha-d'água e sua prole. — Lindo lugar, este. Você mora aqui perto, não é? — Ele apontou o polegar por sobre o ombro. — Na Mount Street? Número 39?

— O que você quer, Costigan?

Costigan fingiu uma surpresa inocente.

— O que quero, Dr. Quirke? Só estava passeando por aqui e o vi sentado, pensei em parar e dar uma palavrinha. Como vai você ultimamente? Já se recuperou daquele acidente que teve? Uma queda, não foi, de uma escada? Uma infelicidade.

Costigan era dos líderes dos Cavaleiros de St. Patrick, uma organização obscura e poderosa de executivos, profissionais liberais e políticos católicos. Foram os Cavaleiros, entre outros, que Quirke provocou e, por isso, acabou com o joelho esmagado ao pé daquela escada naquela noite — três anos atrás, ou quatro?

— Por que não diz o que tem a dizer, Costigan?

Costigan assentia, como se tivesse chegado a um acordo consigo mesmo a respeito de algo.

— Só estava pensando — disse ele —, caminhando por este lugar nessa manhã linda de sol, como as coisas costumam ser diferentes do que aparentam. Veja o canal ali. Liso como vidro, com aqueles patos ou seja o que for, e o reflexo daquela nuvem branca, e os mosquitos subindo e descendo como bolhas numa garrafa de água com gás... A imagem da paz e da tranquilidade, é de se dizer. Mas pense no que corre sob a superfície, o peixe grande comendo os menores, os insetos no fundo lutando por pedaços que flutuam para baixo, e tudo coberto de limo e lodo.

Ele virou o olhar manso para Quirke, sorrindo.

— Pode-se dizer que o mundo é assim. Na verdade, podemos dizer que existem dois mundos distintos, um mundo onde tudo parece digno, direto e simples... Que é o mundo em que vive a maioria das pessoas, ou pelo menos onde elas imaginam viver... E há um mundo real, onde acontecem coisas reais.

Ele pegou uma cigarreira de ouro e a abriu na palma da mão, oferecendo a Quirke, que balançou a cabeça.

— Não, obrigado. — Devia se levantar agora, sabia disso, devia fazer isso e se afastar dali. Mas não conseguia.

Costigan riscou um fósforo e acendeu o cigarro, largando o fósforo queimado no chão ao lado do sapato direito de Quirke.

— Não preciso perguntar qual é o seu mundo — disse Quirke.

— Ah, mas é aí que está enganado, Dr. Quirke. É aí que está enganado. Eu não opero exclusivamente em nenhum mundo, mas em algum lugar entre os dois. Reconheço a existência dos dois. Pode-se dizer que tenho um pé em cada um deles. As pessoas precisam de luz solar e água calma com filhotes de pato, ou afundarão no desespero. Bem no fundo, elas sabem como as coisas realmente são, mas fingem não saber e conseguem se convencer, ou se convencem o bastante para continuar a farsa. E é aí que eu entro, eu e alguns outros de espírito semelhante. Andamos entre os mundos, e nosso trabalho é garantir que as aparências sejam mantidas... Esconder as coisas sombrias e destacar a luz. É uma responsabilidade e tanto, isso eu posso lhe dizer.

Fez-se silêncio entre os dois. Costigan estava muito calmo, quase alegre, como se estivesse muito satisfeito com seu pequeno discurso e pensasse nele agora com admiração.

— Você conheceu Dick Jewell? — perguntou Quirke.

— Conheci.

— Eu não teria pensado que ele era o tipo de pessoa com que você e seus amigos se relacionavam. Não me diga que ele era membro dos Cavaleiros, sendo ele judeu?

— Eu não disse que o conhecia tão bem assim.

— Certamente ele vivia no segundo mundo, entre os peixes grandes.

— E ele também era um benfeitor de muitos projetos nossos.

— Como o St. Christopher's?

Costigan sorriu e assentiu lentamente. Quirke se perguntou se ele podia ser um padre corrompido, porque tinha maneiras sacerdotais, mansas e suaves, mas com um interior duro feito pedra.

— Como o St. Christopher's — disse ele. — Onde acreditamos que você tenha passado algum tempo quando era pequeno, e acredito que tenha visitado novamente outro dia. Posso perguntar, Dr. Quirke, o que exatamente procurava por lá?

— E desde quando isso é da sua conta?

— É só curiosidade, Dr. Quirke, só curiosidade. Como você, imagino. Pois sei que é um homem curioso... Você tem essa fama.

Quirke se levantou. O maço de jornais debaixo do braço tinha o tamanho e o peso de uma bolsa escolar, e ele, por um instante de vertigem, sentiu que era de novo o garotinho, de pé, acusado diante do diretor ou do chefe de disciplina.

— Veio me ameaçar, como da última vez? — perguntou.

Costigan ergueu as sobrancelhas e as mãos ao mesmo tempo.

— É bem o contrário, Dr. Quirke. Como da última vez, estou lhe dando uma dica de amigo, assim você pode evitar se meter em... como direi?... uma situação ameaçadora.

— E que dica é essa?

Costigan o olhava com o que parecia um ar animado e simpático, embora reprimisse um sorriso.

— Largue esta história de detetive amador, Dr. Quirke. É essa a minha dica. Deixe para o detetive de verdade, para... qual é mesmo o nome dele?... Hackett. Dick Jewell, St. Christopher's, os Sumner...

— Os Sumner? O que têm os Sumner?

— Estou lhe dizendo — apareceu em sua voz certa exasperação cansada —, é aconselhável que fique longe disso. Você é um homem muito curioso, Dr. Quirke, muito curioso. Isso já o meteu em problemas e meterá novamente. E por falar em problemas: como é que se diz em francês... *cherchez la femme*? Ou eu deveria dizer, desista de *cherchezar la femme*. No seu lugar, aceitaria meu conselho. O que espero que você faça, se for sensato.

Os dois homens se encararam, Costigan calmo como sempre, Quirke empalidecendo de indignação e raiva. Costigan riu.

— Como vê — disse ele —, é possível descobrir muitas coisas quando se anda entre os dois mundos.

Quirke começou a se afastar. A suas costas, Costigan chamou seu nome e, a contragosto, ele parou e se virou. O homem no banco fez um gesto ondulante de natação.

— Lembre-se — disse ele —, peixe pequeno, peixe grande. E lodo no fundo.

Dannie Jewell conhecia Teddy Sumner desde que eles eram crianças, quando os Sumner e os Jewell ainda eram amigos. Na realidade, ela não gostava de Teddy — isso não era fácil —, mas sentia alguma coisa por ele. Os dois tinham problemas a superar: para começar, as respectivas famílias. Porém, Teddy era peculiar, tinha maneiras peculiares. Havia o fato de ele não se interessar por mulheres. Dannie costumava se perguntar se o desinteresse dele seria voltado apenas a *ela*, mas não, acreditava que era uma indiferença geral. Isto ela considerava um ponto a favor dele. Era positivamente tranquilo ter por perto alguém com quem não era preciso controlar cada palavra e que não tomava como *significativo* algo que você dissesse, como quase sempre fazem os homens. Na verdade, Dannie, de seu lado, não tinha muito interesse pelos homens. Todos eram ótimos como parceiros de tênis, ou para telefonar quando se estava deprimida, como a própria Dannie fazia com David Sinclair, mas quando eles começavam a ficar sentimentais ou, pior, tentavam algum avanço, eram rejeitados e se zangavam, eles eram assustadores ou chatos.

Mas ela tampouco pensava que Teddy tivesse inclinação para o outro lado.

Ele era hirsuto e musculoso, como o pai, mas tinha dois terços do tamanho, um baixinho peludo de testa baixa e queixo quadrado. Com olhos castanhos brandos e ternos, de novo como o pai, e um andar arqueado que era estranhamente encantador. Seu gênio era terrível e ele se ofendia com facilidade, o que às vezes o tornava impossível. Desprezava a si mesmo, supunha Dannie, mas não era o único.

Teddy era mau, ela sabia, mau, provavelmente perigoso. Dannie cedia a ele como que a um pecado medonho e secreto. Teddy a deixava alegre — essa era a palavra certa — e, ao mesmo tempo, envergonhada. Porém, até a vergonha era agradável. Bastava ficar com Teddy para ir longe demais. Ele parecia uma criança, voluntariosa e cruel, e na companhia dele ela se permitia ser infantil também. Teddy era sórdido, e Dannie podia ser sórdida com ele.

Ela sabia que não devia ter contado a ele sobre a tarde no Howth Head com David Sinclair e Phoebe Griffin. Mas também sabia que Teddy tinha fascínio pelas coisas que os outros faziam, as coisas simples que compunham a vida, pois estes eram capazes de viver. Ele parecia uma criatura de outro planeta, encantada e perplexa com os afazeres dos terráqueos, entre os quais era obrigado a levar sua existência incerta.

Agora eles saíam, Dannie e Teddy, quando ela descreveu a visita a Howth em detalhes hilariantes. Sabia que estava traindo David Sinclair ao falar desse jeito, mas não conseguia evitar — era um prazer culpado, como urinar na cama quando era pequena.

Teddy tinha um Morgan que os pais lhe deram de presente de aniversário de 21 anos. Era um carrinho lindo, verde como um escaravelho, com estofamento de couro creme e rodas com raios. Neste carro, eles passavam tardes felizes passeando pelos arredores da cidade com o capô arriado, Dannie com uma echarpe de seda voando com o vento, e Teddy usando uma gravata e óculos escuros italianos. Eles preferiam os subúrbios mais ordinários para estas *exposições*, como chamavam — ela era o Ursinho Puff e ele, o Bisonho —, onde moravam as classes inferiores, conjuntos habitacionais novos e monótonos de dois cômodos no térreo e três nos altos e acabamento externo de pedra que eram todos iguais, ou casas subsidiadas anteriores à guerra que lutavam pela gentrificação, em que o Morgan devia parecer raro e caro como uma nave espacial. Eles apontavam um ao outro as tentativas mais patéticas dos moradores para conferir alguma classe a suas propriedades, as placas elegantes aparafusadas a portões de ferro batido com nomes pomposos como Dunroamin, ou Lisieux, ou St. Jude's; as venezianas orgulhosamente exibidas em cada janela, mesmo as finas e/ou estreitas; as ridículas varandas elevadas, com vidraças e estatuetas de alvenaria do Sagrado Coração, da Virgem Maria, ou de Santa Terezinha do Menino Jesus dominando nichos na porta da frente. E havia os enfeites de jardim, as fontes falsas, os Bambis de plástico, os anões alegres de faces vermelhas pontilhando canteiros de hortênsias, bocas-de-leão e flox. Ah, como eles riam de tudo isso, a mão comprimindo a boca e os olhos esbugalhados. E como isso fazia Dannie se sentir suja, gloriosamente suja.

Eles tinham alguns jogos. Estacionavam na frente de uma casa onde um aposentado aparava a grama e simplesmente ficavam ali, olhando para ele, até que o homem se amedrontava e fugia para dentro, onde eles o veriam, o nariz velho e avermelhado e um olho desvairado, espreitando por trás de cortinas de renda como uma criatura assustada em sua toca. Ou eles se fixavam em uma dona de casa chegando das compras, carregada de sacolas de mantimentos, e engrenavam a primeira marcha no ritmo da caminhada por alguns metros atrás dela. As crianças, eles tendiam a deixar em paz — não fazia muito tempo que tinham sido crianças, e lembravam como fora —, mas de vez em quando paravam junto ao meio-fio, e Dannie perguntava o caminho a um garoto gordo de short volumoso, ou a uma menina apática de rabo de cavalo, falando com eles não em inglês, mas em francês, fingindo se confundir e se ofender por não a compreenderem. Quando se cansavam dessas brincadeiras, voltavam para a cidade e paravam para o chá da tarde no Shelbourne ou no Hibernian, e Teddy se divertia mergulhando moedas em açucareiros e nos potinhos de geleia, ou apagando as guimbas de cigarro nos pequenos vasos de flores que enfeitavam as mesas.

Hoje Teddy estava ansioso para ouvir cada detalhe da tarde em Howth. Conhecia ligeiramente David Sinclair e declarava considerá-lo evasivo e dissimulado demais, "como todos os judeus", como ele dizia sombriamente; Phoebe ele não conhecia, mas bateu palmas e exultou de prazer com a descrição maldosa feita por Dannie, a carinha branca e espremida e as patinhas de camundongo, o cabelo preto e curto, o vestido de tirolesa que ela usava com corpete elástico e a gola de renda de menina de convento.

— Mas eles não estavam num encontro? — perguntou Teddy. — Por que Sinclair levou você?

Dannie se calou por um momento. Não gostou do jeito desdenhoso com que ele disse isso. Por que David não a convidaria para sair com ele e Phoebe, mesmo que fosse um encontro?

— Não foi nada disso — disse ela, de mau humor. — Não foi um encontro *encontro*.

Eles dirigiam lentamente por uma longa rua de casas monótonas em algum lugar em Finglas, ela pensou que fosse, ou talvez Cabra, à procura de possíveis vítimas para seguir e encarar.

— Você acha que eles estão... você sabe... fazendo? — perguntou Teddy.

— Ela não parece ser desse tipo. Além do mais, acho que aconteceu alguma coisa com ela na América.

— Que tipo de coisa? — perguntou Teddy. Ele vestia um blazer azul-marinho com botões de bronze e um escudo no bolso, e calça larga castanha. Ela notara que Teddy começara a usar perfume, embora imaginasse que ele diria ser loção pós-barba.

— Acho que ela pode ter sido... — Ela hesitou. Isso era demais, era demais; devia parar agora e não dizer nada sobre o assunto.

— Pode ter sido o quê? — Teddy exigiu saber.

— Bem — ela não conseguiu evitar —, violada, acho.

Os olhos castanhos de Teddy arregalaram-se do tamanho de moedas.

— Violada? — disse ele, num sussurro rouco. — Conte-me.

— Não posso. Não sei. Foi só um comentário que ela fez, de ter sido jogada num carro por alguém quando esteve por lá. Já faz anos. Assim que ela notou meu interesse, mudou de assunto.

Teddy fez beicinho de decepção.

— Você perguntou ao rabino Sinclair?

— Perguntei o quê a ele?

— Se eles estão fazendo ou não!

— É claro que não perguntei. Mas acho que você faria isso.

— Sem dúvida nenhuma.

Não havia nada que Teddy não perguntasse, nada em que não metesse o bedelho, por mais particular ou doloroso que fosse. Ele a fez descrever aquela manhã de domingo em Brooklands, o sangue e o horror. Teve inveja dela; Dannie vira nos olhos dele a expressão quase anelante que havia ali.

— Ah, veja — disse ele agora, com urgência —, veja aquela mulher gorda pendurando as calçolas no varal... Vamos parar e dar uma espiada nela. — Ele encostou o carro junto ao meio-fio e parou. A mulher ainda não notara a presença dos dois. Tinha na boca um punhado de prendedores de roupa. — Um varal no jardim da frente — acrescentou Teddy em voz baixa. — Essa é nova.

Dannie ficou satisfeita por ele ter se distraído. Sentia-se cada vez mais culpada por falar como fez. Gostou de Phoebe; Phoebe era engraçada, de um jeito inteligente e sutil, um jeito que Dannie jamais poderia ter. E Phoebe gostava de David Sinclair, isso era evidente, e talvez ele gostasse dela, embora sempre fosse difícil saber, em se tratando de David. Ela queria que ele fosse feliz. Perguntou-se se ela própria não seria um pouco apaixonada por ele. Mas, neste caso, não teria ciúmes de Phoebe? Ela sabia que não entendia dessas coisas, do amor e da paixão, de querer alguém. Tudo isso fora interrompido nela, anos atrás, amarrado, como um médico ligaria as trompas para evitar que ela tivesse filhos. Na realidade, esta era uma coisa que faria assim que encontrasse onde; teria de ser em Londres, ela supôs. Perguntaria a Françoise; era o tipo de coisa que Françoise saberia.

A gorda foi uma decepção; quando terminou de pendurar a roupa lavada, meramente lançou a eles um olhar, riu e foi para a casa feito um pato.

— Vaca — disse Teddy enojado, arrancando com o carro.

Naquele dia, eles não foram tomar o chá, seguiram para o Phoenix Park. Teddy estacionou o carro perto do monumento a Wellington, e eles andaram na grama, sob as árvores. O sol parecia um tanto vago e difuso, como se estivesse exaurido depois de tantas horas brilhando sem descanso. Um rebanho de cervos pastando em uma nuvem de poeira clara parou à aproximação deles e levantou a cabeça, contorcendo as narinas e abanando os cotos de orelha. Animais estúpidos, pensou Dannie, e só são bonitos de longe; de perto, eram desgastados, sua pelagem parecia líquen.

— Sabe de uma coisa — disse ela —, agora estão dizendo que Richard foi assassinado.

Teddy não demonstrou surpresa, nem muito interesse, e ela lamentou ter falado. Soltava essas coisas quando estava entediada. Lembrou-se de quando era criança, em Brooklands, ela se agachou perto do lago no fundo do Long Field, meteu um graveto nas águas rasas e lamacentas e viu as baratas-d'água nadando e fugindo freneticamente. Era bonito como a lama formava espirais de chocolate, depois se espalhava até que toda a água tivesse a cor de chá, ou de turfa, ou de folhas mortas, e não se enxergava mais a vida abaixo dela, toda aquela vida desesperada e contorcida.

— Quem foi? — perguntou Teddy despreocupadamente. — Eles sabem?

Ele estava tão calmo, quase indiferente. Conheceria Richard, saberia como era, as coisas que fez? Talvez todo mundo soubesse. Ela sentiu um calafrio de pavor. Lembrou-se da escola, daqueles períodos curiosos de espera em suspensão, depois de ter feito algo ruim e antes de ser descoberta. Isso lhe provocava o mesmo tipo de calafrio, aqueles intervalos aflitos, e ela sentia que flutuava em algum meio mais leve do que o ar que a sustentava maravilhosamente. Mas o que fizera agora, pelo que esperava ser descoberta? E como a castigariam, uma vez que, na realidade, ela não era culpada?

— Não — disse ela —, não sabem quem o matou. Pelo menos ninguém disse. — Ela riu; era um riso sincero; isso a assustou. — Françoise está tentando fazer com que eles pensem que foi seu pai.

Teddy parou e se curvou para soltar um graveto da perna da calça.

— Tentando fazer quem pensar?

— A polícia. E aquele médico, Quirke, com quem David trabalha.

— Quirke.

— Sim. É o pai de Phoebe, aliás.

Ele endireitou o corpo.

— Você não disse que o nome dela era Griffin?

— Ela é adotiva ou coisa assim, não sei.

— Ele é médico?

— Legista. Apareceu com a Guarda Real naquele dia.

— Mas por que sua cunhada está tentando convencê-lo de alguma coisa?

Dannie parou e o fez parar com ela, e eles ficaram um de frente para o outro.

— Teddy Sumner — disse ela —, responda, por que não está chocado que Françoise esteja tentando fazer as pessoas pensarem que seu pai matou meu irmão?

— Você estava tentando me chocar?

— Sim... claro.

Ele abriu seu sorriso irônico.

— A essa altura devia saber que é impossível me chocar.

— A propósito, seu pai não fez isso.

— Bem, eu não teria pensado que faria.

— Ah, não sei. Podia ter feito. Eles viviam às turras, Richard e seu pai.

Mas Teddy pensava em outra coisa.

— Você falou sobre tudo isso com Sinclair?

— Um pouco. Não muito. Ele não pergunta.

— Mas você conversa com ele sobre isso. — Dannie andou e ele trotou atrás dela. — Você conta segredos a ele, tenho certeza.

— Não. Não conto meus segredos a ninguém.

— Nem a mim?

— Muito menos a você. — Eles pararam em uma elevação de onde se viam os telhados da cidade sufocando na névoa quente e trêmula.

— Queria que esse clima acabasse — disse Dannie.

— Você sabe que eu conhecia muito bem o seu irmão — disse Teddy, em um tom de timidez estudada.

— Conhecia? Como?

— Nós éramos de uma espécie de clube... Quer dizer, ele pertencia ao clube, e acho que eu ainda pertenço.

— Que clube?

— Isso não importa. É mais uma organização. Ele me colocou para dentro, o Richard. Disse que seria — ele soltou uma risadinha vaga — perfeito para mim.

— E foi... é?

De mau humor, ele chutou a grama com o bico do sapato de duas cores.

— Não sei. Eu me sinto meio deslocado, para falar a verdade.

— O que fazem nesse clube?

— Não muita coisa. Visitam lugares...

— Por exemplo, no exterior?

— Não, não. É uma coisa de caridade. Escolas. — Ele assoviou breve e suavemente, estreitando os olhos para a cidade. — Orfanatos.

— Ah, sim? — Ela se sentiu empalidecer. O que ele quis dizer com isso? — Eu não teria pensado que isso combina com *você*, Teddy. —

Dannie forçou um tom leve. — Visitar escolas e ser bonzinho com os órfãos.

— Não combinava — disse ele. — Pelo menos, acho que não combinava. Até que seu irmão me convenceu.

Ela não suportou olhar para ele e virou a cara para a cidade.

— Quando foi que você entrou para esse clube? — A voz de Dannie vacilava.

— Quando saí da faculdade. Eu estava à toa, e Richard... Richard me encorajou. E entrei.

— E começou a visitar lugares.

— Sim.

Teddy se virou para ela e havia algo no olhar dele, uma angústia, e de súbito Dannie compreendeu, agora não queria que ele dissesse mais nada, nem mais uma palavra. Ela girou nos calcanhares e partiu na direção do carro. Lá estavam aqueles cervos de novo, com o pelo corroído por traças, aqueles canais pretos e repulsivos nos olhos como se desde o nascimento chorassem, chorassem sem parar.

— Ursinho Puff — Teddy a chamou suavemente, suplicante, com a voz de Bisonho —, ah, Puff! — Mas ela não se deteve e não olhou para trás.


Ela ficou feliz por ele não ter tentado alcançá-la. Desceu correndo o morro até os portões do parque, atravessou o rio e pegou um táxi na frente da estação ferroviária. Sua mente estava vazia, ou melhor, era um caos — como um sótão num terremoto, era assim que ela pensava. Pois conhecia bem esse estado, o estado em que sempre entrava quando lhe vinha uma de suas crises de ansiedade, ou fosse o que fosse.

Ela devia voltar agora para casa e ficar com as próprias coisas.

Tão quente, a tarde, tão quente e sufocante que ela mal conseguia respirar.

O taxista tinha mau hálito; ela o sentia do banco traseiro. Ele falava de algo por sobre o ombro, mas Dannie não prestava atenção.

Orfanatos.

Quando chegou ao apartamento na Pembroke Street, Dannie encheu uma banheira com água morna e ficou deitada ali por um bom tempo, tentando acalmar a mente em disparada. Havia pombos no peitoril do lado de fora da janela, ela os via, arrulhando daquele jeito suave e misterioso, como se estivessem exclamando por algum escândalo incrível que lhes era contado.

Depois do banho, ela se sentou de penhoar à mesa da cozinha e tomou café, uma xícara depois da outra. Sabia que fazia mal, que a cafeína aceleraria ainda mais seus pensamentos, mas não conseguia evitar.

Foi para a sala de estar e se deitou no sofá. Agora se sentia mais fresca, depois do banho de água fria. Desejou ter algo para segurar, para abraçar. Phoebe Griffin confessara que ainda tinha um ursinho de pelúcia da infância. Algo assim seria bom — mas o quê? Ela não tinha nada parecido; nunca teve nada assim.

Pensar no ursinho de Phoebe a fez pensar em Teddy Sumner, embora ela não quisesse. Que nome tolo, Teddy. Entretanto, de algum modo, combinava com ele, embora não houvesse nele nada de um *teddy bear*, um ursinho de pelúcia.

No fim, ela telefonou para David Sinclair. Sabia que não era justo ligar para ele quando estava desse jeito. Na realidade, não passava de uma amiga para David, que era gentil — que outro homem viria cuidar dela, como ele fazia, sem receber nada em troca?

Ele não estava em casa, então ela procurou o número do hospital onde trabalhava e telefonou para lá. Quando David ouviu quem era, ficou calado por um ou dois segundos, e Dannie teve medo de que ele desligasse. Conseguia ouvir a respiração dele.

— Desculpe-me — disse ela. — Nunca consigo pensar em outra pessoa para telefonar.

Ele chegou ao apartamento uma hora depois e ficou sentado com ela, segurando sua mão. Fez-lhe o velho sermão sobre "ver" alguém, "conversar" com alguém, mas de que adiantaria ver ou conversar? Os danos haviam começado muito tempo antes, e suas marcas eram tão fundas em Dannie que ela as imaginava como ranhuras irregulares cinzeladas numa pedra — mármore ou, como se chamava a outra, alabastro? Sim, alabastro. Gostava desse som. Sua pele de alabastro. Porque ela era bonita, sabia disso, todo mundo sempre disse que era bonita. Mas ser bonita não ajudava. Uma boneca pode ser bonita, uma boneca com que as pessoas podem fazer qualquer coisa, amar, acariciar ou espancar — ou outra coisa. Mas David era tão bom com ela, tão paciente, tão gentil. Ele se orgulhava de ser um sujeito durão, Dannie sabia, mas não era durão, não no fundo. Cauteloso, era o que ele era, com medo de mostrar o que sentia, mas, por trás da fachada dura, David tinha o coração mole. Um dia ela lhe diria todas as coisas que lhe aconteceram, que a tornaram quem era, esta criatura trêmula encolhida em um sofá, com as cortinas fechadas, enquanto todos os outros desfrutavam do fim de tarde de verão. Sim, um dia ela contaria a ele.

Ele ficou, como sempre, até ela adormecer. Dannie não demorou muito para cair no sono — Sinclair era seu sedativo, como disse com tristeza —, e ainda era cedo, nem eram nove horas quando ele escapuliu da casa, entrou à esquerda e foi até para a Fitzwilliam Square. O carro que estivera estacionado do outro lado da rua quando ele chegou — um Morgan verde, de capô erguido e alguém em seu interior, uma sombra ao volante — não estava mais ali. Ele continuou andando.

Havia um vago brilho verde sobre a praça e névoa na grama atrás das grades pretas. As prostitutas estavam na rua, quatro ou cinco delas, duas se faziam companhia, ambas magricelas, vestidas de preto e assustadoramente brancas, como as harpias no castelo do Drácula. Elas o olharam quando ele passou, mas não avançaram; talvez pensassem que era um policial à paisana, presente para dar um flagra. Uma delas mancava — mais provavelmente por gonorreia. Um dia, num futuro não muito distante, ele poderia virar o canto de um lençol e encontrá-la diante dele na bancada, aquele rosto fino, as pálpebras azuladas fechadas, o lábio ainda inchado. Como fazia com frequência, ele se perguntou se devia sair desta cidade, tentar a sorte em outro lugar, Londres, até Nova York. Quirke jamais se aposentaria, ou, quando o fizesse, seria tarde demais para ser seu sucessor; algo que havia nele a essa altura estaria gasto, uma força vital teria se acabado.

Pegou essa rua, em vez de descer a Baggot Street, para não ser tentado a telefonar para Phoebe. Não sabia por que relutava em vê--la. Provavelmente ela não estava em casa, pensou; ele se lembrou de Quirke dizer que a levaria para jantar esta noite. Ocorreu-lhe que não tinha amigos. Não se importava com isso. Havia pessoas que conhecia, naturalmente, dos tempos de faculdade, do trabalho, mas raras vezes via qualquer uma delas. Preferia a própria companhia. Felizmente, ele não sofria de idiotice e o mundo era cheio de idiotas. Mas não era isso que o afastava de Phoebe, porque ela não era nada idiota.

Pobre Dannie. Será que não havia ajuda para ela? Aconteceu em sua vida algo de que não falaria, algo indizível, então.

Ele andou por dois lados da praça e virou na Leeson Street. Talvez devesse beber uma cerveja no Hartigan's; gostava de se sentar numa banqueta do canto e olhar a vida do pub, o que as pessoas consideravam a vida. Enquanto passava pela Kingram Place, um sujeito de parca o interceptou, agitando um cigarro para ele. "Tem fósforo, parceiro?" Estava pegando o isqueiro no bolso do paletó quando ouviu um passo rápido a suas costas, veio uma espécie de estrondo, um clarão e, depois disso, nada além da escuridão.

Quirke tinha saído para jantar, mas não com Phoebe. Françoise o convidou à casa em St. Stephen's Green. Dissera que eles ficariam a sós e que ela prepararia o jantar para os dois, mas, quando chegou, Giselle estava lá, o que o surpreendeu e irritou. Ele não sentia nenhuma antipatia em particular pela menina — a garota tinha nove anos, o que poderia ter contra ela? —, mas tinha dificuldade para lidar com sua esquisitice. Ela o fazia pensar em um bicho de estimação régio, tolerado e mimado demais, de tal modo que não seria mais admitido e nem mesmo reconhecido pela própria espécie. Quirke também tinha a sensação de que ela, de algum modo, aproximava-se dele furtivamente, de um jeito muito desconcertante.

Françoise não parecia achar nada demais na presença da criança e não fez nenhuma observação, se notou a irritação dele. Esta noite estava com uma blusa de seda escarlate e saia preta, sem joias, como sempre. Ele notou que ela mantinha as mãos fora de vista o máximo que podia; sabia que as mulheres de certa idade eram sensíveis com as mãos. Mas certamente ela não podia ter mais do que... trinta e oito? Quarenta anos? Isabel Galloway era mais nova, mas não muito. Pensar em Isabel provocou uma sombra ainda maior em seu estado de espírito.

Eles comeram aspargos, que alguém da Embaixada da França enviara; chegaram de Paris naquela manhã, no malote diplomático. Quirke não gostava da coisa, mas não disse; mais tarde, sua urina teria cheiro de repolho cozido. Eles comeram em um pequeno anexo à grandiosa sala de jantar, um espaço pequeno e quadrado, revestido de madeira, com teto em dossel e janelas dos dois lados dando para o jardim japonês. O ar calmo e cinzento, tingido pelos reflexos do cascalho do lado de fora, dava lustro aos talheres e fazia parecer que a única vela alta em seu castiçal de peltre lançava não uma luz, mas uma espécie de névoa fina e clara. Giselle sentou-se com eles, comendo uma tigela de papa feita de pão, açúcar e leite quente. Estava de pijama. As tranças, bem enroladas e presas de cada lado da cabeça como fones de ouvido pretos e grandes. As lentes dos óculos eram opacas à luz das janelas e, só de vez em quando e por um segundo, seus olhos faiscavam, grandes, rápidos, observando atentamente. Tristonho, Quirke se perguntou quando seria sua hora de dormir. Ela falou da escola, de uma menina de sua turma chamada Rosemary, que era sua amiga e lhe dava balas. Françoise a tratava com uma expressão de grave interesse, assentindo, sorrindo ou franzindo o cenho quando era necessário. Quirke não pôde deixar de pensar que tinha o ar de alguém fazendo um papel que foi demorada e diligentemente ensaiado até ficar automático, de tal modo que agora era natural.

Sua mente vagou. Ele esteve lutando de novo, já há alguns dias, com o antigo problema do amor. Não devia ser nada de mais, o amor: as pessoas entram e saem dele o tempo todo. Incontáveis poemas foram escritos a respeito do amor, incontáveis canções foram cantadas em seu louvor. Ele fazia o mundo girar, assim diziam. Ele as imaginava, as hordas de amantes extasiados com o passar dos séculos, milhões e milhões deles, fustigando o pobre e velho planeta com os açoites de sua paixão, fazendo-o girar em seu eixo torto, como um pião. O amor de que as pessoas tanto falavam parecia uma nuvem miasmática, uma espécie de éter fervilhando de bacilos pelo qual se deslocavam como que pelo ar comum, na maior parte do tempo imunes à infecção, porém destinados a sucumbir mais cedo ou mais tarde, em um lugar ou outro, abatidos e contorcidos em suas camas num doce tormento.

Com Isabel Galloway não fora difícil. Ela e Quirke sabiam o que queriam, mais ou menos: um pouco de prazer, um pouco de companhia, alguém a admirar e ser admirado. Era uma questão diferente com Françoise d'Aubigny. O calor que Quirke e ela geravam emanava um sopro de enxofre. Ele sabia com que fogo brincava, os danos que podia causar. Isabel foi a primeira vítima; quem seria a próxima? Ele? Françoise? Giselle? Pois ela também estava envolvida, ele tinha certeza, metida entre os dois como um fardo, mesmo em seus momentos de maior intimidade.

Ele voltou a si — Isabel, a primeira vítima? Ah, não.

Agora que a criança terminara a papa, Françoise levantou-se da mesa e a pegou pela mão.

— Dê boa noite ao Dr. Quirke — disse ela, e a criança o fitou com os olhos estreitos.

Quando elas deixaram a sala, Quirke afastou o prato e acendeu um cigarro. A luz moribunda do anoitecer assumira um tom marrom acinzentado. Ele estava intranquilo. Não imaginara a criança na casa — mas onde mais estaria? — e não sabia o que esperar de Françoise, ou o que ela esperava dele. Imaginou a criança deitada naquela cama branca e estreita daquele quarto fantasmagórico e branco, insone e vigilante durante horas, ouvindo atentamente, à procura do menor ruído a seu redor. Ele não dormiu com Françoise nessa casa e achava improvável que fizesse isso esta noite. Mas não podia ter certeza. Não tinha certeza de nada quando se tratava de Françoise. Talvez ela só tenha ido para a cama com ele, em seu apartamento naquela ocasião, em um momento de fraqueza, porque precisava de um corpo a que se agarrar por algum tempo, num esforço de se aquecer e recuperar a vida. Pois, quando o marido morreu, ela deve ter sentido morrer algo em si, junto com ele. Como não sentiria? Ao pensar nessas coisas, Quirke com frequência vivia uma espécie de sobressalto violento, como a sensação de errar um degrau durante o sono e ser atirado à vigília, sem fôlego e chocado — chocado consigo mesmo, com Françoise d'Aubigny, com o que eles estavam fazendo juntos. Nessas circunstâncias, como, perguntava a si mesmo, como poderia se imaginar apaixonado? E novamente ele pegava aquele sopro sulfuroso elevando-se das profundezas.

O que ele faria esta noite se ela lhe pedisse para ficar? Junto com Giselle, havia outra presença nesta casa, um fantasma atento, tão vigilante quanto a criança viva.

Quirke terminou o cigarro e acendia outro quando Françoise voltou e se sentou de frente para ele — Quirke sempre achava excitante o jeito das mulheres de passar a mão pelo traseiro para ajeitar a saia quando se sentavam —, sorriu para ele e disse que havia dois escalopes de vitela na cozinha que ela precisava preparar.

— Sente-se por um minuto — disse Quirke. — Não estou com muita fome.

Ele lhe ofereceu um cigarro, depois a chama do isqueiro. Ela falou:
— Vejo que você reprova que Giselle tenha ficado acordada até tão tarde.
— De forma alguma. A mãe dela é você. Não é da minha conta.
— É que ela tem pesadelos.
Ele assentiu.
— E você?
— Eu?
— Com o que você sonha?
Ela riu um pouco, baixando os olhos.
— Ah, eu não sonho. Ou, se sonho, não me lembro do quê.
Houve uma pausa, depois ele perguntou:

— O que estamos fazendo aqui, você e eu?

— Aqui, hoje? — Seus olhos pretos se arregalaram. — Estamos jantando, segundo creio, não?

Quirke se recostou na cadeira.

— Fale-me de Marie Bergin — disse ele.

Ela se assustou, como se levasse uma alfinetada.

— Marie? Como você conhece Marie?

— Procurei por Carlton Sumner, como você recomendou. O inspetor Hackett e eu fomos a Roundwood.

— Entendo. — Ela olhava a ponta da cinza de seu cigarro. — E você falou com ele... com Carlton.

— Sim.

Ela esperou.

— E?

Quirke viu pela janela atrás de Françoise o azul do céu que escurecia sobre Iveagh Gardens.

— Ele disse que você e seu marido já foram amigos dele e da esposa. Que eles ficaram na casa de vocês no sul da França.

Ela fez um gesto rápido com a mão esquerda.

— Não foi uma ocasião feliz.

— Algo a respeito de toalhas.

— Toalhas? Como assim, toalhas? Carlton Sumner tentou fazer amor comigo. Agora vou preparar nossa comida.

Ela se levantou, saiu do nicho e rapidamente atravessou a sala de jantar, fechando a porta. Deixara o cigarro meio fumado no cinzeiro. Uma mancha de batom em um cigarro: era outra coisa que o excitava, sempre, em quaisquer circunstâncias. Ele pensou no bigode eriçado de Carlton Sumner, nas manchas de suor nas axilas da camisa dourada. Levantou-se da mesa e foi à porta pela qual passara Françoise. O silêncio pendia no corredor como uma cortina. Ele se lembrou de atravessar a cozinha no dia do coquetel memorial e partiu novamente naquela direção.

Ela se encontrava de pé junto da pia, os dedos das mãos envolvendo a haste de uma taça de vinho branco. A vitela estava em uma travessa no fogão e havia cenouras e brócolis em uma tábua de corte de madeira, esperando pelo preparo. Ela não se virou quando ele entrou. A noite preta azulada agora estava na janela.

— Não sei o que estamos fazendo — disse ela, ainda sem se virar.

— Desculpe-me — retrucou ele. — Foi uma idiotice minha perguntar. — Ele se aproximou e se colocou ao lado dela, olhando seu perfil. Tocou as mãos que seguravam a taça e ela se retraiu. — Perdoe-me — disse.

Ela puxou o ar repentinamente e enxugou as lágrimas com a base da mão. Por fim, se virou. Ele percebeu que ela estava com raiva.

— Você não sabe de nada — disse ela —, nada.

— Está enganada. Sei de muita coisa. Por isso estou aqui.

Ela meneou a cabeça.

— Não entendo.

— Nem eu. Mas estou aqui.

Ela baixou a taça e se aproximou, ele a pegou nos braços e a beijou, sentindo o gosto do vinho em seu hálito. Françoise virou o rosto de lado e encostou a face no ombro dele.

— Não sei o que fazer — disse ela.

Ele também não sabia. Com Isabel ele fora livre, ou tão livre quanto era possível com alguém; mas agora, aqui, o que pareciam cordas de seda tinha se transformado nas grades rígidas de uma jaula que o mantinha cativo.

Quirke a levou a uma pequena mesa com tampo de plástico, e eles se sentaram, ele de um lado, ela do outro, as mãos entrelaçadas no meio.

— Fale-me de Sumner — disse ele.

— Ah, o que há para falar? Ele tenta a sorte com toda mulher que conhece.

— Mas vocês eram amigos, você, Richard e ele.

Ela riu.

— Acha que faria alguma diferença a um homem como Carlton Sumner?

— Richard soube que Sumner tentou avançar em você?

— É claro que contei a ele.

— E que ele fez?
— Pediu aos dois que fossem embora.
— E eles foram.
— Sim. Não sei o que Carl contou à Gloria, como ele explicou a partida súbita. Imagino que ela tenha adivinhado.
— Poderia ser este o motivo da briga que seu marido teve com Sumner na reunião de negócios?

Ela o olhou fixamente por um momento e, de súbito, riu.

— Ah, *chéri*, você é tão singular e antiquado. Richard não se importava com essas coisas. Quando contei, ele achou graça. A verdade é que ele ficou feliz por ter um motivo para pedir que fossem embora, porque estava entediado da companhia deles. Desconfio, aliás, que Gloria deu em cima *dele*, como você diz. Eles eram, são esse tipo de gente, os Sumner. — Ela retirou as mãos das de Quirke e ele pegou os cigarros.

— O que ele disse quando você conversou com ele? — perguntou ela. — Você me contou que o policial também estava lá. Carlton deve ter gostado disso, uma visita da polícia.

— Ele falou muito pouco. Que ele fez uma oferta de sociedade a seu marido naquele dia e que seu marido foi embora.

— Uma sociedade? Que mentira. Ele queria... ele *quer*... assumir inteiramente os negócios. Ele queria Richard de fora, com um título idiota... diretor executivo ou coisa assim; essa era a ideia que ele tinha de uma sociedade. — Ela se virou e gesticulou vagamente para a comida na bancada. — Nós devíamos comer...

— Já lhe falei que não estou com fome.

— Acho que você vive de cigarros.

— Não se esqueça do álcool... isso também.

Eles voltaram ao nicho da sala de jantar. A noite pressionava seu negror brilhante na janela. A vela ardera até a metade e escorrera um rastro nodoso pela lateral até a mesa. Quirke pegou a garrafa de Bordeaux.

— Você estava bebendo vinho branco, na cozinha...?

— Pode ser tinto, não importa... nunca reparo no que estou bebendo. — Ela o viu servir o vinho. — Por que perguntou sobre Marie Bergin? Você a viu na casa dos Sumner? Falou com ela?

— Sim, eu a vi. Não falei com ela. Não é de falar muito. Para mim, parecia ter medo.

— Medo do quê?

— Não sei. Talvez de Sumner. Por que você a deixou ir embora?

— Ah, sabe como são os empregados...

— Não, não sei.

— Eles chegam e saem. Sempre acham que são maltratados e que as coisas serão muito melhores em outro lugar. — Ela estava inclinada para a frente, com as mãos cruzadas na mesa diante de si e, ao falar, sua respiração fez oscilar a chama da vela, saltando sombras fantasmas pelas paredes à volta dos dois. — Marie era ótima, mas uma menina tola. Não sei o porquê de seu interesse por ela.

Ele também se curvou para a frente no cone oscilante da luz da vela.

— Estou tentando entender por que seu marido foi morto.

Ocorreu-lhe que os dois raras vezes falavam o nome do outro.

— Mas o que esta empregada tem a ver com isso? — perguntou Françoise.

— Não sei. Mas deve haver um motivo para ele ter morrido. — Sobre isso, ela não disse nada. As sombras saltitantes em volta deles ficaram imóveis. — Acho que preciso ir para casa.

Sua mão estava pousada na mesa; ela tocou o dorso com a ponta dos dedos.

— Eu tinha esperanças de que você ficaria.

Ele pensou naquele duende deitado em seu quarto branco, encarando o escuro, prestando atenção.

— Acho que é melhor eu ir — disse ele.

Ela apertou de leve as unhas na pele dele.

— Eu te amo. — Ela falou com a trivialidade de quem diz as horas.

\* \* \*

Os passos de Quirke ecoavam na calçada de granito enquanto ele andava pelo lado do Green. Atrás da grade, as árvores estavam imóveis; sob a luz dos postes de rua, essas enormes criaturas vivas pareciam se curvar como se olhassem sua passagem. O que ia fazer? Sua mente era um turbilhão de dúvidas e confusão. Ele não se conhecia, jamais se conheceu; não sabia viver. Pôs a mão no rosto e pegou um vestígio do perfume dela nos dedos, ou estaria imaginando? Não conseguia tirar a mulher da cabeça, essa era uma realidade; pensar nela o havia contagiado, como um verme alojado no cérebro. Se conseguisse se livrar dela, se de algum modo ela deixasse de existir para ele, mesmo que por um ou dois minutos, seria capaz de raciocinar com clareza, mas estava no meio de um labirinto e para onde quer que voltasse os pensamentos aparecia a imagem dela, bloqueando todas as saídas. O que ele ia fazer?

O Shelbourne estava iluminado como um transatlântico. Ele andou pela Merrion Row, passando pela Doheny & Nesbitt's, e na Baggot Street entrou na curva ampla da Merrion Street, passando pelos edifícios do governo. A cidade dele, entretanto não era. Independentemente de quantos anos vivesse aqui, sempre havia uma parte que lhe era estranha. Existiria algum lugar a que ele verdadeiramente pertencesse? Pensou no extremo oeste, onde foi uma criança órfã, aquela terra de pedra exposta, urze crepitante e árvores atrofiadas e atormentadas pelo vento. As árvores, sim, eram todas curvadas para o interior, petrificadas numa fuga perpétua, os galhos expostos e finos lutando para sair daquele lugar temível. Este era o oeste dele. Agora tentavam vendê-lo aos americanos como a terra de riachos de truta, abelhas e céus de Paul Henry. Qualquer dia desses retirariam todos os órfãos e patifes de Carricklea e o transformariam em um hotel de luxo. Carricklea, Carricklea. O nome soava nele como o dobre sombrio de um sino distante.

A Mount Street estava deserta. No número 39, havia algo branco preso à aldrava da porta. Era um envelope, amassado e sujo, com um pedaço de barbante em um canto, amarrado em um laço bem-feito à aldrava. Tinha seu nome. Ele se retraiu, sem querer tocá-lo, mas como não tocaria? Estendeu a mão e puxou as pontas do laço com uma delicadeza escrupulosa. As voltas do cordão se separaram facilmente, como se tivessem sido mergulhadas em óleo. Havia algo dentro do envelope, uma coisa — será? — de carne e osso, a julgar pela aparência.

Ele desceu à calçada e ficou abaixo da luz do poste. Seu nome, faltando o último *e*, foi escrito em letras maiúsculas amorfas, como que por uma criança. Quirke abriu o envelope. A coisa ali dentro estava embrulhada no que ele reconheceu ser um pedaço rasgado de um saco de fritas, pelo cheiro que subia. Quando viu a coisa ali dentro, jogou na sarjeta, por instinto. Abaixou-se, olhando, torceu o envelope rasgado com uma vareta e o cutucou. Com alívio, viu que não era o que de início pensou ser. Era um dedo, branco como queijo, meio dobrado, como se acenasse. Foi cortado na junção com a mão e havia sangue e o brilho branco do osso. Ele rolou o envelope rasgado e olhou seu interior. Sem mensagem, nada. Levantou-se. Estava consciente do coração, uma batida surda e pesada, e por um momento ficou tonto, temendo desmaiar. Olhou os dois lados da rua às escuras e não viu ninguém. Passou um carro, mas o motorista nem o olhou. Ele se curvou e pegou o dedo na sarjeta, largando na metade rasgada do envelope, dobrou rapidamente e colocou no bolso.

No apartamento, ele foi à cozinha e pôs o envelope na pia. Supôs que não deveria ficar tão abalado, porque lidava com carne morta todo dia no trabalho. Era o dedo de um homem, o que era um alívio — quando viu pela primeira vez, pensou de pronto ser de Phoebe, que ele colocou em risco tantas vezes sem querer. Na sala, pegou o telefone e, de certo modo, nem sabia o que fazia quando discou o número da sala de Hackett. Ainda não tinha acendido a luz. Por que Hackett estaria lá a essa hora? Mas estava. A voz conhecida parecia sair de um buraco no escuro.

— Dr. Quirke — disse ele —, eu mesmo tentava ligar para você.

Quirke não entendeu. Ele estava telefonando para Hackett — por que Hackett estaria fazendo o mesmo? Ele olhou fixamente para o fone.

— Quando? — perguntou ele vagarosamente. — Quando telefonou para mim?

— Na última hora. É seu amigo Sinclair. Ele foi atacado.

— Atacado? O que quer dizer?

— Ele está no hospital.

Quirke fechou os olhos e pressionou a ponte do nariz com o polegar e outros dois dedos.

— Não entendo... O que aconteceu?

— Ele está bem. Tomou uma sova, mas não está mal. Só que — Hackett fez uma pausa e a voz baixou um tom — ele perdeu um dedo.

# 10

A dor foi uma surpresa e também um corretivo, e radical. Era como se um grande braço violento tivesse varrido de um golpe todos os brinquedos e quinquilharias coloridos que ele confundira com as coisas de uma vida adulta e o deixasse apenas com um piso de pedra. Isto, ele viu de repente, *isto* era a realidade, tudo não passa de fantasia e teatro. Tudo havia se estreitado a alguns pontos cruciais, o principal localizado no terceiro nó da mão esquerda.

Ao voltar a si e ver-se arriado como um saco de lixo nas pedras do calçamento na esquina daquela rua, inicialmente ele teve consciência apenas de uma imensa confusão e pensou que um grande erro fora cometido, mas um erro que num instante seria consertado. Nada fazia sentido. Ele não devia estar prostrado ali daquele jeito; como isso aconteceu? Estava escuro e havia alguém curvado sobre ele, soltando um bafo de álcool e podridão corporal geral. Sentiu a mão vasculhando seu paletó, fechou o braço junto do corpo por instinto, e a figura acima dele recuou.

— Ah, meu Deus! — disse uma voz áspera, assustada. — Pensei que você estivesse morto.

Ele não estava morto, certamente, pois se estivesse não sentiria essa dor extraordinária, muito extraordinária. Havia também um latejar lento na cabeça e algo errado com as costas, e o tornozelo esquerdo estava torcido abaixo do corpo, mas nada disso se comparava com o que acontecia com a mão. Antes de olhar para ela, ele a imaginou cercada por uma bola de fogo vermelha e pulsante, como se uma dor assim fosse visível. Quando a ergueu ao rosto, não havia chama, mas a perspectiva estava errada, ou o ângulo, e não parecia sua mão. Aquilo era sangue? Sim, muito sangue. E uma parte da mão, inexplicavelmente, estava ausente.

— Você está péssimo, capitão — disse a voz de hálito ruim. — Será que consegue se levantar?

Ele estava preocupado com sua carteira. Deve ter sido ela que esse camarada curvado sobre ele procurava por dentro do paletó. Ele a mantinha no bolso direito, o que significava que teria de alcançá-la com a mão esquerda, mas isso não seria possível, não com a mão esquerda naquele estado. Tentou com a direita, mas era desajeitado demais e o esforço o deixou tonto, o que, por sua vez, lhe deu náuseas. Ele se virou de lado e vomitou brevemente no chão.

— Meu Deus — disse a voz de novo, num assombro solidário. Era um bom sinal que este sujeito fedorento ainda estivesse ali, pois se tivesse encontrado a carteira teria fugido.

Havia um gato sentado no alto do muro, do outro lado da rua; ele viu sua silhueta contra a fraca luminescência restante no céu a oeste. O que os animais devem pensar de nós e de nossos atos, ele se viu perguntando; devemos parecer-lhes completamente loucos.

A figura acima dele era um jovem de barba rala e sem os dentes da frente. Cheirava mal, a ceia de Natal estragada. De algum modo, juntos, eles conseguiram ficar de pé — pareceu a Sinclair que ele ajudava o jovem tanto quanto o jovem a ele. Isso era engraçado e, se pudesse, ele teria rido. Agarrados um ao outro, os dois partiram pela rua e entraram na Fitzwilliam Place. Era quase meia-noite e a rua estava vazia. Ele deu meia coroa ao jovem, que encontrou no bolso do peito do colete, e o sujeito o saudou com ardor, chamou-o de capitão mais uma vez e perguntou se ele ficaria bem, afastando-se.

E agora? Ele tentou parar um táxi, mas quando o motorista se aproximou o bastante para ver seu estado balançou a cabeça e seguiu. Podia tentar ir para casa a pé, mas sem dúvida tinha estirado algo nas costas e o tornozelo que estivera torcido sob o corpo parecia delicado como vidro e, ao mesmo tempo, pesado e quente como uma acha de lenha em chamas. Manteve o braço esquerdo cruzado pelo peito, a mão do dedo ausente apertada e protegida na cavidade do ombro. A dor ali produzia uma batida surda, firme, enorme. Ele se perguntou quanto sangue teria perdido — muito, em vista da vertigem que sentia.

Ele atravessou para a praça e se arrastou junto das grades, abaixo das árvores silenciosas, assaltado pelos perfumes melancolicamente suaves da noite. Havia uma mulher nas sombras escuras da esquina. À medida que se aproximava, ele viu o brilho cauteloso de um olho.

— Está tudo bem — disse. — Sofri um acidente. Pode me ajudar?

Ela não devia ter mais de 16 ou 17 anos, aflitivamente magra, e o rosto enfermiço estava sob um chapéu preto e enviesado, preso por um grampo e pretendendo ser garboso, mas só aumentando a melancolia geral de seu aspecto.

Ela ainda o olhava com temor. Ele pediu ajuda novamente e a mulher disse que era uma trabalhadora, e que tipo de ajuda queria, afinal? Sinclair disse que precisava de uma ambulância e que sua mão havia sido ferida, que tinha caído e estava com dificuldades para andar; ela poderia telefonar, pedindo uma ambulância?

— Mas o que aconteceu com você? — perguntou ela. — Não me parece ter sido um acidente.

Ele via que seu medo diminuía.

— Não, tem razão. Eu fui atacado.

— Foi aquele sujeito que estava ajudando você? Eu o conheço, ele é um bêbado.

— Não, acho que não foi ele. Na verdade, tenho certeza de que não foi.

— Aquele homem não seria capaz disso.

Ele fechou os olhos brevemente.

— Minha mão está doendo muito. Pode telefonar para mim e chamar a emergência?

Ela hesitou. Agora não tinha mais medo, só impaciência e irritação, mas ainda assim era uma mulher e, portanto, como ele imaginava, não lhe podia faltar inteiramente a solidariedade.

— Tem uma cabine na esquina — disse ela. — Você tem alguma moeda?

Ele lhe deu as moedas e esperou, vendo-a andar pela Baggot Street, rebolando um pouco nos saltos altos, e entrar na cabine telefônica iluminada. A dor na mão o fez cerrar os dentes. Teve medo de desmaiar. Agora a garota estava de volta.

— Vão mandar a ambulância — disse ela. — Você deve ficar aqui.

Ele se recostou na grade e ela começou a se afastar.

— Não vai esperar comigo? — perguntou ele. De repente, teve muita pena de si mesmo, porém com um desligamento, como se não fosse ele próprio, mas alguma criatura sofrida que se arrastasse até ele pedindo ajuda, como se aproximou da garota. — Por favor? Eu pago... tome. — Atrapalhado, ele pôs a mão direita sob a fralda direita do paletó e, desta vez, encontrou a carteira, que, por incrível que pareça, estava ali, intocada. Estendeu-a aberta para ela. — Tem uma nota de cinco libras aqui — disse ele. — Pegue.

Ela estreitou os olhos para ele.

— Me dê um cigarro. Não quero seu dinheiro.

Ele pegou o maço de Gold Flake e se virou para que ela encontrasse o isqueiro em seu bolso. Quando o acenderam, ele perguntou seu nome.

— Teri. Com *r* e *i*.

— Teri — repetiu ele. — É bonito. — O primeiro trago da fumaça fez sua cabeça girar.

— Na verdade, é Philomena. Teri é meu nome profissional. E o seu?

— John — disse ele, sem hesitar.

Ela estreitou os olhos para ele novamente.

— Não, não é — disse.

Ele estava prestes a protestar, mas a expressão dela o impediu.

— Desculpe-me. É David. É esse o meu nome.

— David. É um bom nome. Não Dave ou Davy?

— Não, só David.

Eles ouviram uma sirene surgindo ao longe.

— Eu teria levado você para meu quarto — disse Teri —, só que meu companheiro podia chegar e nos pegar ali.

— Seu companheiro?

Ela deu de ombros.

— Sabe como é.

Ele ficou subitamente assombrado ao sentir os olhos arderem de lágrimas.

— Queria que você aceitasse as cinco libras — disse ele, com um fervor pesaroso. — É só um jeito de agradecer.

Ela o olhou por um momento e seus olhos endureceram.

— Agradecer à prostituta de bom coração, não? — retrucou ela, parecendo de súbito bem mais velha do que era. Mais para o final da longa avenida, faiscou uma luz azul. — Aí está sua ambulância.

Ela se virou e se afastou, estalando os saltos.

A mão dele latejava.

Veio então a estranheza de estar no hospital, onde tudo era familiar e, ao mesmo tempo, confuso. A ambulância o levou ao Sagrada Família — é claro, onde mais, em vista do caráter grotesco de tudo que acontecia? Ele trabalhava no porão, mas o colocaram dois andares acima, na ala nova, em uma grande enfermaria com mais ou menos trinta leitos. Foi tratado primeiro na emergência por um médico-residente indiano que ele conhecia de vista, um sujeito extravagante, com um riso agudo e mãos magras extraordinariamente bonitas da cor do cacau no dorso e tijolo nas palmas.

— Ah, meu Deus, ah, meu Deus — disse o indiano quando viu o ferimento —, o que aconteceu com você, meu amigo?

Ele não sabia o que responder. Foram dois, o sujeito de parca e o outro que apareceu por trás e o acertou habilidosamente atrás da orelha direita com algo sólido, porém flexível — um porrete, ele supôs, se de fato existiam essas coisas fora dos filmes de gângster. Estava inconsciente quando deceparam o dedo anelar da sua mão esquerda, não com uma faca, com alguma tesoura, porque a pele junto do nó estava arroxeada e o osso fora esmagado e desfeito, não foi um corte limpo. O indiano lhe deu uma injeção de morfina e limpou a ferida; depois ele foi levado para a sala de cirurgia, onde lhe deram um anestésico local. O cirurgião, um sujeito de cara vermelha que atende pelo nome de Hodnett, aparou o coto do osso e puxou a pele em uma aba, costurando-a pela borda da palma da mão, enquanto discutia com o anestesista a regata Royal St. George que aconteceria no domingo seguinte em Dun Laoghaire. Sinclair não recebeu solidariedade nenhuma, o fato de ele próprio ser um homem do Sagrada Família o impedia, pelo visto. No fim, Hodnett curvou-se sobre ele e falou, "Alguém sem dúvida não gosta de você, Sinclair, meu chapa", e riu de um jeito cruel e partiu com seu andar preguiçoso de cirurgião, assoviando.

Na enfermaria, ele dormiu, graças à exaustão e aos efeitos da morfina. Despertou às quatro e foi quando a dor passou a agir com tudo sobre ele. A mão com um grande curativo estava suspensa em uma tipoia presa a um suporte de metal, de modo que ele teve de ficar deitado de costas, com o braço esquerdo erguido e reto diante de si, como se tivesse caído e sido congelado no ato de fazer uma saudação marcial. A dor era um gigante escuro que o dominava sem dizer nada e o esmurrava lenta, monótona e metodicamente. Jamais na vida, percebeu Sinclair, ele soube o que era se concentrar em uma só coisa implacável, excluindo todo o resto. Os ruídos que os outros pacientes faziam, os gemidos e resmungos, os suspiros palpitantes, chegavam-lhe como que de um lugar muito acima, em outro nível de existência. Ele e o gigante estavam no fundo do que podia ser um barranco profundo, uma fissura secreta, aberta na paisagem comum do mundo, e parecia que não havia jeito de se libertar.

Entretanto, ao amanhecer, a dor de certo modo diminuiu, ou talvez a luz do dia tenha lhe dado mais força de espírito para lidar com ela. A enfermeira noturna o ignorara na maior parte do tempo, assim como a suas súplicas por analgésicos. Sua sucessora no turno da manhã era uma garota de cara brilhante, com quem ele dançara em uma festa de funcionários no Natal passado; não conseguia se lembrar do nome, mas achou que as outras enfermeiras a chamavam de Bunny. Ela se lembrava dele e lhe deu clandestinamente, com o chá matinal, um comprimido grande e roxo, cujo nome ela nem podia divulgar — "A enfermeira-

-chefe arrancaria meu couro!" —, mas que ela garantiu que funcionaria e deu uma piscadela, saindo, rebolando os quadris.

Quirke foi o primeiro a chegar, acompanhado do detetive Hackett. Foi tudo muito embaraçoso. Sinclair, alegremente grogue depois de tomar o comprimido roxo, foi lembrado da época em que estava na escola quacre em Waterford, contraiu caxumba e seus pais foram visitá-lo. Eles foram levados para a enfermaria pelo conselheiro de classe, um bom homem com o adequado nome de Bland. A mãe de Sinclair se atirara na cama e chorara, é claro, mas o pai se mantivera a uma distância segura, dizendo que os "médicos" — como se houvesse uma equipe deles, homens graves, barbudos, de jaleco branco — o alertaram para não se aproximar demais do paciente por medo de consequências que ele não especificou, mas que seriam, pelo que se entendia, muito graves.

Quirke sentou-se em uma cadeira de metal ao lado da mesa de cabeceira, enquanto o inspetor Hackett ficou ao pé do leito com uma das mãos no bolso da calça e a outra pairando pensativamente perto do queixo sombreado de azul. Sinclair descreveu o pouco de que se lembrava do ataque, e os dois homens assentiram. Quirke, apesar de todas as perguntas e a comiseração, parecia distraído.

— Foi o sujeito do telefonema? — perguntou ele.

Sinclair entendeu o que ele queria dizer.

— Não, ele tinha uma voz educada... Esse era só um brutamontes.

Hackett falou:

— Que sujeito do telefonema foi esse?

— Alguém ligou para o trabalho dele outro dia — disse Quirke, ainda meio desligado.

— E?

— E me chamaram de judeuzinho — disse Sinclair com secura —, disseram para deixar meu nariz judeu longe da vida dos outros ou ele seria cortado. Pelo menos, eles se conformaram com um dedo.

Isso provocou um silêncio; depois Hackett voltou a falar:

— O sujeito que o assaltou na rua, esse brutamontes, como ele era?

— Não sei... comum. Uns vinte anos, rosto fino.

— E o sotaque?

— Dublin.

— E o segundo, que veio pelas costas?

— Ele eu não vi — respondeu Sinclair. Ele levantou a mão boa para tocar o lugar dolorido atrás da orelha. — Mas senti.

Quirke ofereceu um cigarro a Sinclair, mas ele disse que preferia um dos próprios.

— No meu paletó, no armário ali.

Quirke pegou o maço de Gold Flake e estendeu a chama de seu isqueiro.

— Aquele do telefonema — disse Hackett —, você não faz ideia do que ele quis dizer com "a vida dos outros"? O que ele disse exatamente?

Sinclair estava ficando cansado do que parecia um interrogatório e, além do mais, passava o efeito da poção roxa e mágica da enfermeira Bunny.

— Não consigo me lembrar — respondeu rispidamente. — Achei que era algum palhaço me pregando uma peça.

O detetive olhou a mão com o curativo.

— Mas foi uma peça e tanto — disse ele.

Um velho em um dos leitos do outro lado começou a tossir, fazendo o barulho de uma bomba de sucção com dificuldade para operar em alguma fossa particularmente funda e viscosa.

— Não havia ninguém por perto quando esses dois sujeitos o atacaram? — perguntou Hackett.

— Não vi ninguém. Quando acordei, tinha um vagabundo por ali, um bêbado, tentando pegar minha carteira.

— Você ficou com a carteira? — O detetive se surpreendeu. — Os outros dois não a levaram?

— Não levaram nada. Além do meu dedo, é claro.

— Então, teve esse vagabundo — disse Quirke —, e só isso?

O velho tinha parado de tossir e ofegava. Ninguém parecia prestar atenção nenhuma nele.

— Teve uma garota — disse Sinclair.

— Uma garota?

— Na esquina, fazendo ponto. Foi ela que pediu a ambulância por telefone.

— Qual era o nome dela? — perguntou Hackett.

— Ela não disse. — Com *r* e *i*. Ele queria que ela tivesse aceitado as cinco libras que ele ofereceu, a prostituta de bom coração.

Os dois homens foram embora logo depois disso e veio uma enfermeira ver o velho que tossia do outro lado; em seguida, um médico foi chamado e a cortina fechada em torno do leito do velho, e todos os outros perderam o interesse.

Ele caiu em um cochilo agitado e sonhou que era caçado em uma rua larga e interminável, no escuro, por perseguidores invisíveis. Teri com *i* também estava lá, parada na esquina junto da grade, com o chapeuzinho preto e, entretanto, ao mesmo tempo, de algum modo o acompanhava enquanto ele corria, conversando com ele, tilintando as moedas na bolsa.

Foi Bunny, a enfermeira, que pôs a mão em seu ombro e o acordou, dizendo que ele tinha outra visita — "Você é muito popular, isso sim". O braço dele ficara dormente, mas a mão na ponta latejava mais do que nunca. A cortina não envolvia mais o leito da frente, e o velho não estava mais ali. Por quanto tempo ele dormira? A enfermeira se afastou e Phoebe Griffin avançou hesitante, com um sorriso sofrido e solidário.

— Quirke me contou o que aconteceu — disse ela. — Coitadinho.

Ele não ficou feliz por vê-la. Estava cansado, confuso, sentia dor e queria ficar em paz, lidar consigo mesmo e organizar os pensamentos. Aquele sono intermitente só serviu para fazê-lo sentir mais agudamente o quanto tudo aquilo era onírico e implausível — o telefonema abusivo, o ataque na rua, seu dedo perdido, o leito hospitalar, aquele velho morrendo na cama do outro lado, e agora Phoebe Griffin com seu riso nervoso, a bolsa agarrada ao peito e o chapéu que o lembrava daquele usado pela prostituta.

— Eu estou bem — disse ele com grosseria, forçando um sorriso e lutando para se erguer nos cotovelos.

— Mas seu dedo — disse Phoebe — ... por quê?

— Só posso lhe dizer o que disse a Quirke: eu não sei. — Ah, ele estava cansado, muito, muito cansado. — Como você está?

Ela ignorou a pergunta.

— É claro que estou bem. Mas você... Meu Deus!

Ele arriou nos travesseiros. Pensava novamente na enfermaria da escola Newtown, na mãe com seu choro pródigo e no pai afastado, aparentando tédio. Durante algum tempo, acreditara estar se apaixonando por Phoebe Griffin, e agora a medonha decepção de talvez ter se enganado soava nele como um sino rachado. De pronto, é claro, sentiu uma onda de preocupação carinhosa por ela; se pudesse, ele a teria tomado nos braços e a balançado como um bebê.

— Foi gentileza sua vir — disse ele, com a voz fraca, tentando abrir outro sorriso.

Ela ainda estava curvada sobre ele, mas agora enrijeceu e se afastou alguns centímetros. Também notava a percepção que Sinclair tivera; ele via que ela notava, e se lamentava.

— Bem, por que eu não teria vindo?! — exclamou, com uma risadinha insegura e suspirada. Hesitou por um momento, depois se sentou na cadeira de metal que antes fora ocupada por Quirke. — Não precisa me contar, se não quiser. Deve ter sido pavoroso.

— Não me lembro de muita coisa.

— Isso é bom, tenho certeza. A mente se protege, esquecendo.

— Sim. — Será que ela pensava, perguntou-se ele, nas lembranças de que precisava se proteger? Sinclair sabia muito pouco a respeito dela; como pôde ter pensado que a amava? Mais uma vez, sentiu uma onda quente de carinho e compaixão. O que ele tem a ver com ela? Como se livraria dela? — Falei com Dannie — disse Phoebe.

Isso provocou uma onda fria de alarme que ele não conseguia situar muito bem.

— Ah, sim? — disse ele. A ideia de Phoebe e Dannie em contato, sem a presença dele, era inquietante. Como Phoebe conseguiu o número de Dannie, aliás?

— Espero que não tenha cometido um erro — comentou Phoebe. Ela pegara o olhar dele. — Achei que ela ia querer saber.

— Está tudo bem, tudo bem. — Ele virou a cara distraidamente. — O que ela disse?

— Ficou aborrecida, é claro. E, obviamente, ficou perplexa, como todos nós.

— Sim. Ela fica... agitada.

— Eu sei.

Houve uma pausa. A azáfama na enfermaria vinha crescendo constantemente com o avanço da manhã, e agora eles podiam muito bem estar conversando na esquina de uma rua movimentada da cidade. Isso sempre o fascinava, os barulhos que os hospitais faziam — pois parecia que o próprio lugar produzia todo este clamor, este zumbido incessante de conversas, os chamados exortativos distantes e estrondos de origem indefinida, como se toda uma gaveta de talheres fosse largada no piso frio.

— Você não acha — disse Phoebe, insegura — ... não acha que esse ataque tem alguma relação com a morte do irmão de Dannie?

Sinclair a encarou. Era exatamente o que ele pensava, embora até aquele momento não soubesse ter pensado nisso.

— Como? — disse ele. — Que ligação poderia haver?

— Não sei. — As mãos dela estavam no colo, os dois conjuntos de dedos se puxando, fazendo-o pensar em criaturas subaquáticas se encontrando e acasalando. — Só me pareceu muito estranho, naquele dia, em Howth Head...

— O que pareceu estranho?

— Não sei... não sei o que quero dizer. Eu simplesmente senti que havia alguma coisa... algo que nenhum de nós sabia, nem você, nem eu. — Ela o encarou. — David, quem matou o irmão dela? Você sabe?

Ele não disse nada. Ficou menos abalado com a pergunta do que com o jeito plangente com que ela falou seu nome. Jamais deveria ter se permitido nem mesmo este pequeno envolvimento com ela. Já era bem ruim ter o fardo de Dannie Jewell e seus problemas; agora, de algum modo, além de tudo, ele adquiria esta segunda garota problemática.

Bunny de cara animada chegou para tirar sua temperatura. Phoebe, ela ignorou explicitamente.

— Espero que você não esteja se agitando demais — disse ela a Sinclair, seu olhar luminoso desfigurado por um leve sorriso azedo.

Quando a enfermeira saiu, os dois ficaram perdidos, como uma dupla de estranhos que fora metida brevemente em contato íntimo e agora não sabia bem como se desvencilhar, recuar e introduzir uma distância adequada.

— Preciso ir — disse Phoebe. — A enfermeira tem razão. Você deve estar cansado. Mas eu posso voltar, se quiser.

Ele captou uma leve súplica nessas últimas palavras, mas a ignorou.

— Vou receber alta daqui a um ou dois dias. Talvez até amanhã. Deve haver alguém verdadeiramente doente precisando de um leito.

Eles trocaram um sorriso; depois os olhos de Phoebe adejaram para o lado.

— Desculpe-me por ter telefonado para Dannie — disse ela em voz baixa. — Acho que não devia ter feito isso.

— E por que não? Está tudo bem, eu já lhe disse. — Por um momento, o ânimo forçado em suas maneiras o encheu de repulsa. Ela merecia mais do que isso, afinal. — Desculpe-me — acrescentou ele com hesitação. — Tem razão, estou cansado. — Sinclair notou que ela não precisou perguntar por que ele se desculpava. — Volte, se puder.

Ela se levantou.

— Bem — disse ela, com um sorriso corajoso —, até breve.

— Sim. Até breve. — Ele queria dizer seu nome, mas não conseguiu. — E obrigado por vir... Fico feliz por isso, sinceramente.

Ela assentiu uma vez, virou-se e se afastou rapidamente em meio à longa fila de leitos hospitalares. Ele voltou a se recostar nos travesseiros. Trouxeram o velho do outro lado numa maca sobre rodas. Estava inconsciente — eles devem ter operado —, mas, afinal, ele não morreu.

O SARGENTO JENKINS NÃO PARAVA DE OLHAR PELO RETROVISOR, com certa ansiedade, tentando ver o que acontecia no banco traseiro.

Parecia não haver nada, e era precisamente isso que o incomodava. Seu chefe e o Dr. Quirke eram amigos havia um bom tempo, ele sabia disso, e trabalharam juntos em vários casos, mas esta manhã não trocaram uma palavra sequer, sentaram-se bem separados e pareciam olhar decididos cada um por sua janela. O silêncio entre eles era tenso, até tingido de rancor, ou assim parecia a Jenkins.

Jenkins, de seu jeito hesitante, venerava o chefe. Embora só recentemente fosse designado ao inspetor, sentia que já conhecia seu jeito — o que, naturalmente, não é o mesmo que conhecer o homem em si — e tinha empatia por ele, pelo menos no nível profissional. E esta manhã o inspetor estava incomodado, irritado, e Jenkins queria saber por quê. Os dois homens estiveram no hospital, onde trabalhava o Dr. Quirke para visitar o assistente dele, que fora atacado na rua e teve a mão mutilada, e, ao que parece, este incidente tinha alguma relação com a morte de Richard Jewell, mas ninguém sabia, pelo visto, qual seria a ligação.

Quirke também sentia em Hackett os indícios da desconfiança e do ressentimento, suscitados, sem dúvida, pela suspeita de que havia algo que Quirke sabia, mas não contava. E Hackett tinha razão — Quirke não mencionara o que descobrira preso à aldrava da porta quando voltou para casa na noite anterior. Não sabia por que guardara segredo e ainda o fazia. Ele havia pensado que todas as peças do quebra-cabeça estavam reunidas e que precisava apenas — apenas! — montá-las para o mistério da morte de Richard Jewell ser resolvido. Agora o ataque a Sinclair se apresentava como uma peça a mais, de um tom pavoroso, porém de contorno irremediavelmente vago, uma peça que parecia ser de outro quebra-cabeça. Ele não conseguia situar a convicção de que Sinclair fora espancado como um aviso não a Sinclair, mas a ele, uma versão violenta do alerta que Costigan dera no banco do canal na manhã de domingo. Mas por que eles se fixaram em Sinclair, quem quer que fossem? Tinha de ser porque Sinclair conhecia Dannie Jewell; era a única ligação possível.

Eles rodavam junto do rio, e o sol matinal oblíquo faiscava nos espaços entre as construções, dando-lhe certo aturdimento.

Mentalmente, ele ainda movia as peças do quebra-cabeça, tentando pelo menos um encaixe lógico, sem encontrar nenhum. Pensou em Richard Jewell morto, esparramado pela mesa, em sua mulher e na irmã naquela sala ensolarada do outro lado do pátio, com seus copos de gim, e a conversa animada de Françoise d'Aubigny, e em Maguire, o capataz, arriado de choque, e a mulher veemente de Maguire. Pensou em Carlton Sumner em sua camisa dourada, montado no cavalo poderoso, e em Gloria Sumner, que ele havia beijado numa noite esquecida, muito tempo atrás; no St. Christopher's, ameaçador no precipício acima das ondas cinzentas, e no padre Ambrose de voz macia, que podia enxergar a alma dos homens. Agora ali estava o pobre Sinclair, espancado e mutilado por dois bandidos sem rosto. Costigan tinha razão: existiam dois mundos, distintos e separados, aquele em que pensamos viver e o verdadeiro.

— Ele vai conseguir trabalhar direito? — perguntou Hackett de repente.

Com esforço, Quirke se mexeu.

— O quê?

— O garoto... Isso vai afetar o trabalho dele? Ele é destro?

— Ele precisa das duas mãos. Mas vai se adaptar.

Quirke observava Jenkins no banco da frente e pensava que seria adequado dizer que ele era todo ouvidos. Eles viraram à direita na O'Connell Bridge. Hackett ainda olhava por sua janela.

— Uma coisa estranha, mesmo assim — disse ele. — Não diria o mesmo?

— Estranha, sim.

— Você me disse que o jovem conhecia a irmã de Jewell, aquela com quem conversamos naquela manhã, quando fomos a Brooklands?

— Sim — confirmou Quirke, a voz neutra —, ele a conhece.

— Uma estranha coincidência, então, os dois se conhecem e ele é assaltado daquele jeito.

Quirke olhava as gaivotas voando em círculo acima do Ballast Office, suas asas largas brilhando tão brancas no sol. Como voavam alto, e como pareciam serenas naquela altura. Um carretel a girar. Qual era o verso de Yeats que Jimmy Minor havia citado? Algo relacionado com as veias humanas — *o sangue e o lodo das veias humanas*, não foi isso?

— Lembra-se daquele sujeito, Costigan? — perguntou ele.

Hackett deslocou seu peso de um quadril a outro, o traseiro brilhante da sarja da calça guinchando no banco de couro.

— Costigan — repetiu ele. — É o camarada que conhecia o velho juiz Griffin?

— Sim. O camarada que veio me avisar para não meter o nariz nos assuntos do juiz, três anos atrás. Os Cavaleiros de St. Patrick, um daqueles partidários. Cujo aviso ignorei e, subsequentemente, levei uma surra.

Hackett se mexeu de novo, guinchando.

— Lembro-me dele.

— Você não foi atrás dele naquela época.

Jenkins fazia uma complicada manobra de estacionamento na frente da central, envolvendo uma baliza. Diminutas cabeças de policiais de capacete, feitas de cimento, olhavam imperturbáveis de seus nichos acima da porta, gárgulas bizarras, porém familiares. Eles saíram do carro. O ar estava denso da fumaça de escapamento e da poeira quente das ruas agitadas pelo tráfego. Eles entraram na sombra fria do vestíbulo.

— É só isso, jovem Jenkins — disse Hackett, e o sargento passou pelas portas de vaivém com um ar indisposto. — Ele viveria pendurado em nós, esse camarada — acrescentou Hackett com irritação.

Quirke lhe oferecia um cigarro, e eles curvaram-se, um de cada vez, para a chama do isqueiro.

— Você *foi* atrás dele... de Costigan?

O detetive examinava a ponta do cigarro.

— Ah, fui — respondeu ele. — Fui atrás dele. Fui atrás de um monte deles naquela época. Com o resultado que você se lembra. Resultado nenhum.

Quirke assentiu.

— Eu o vi de novo outro dia.

— Ah, sim?

— Foi o mesmo de antes. Eu estava sentado em um banco perto do canal, cuidando de minha vida, e lá veio ele, fingindo que era por acaso.

— E o que ele disse?

— Deu outro aviso.

— Tudo bem... Mas sobre o quê?

Dois guardas uniformizados vieram da rua, transpirando nas fardas marinho e nos quepes de palas brilhantes. Cumprimentaram Hackett e seguiram num passo arrastado.

— Vamos para o Bewley's — disse Quirke. — Tem algumas coisas que precisamos conversar.

— Sim — disse o detetive —, achei que teria.

Eles atravessaram a rua e andaram pela Fleet Street, passando pela porta dos fundos do *Irish Times*.

— Você notou — disse Quirke — onde colocaram Sinclair? — O detetive o olhou com curiosidade. — Na Ala Jewell — acrescentou ele. — A onde quer que nos viremos, lá está ele, Diamond Dick.

Assim que ouviu a voz de Dannie Jewell na linha, Phoebe se arrependeu de ter telefonado para ela. Não porque Dannie desse a impressão de se encontrar em um de seus estados críticos, aquele de que falou David Sinclair, mas ao contrário, porque parecia animada e um tanto ansiosa, a mesma ansiedade que Phoebe invejou nela no início daquela tarde estranha e mágica em Howth. O que tinha a contar a ela, Phoebe só naquele momento percebeu plenamente, era um horror e provavelmente teria um efeito terrível sobre esta jovem perturbada que não era amiga, mas que um dia poderia ser. Em certo momento, depois de Dannie falar, mas antes que Phoebe respondesse e desse seu nome, houve tempo para não dizer nada e desligar, mas ela não podia fazer isso; de certo modo, seria uma traição — do que, ela não sabia, de alguma coisa, talvez daquela promessa de futura amizade.

— Aconteceu — disse ela, hesitante — ...aconteceu um acidente. — Ela parou, fazendo uma careta para o buraco preto do fone. Por que dizer que foi um acidente, quando não foi? De qualquer modo, por que um acidente pareceria menos nefasto do que outra coisa? Entretanto, não lhe ocorreu uma palavra precisa para o que houve. "Um ataque" podia ser qualquer coisa, de um ataque cardíaco ao assassinato. Ela se obrigou a continuar: — É David. Ele foi espancado e... e perdeu um dedo, mas, tirando isso, está bem, a não ser pelos hematomas.

Ela ouviu Dannie ofegar. Perguntou, numa voz mínima e tensa, "O que aconteceu?".

— Na verdade, ele está bem — disse Phoebe —, só sente... dor, e está drogado, é claro. — Será que as drogas podiam ser responsáveis pela sensação que ela teve, ao lado de seu leito, de ele a rejeitar, de uma hora para outra não dar pela presença dela? Não. Seria um conforto pensar nisso, mas não.

— Conte-me — disse Dannie, ainda com aquela voz calma, contraída, porém estranha —, conte-me o que aconteceu.

— Alguém o atacou na rua.

— Você disse que foi um acidente.

— Eu sei, mas não foi.

— Quem o atacou?

— Não sei.

— Um ladrão?

— Não, não levaram nada, carteira, relógio, nada. Eles só... eles decepara seu dedo, o anelar da mão esquerda. Desculpe-me, Dannie.

Esta tentativa fraca de pedir desculpas — pelo quê? — Dannie rejeitou.

— Ele sabe quem foi?

— Não.

— Você disse "eles".

— Parece que foram dois. Um o parou e pediu fósforo, o outro veio por trás e bateu em sua cabeça com alguma coisa. É só disso que ele se lembra.

— Onde aconteceu?

— Em uma rua em algum lugar perto da Fitzwilliam Square. Ele me falou o nome da rua, mas eu esqueci.

— E quando... quando foi?

— Ontem à noite.
— Ele esteve aqui ontem à noite.
— Onde?
— Aqui, em minha casa.
Phoebe decidiu fugir das possíveis implicações disso.
— Então, deve ter sido depois que ele saiu.
Silêncio.
— Você está aí? — perguntou Phoebe.
— Sim, estou. — Sua voz ficara gélida. — Obrigada por telefonar.
Ela desligou. Por alguns instantes, Phoebe ficou parada no corredor abaixo de seu apartamento, com o fone apertado na orelha, franzindo o cenho para o vazio. De repente, teve medo. Imaginou Dannie baixando o fone, virando-se de lado e... e o quê? Ela apertou o gancho do telefone e interrompeu a ligação, discando o número da sala do pai, a linha direta. Mas não teve resposta.

# 11

Em geral, Quirke achava agradável estar no Bewley's em uma manhã de verão. O lugar tinha um movimento animado, e ele podia admirar as garotas com seus vestidos de verão — estava numa idade, percebeu subitamente, em que a beleza feminina provocava mais admiração do que desejo —, sentado a uma das mesas laterais, em uma banqueta de veludo vermelho desbotado que o lembrava dos tempos de estudante, quando bebia café e comia uns bolinhos grudentos com os colegas, imersos em discussões acaloradas, treinando para ser adultos. Essa época já parecia fazer muito tempo, uma espécie de antiguidade mosqueada pelo sol, como se ele se recordasse de uma ágora ateniense e não de uma cafeteria decadente e superlotada numa cidadezinha desbotada com um passado que parecia muito mais imediato do que o presente.

— E então — disse Hackett —, o que são essas "coisas" sobre as quais precisamos conversar?

Ele estava sentado na pose de sapo de costume, com os joelhos abertos e os suspensórios à mostra, a pança volumosa por cima do cós da calça e o chapéu na cabeça, empurrado para trás. Eles pediram um bule de chá e um prato de pão com manteiga, e cada um deles colocou seu maço de cigarros e o isqueiro na mesa; tinham o ar de uma dupla de jogadores prestes a começar uma partida séria de pôquer.

— Achei que tinha entendido a morte de Dick Jewell — disse Quirke. — Agora preciso repensar tudo.

Hackett curvou-se para a frente, colocou três colheradas de açúcar no chá e mexeu.

— Antes que você comece a repensar — disse ele mansamente —, talvez queira me falar da compreensão que pensava ter.

Quirke meneou a cabeça, com uma carranca distraída.

— Não — retrucou ele —, não posso fazer isso.

— Não pode?

— Não vou contar.

O detetive suspirou. Tinha Quirke em alta consideração, mas às vezes o achava irritante.

— Muito bem. Mas o que houve, para provocar esta grande revisão em seu raciocínio, se posso perguntar?

Quirke pegou um cigarro do maço de Senior Service, bateu uma ponta e depois a outra no polegar, pegou o isqueiro, fez uma pausa, abriu a tampa e girou a roda contra a pedra. Hackett esperou com equanimidade; estava acostumado a esperar pela embromação de alguém sentado de frente para ele.

— Você se lembra — disse por fim Quirke, recostando-se na banqueta e soprando a fumaça para o teto — daquele dia em que conversamos com Carlton Sumner e ele falou em um orfanato que a Jewell Foundation financia, ou financiava, quando Dick Jewell estava vivo?

Hackett empurrou o chapéu ainda mais para trás e coçou o couro cabeludo com o indicador.

— Não, não me lembro — disse ele —, mas vou aceitar sua palavra. E daí?

— O St. Christopher's, perto de Balbriggan. Administrado por redentoristas. Um lugar grande e cinza, perto do mar.

Hackett curvou-se para ele de olhos semicerrados.

— Você o conhece?

— Sim, conheço — disse Quirke. Então ficou em silêncio, olhando a fumaça do cigarro se enroscar para o alto, e o policial achou melhor não continuar com esta linha de inquirição; tinha noção do passado de órfão de Quirke e sabia que não devia sondar demais as lembranças que Quirke tinha dele. — O caso — continuou Quirke por fim — é que outra pessoa também sabe dele.

— E quem seria?

— Maguire, o capataz. Ele esteve lá, depois da morte da mãe.

— Como descobriu isso?

— A mulher dele me contou. — Ele ergueu a xícara pela alça e a recolocou no pires, sem ter provado o chá. — Ela me procurou, como deve se lembrar, com medo de que alguém suspeitasse de que o marido tenha matado o chefe, sendo este alguém *você*.

Hackett não via a ligação com o St. Christopher's e disse isso.

— Eu também não vejo — disse Quirke. Ele se interrompeu. — Fui até lá, conversei com o diretor, certo padre Ambrose. Um sujeito decente, segundo penso, inocente, como tantos deles.

— Inocente — disse Hackett, e franziu os lábios como quem assovia de dúvida. — É de se pensar que administrar um orfanato neste país macularia a visão de uma vida cor-de-rosa, não? — Ele tomou um gole ruidoso do chá.

— Como todo mundo por aqui, eles sabem o que acontece, mas também conseguem não saber. É um dom que partilham com muitos de nossos amigos alemães.

Hackett riu.

— E Maguire? — perguntou ele. — Existe uma ligação?

— Com a morte de Dick Jewell, quer dizer? Não sei. Talvez. É só outra peça que não se encaixa no quebra-cabeça.

— Outra peça?

O cigarro de Quirke tinha terminado; ele pegou outro e o acendeu com a guimba, uma coisa que fazia, Hackett sempre notava, quando raciocinava intensamente.

— Esse negócio com Sinclair — disse ele — é outro enigma.

— Você acha que existe uma ligação *ali*?

— Não vejo como pode não haver — respondeu Quirke. Ele olhou para o teto. — O dedo que eles cortaram foi mandado para mim.

Desta vez, Hackett assoviou mesmo, muito baixo, soltando o ruído de uma corrente de ar por baixo de uma porta.

— Mandaram o dedo para você — disse.

— Cheguei em casa e estava em um envelope amarrado à aldrava da portaria na Mount Street.

— Você sabia de quem era?

— Não. Só soube de quem era quando liguei para você ontem à noite. Mas eu sabia o que representava, depois de Costigan ter aquela conversinha comigo.

— E o que era?

— Um aviso. Dessa vez, muito grosseiro... Não é o estilo de Costigan, eu teria pensado.

Hackett mexia o chá novamente, mas parecia não ter consciência disso.

— Devo ter uma conversa eu mesmo com o Sr. Costigan?

— Não vejo sentido nisso. Quando me interpelou, ele se protegeu bem, jamais usou uma palavra de ameaça, o sorriso não falhou em momento nenhum. Como pau-mandado, ele tem muita experiência e encobre seus rastros... Você descobriu isso, não foi, da última vez? Não — ele tinha terminado o segundo cigarro e estendia a mão para um terceiro —, Costigan é irrelevante. O que importa é quem está por trás dele.

— Então? Quem?

A garçonete apareceu, uma figura murcha com cachos duros aparecendo por baixo da touca, perguntando se eles queriam mais alguma coisa. Hackett pediu outro bule de chá, e ela se afastou, falando sozinha, baixinho.

— Teve uma coisa que o padre Ambrose me falou no St. Christopher's — disse Quirke. — Anda me importunando desde então.

— O que ele disse?

— Disse que Dick Jewell não foi o único benfeitor que eles tinham, que Carlton Sumner também está envolvido.

— Envolvido como?

— No financiamento do lugar, suponho. Ou ajudando a financiá-lo... No papel, é uma instituição estatal, mas, pela aparência dos tapetes e o viço do gramado, tem muito mais dinheiro entrando lá do que a mixaria anual do governo.

Hackett se recostou e massageou pensativamente a barriga com a palma da mão quadrada e grande.

— Ainda estamos falando do falecimento do Sr. Richard Jewell?

— Creio que sim — respondeu Quirke. — Isto é, estamos falando nisso, mas não sei o que estamos dizendo.

— O que *você* está dizendo, quer dizer — disse Hackett. — Eu só acompanho você no escuro. — Ele olhou para a xícara com um olho fechado. — Por que não me contou que eles lhe mandaram o dedo daquele pobre rapaz?

— Não sei — respondeu Quirke. — Sinceramente, não sei. Estamos os dois tropeçando no escuro.

— Estamos?

Quirke ergueu a cabeça, e eles se olharam por um momento, imóveis.

— O que quer dizer com isso? — perguntou Quirke.

O detetive soltou um suspiro lento e longo.

— Dr. Quirke, tenho a impressão de que você tem uma ou duas coisas a mais relacionadas com este assunto. Suspeito, por exemplo, de que anda conversando com a viúva... não tenho razão?

Quirke sentiu a testa se avermelhar. Teria ele imaginado que Hackett não saberia a essa altura que ele esteve fazendo muito mais do que conversar com Françoise d'Aubigny?

— Conversar com a Sra. Jewell — disse ele com cautela — não é necessariamente um processo esclarecedor. Ela tende a ser um tanto opaca.

— Ora essa, *opaca* é uma ótima palavra. E quanto à outra... a irmã?

— Com a Srta. Jewell — disse Quirke com uma ênfase sarcástica —, eu não converso. Como eu disse, Sinclair a conhece e também, acredito, minha filha. Ela me parece um enigma, tem problemas, mesmo antes de o irmão encontrar seu fim conturbado. Problemas — ele tocou a têmpora com o dedo — no andar de cima.

A garçonete idosa veio trêmula com o novo bule de chá. Hackett pediu outra xícara, mas ou ela não ouviu, ou decidiu ignorá-lo, e se afastou. Uma mulher carregada de pacotes entrou e sentou-se a uma mesa próxima, e Quirke a observou fixamente, pois havia nela algo da aparência de Isabel Galloway. Isabel ainda ocupava muito sua mente. Ele sabia que devia telefonar para ela e o faria, um dia desses.

Hackett pôs os restos de sua xícara num copo vazio, serviu-se do novo bule, colocou leite e açúcar, provou e estremeceu com a doçura inesperada.

— Então — disse ele, estalando cautelosamente os lábios queimados —, onde estamos?

— Perdidos na selva — respondeu Quirke prontamente. — Perdidos na maldita selva.

Agora Dannie Jewell entendia o que precisava fazer. Devia fazer um verdadeiro ato de contrição. Quando era pequena, foi aluna da escola do Convento da Dádiva, onde, sem o conhecimento da mãe — o pai não teria se importado —, ela fingiu que era católica, como todas as outras meninas, e recebeu instrução religiosa, aprendendo sobre a confissão, a absolvição e a redenção. Somos todos pecadores, garantiram a ela, e mesmo os pecados mais sombrios seriam perdoados se o pecador mostrasse a Deus que estava verdadeiramente arrependido de tê-Lo ofendido e tomasse a firme decisão de jamais voltar a pecar. Ela não sabia se ainda acreditava em Deus — não pensava muito no assunto —, mas aquelas primeiras lições profundas deixaram uma impressão duradoura. Ela se sentiu culpada a vida toda, ou pela maior parte dela, pelo que se lembrava. As coisas que lhe aconteciam, e até o que se sucedia em volta dela, pelas quais não parecia responsável, eram culpa sua, Dannie sabia, no nível mais profundo, pois secretamente ela foi sua causa, por um processo tão sutilmente pernicioso que não era visível ao olho comum. Se aconteceram, ela deve ter desejado que ocorressem, as coisas não acontecem sem que alguém queira. Este senso sepultado de ser a causa de tanta maldade, e a vergonha que se seguia, eram as raízes gêmeas de todos os seus problemas. Graças a tudo isso ela se via simplesmente nojenta, uma alma imunda.

Como pode ter pensado que podia ter David Sinclair como amigo? Será que não sabia que a mera presença dela na vida dele, o simples fato de sua existência relacionada com ele inevitavelmente o prejudicaria? Todo mundo com quem ela entrou em contato passou por algum sofrimento. Quando soube da história de Maria Tifoide, que transmitiu a doença a outros enquanto continuava imune, reconheceu-se de imediato. Porque não era Dannie que sofria, não verdadeiramente, ou não o bastante, como consequência de calamidades de sua responsabilidade, como resultado dos ferimentos dos quais era culpada. Os outros sofriam. Graças a seu silêncio, outros foram condenados a suportar anos de infelicidade e maus-tratos; graças a sua tagarelice, alguém apanhou na rua e teve o dedo decepado, como se alguém tivesse de substituí-la e ser marcado pelo resto da vida, porque ela era adulta e deixara de ser uma criança. Enquanto isso, era mimada e protegida, tinha dinheiro e liberdade, morava em lugares bonitos, tinha um futuro financeiramente seguro — era até bonita! E os outros sofriam. Isso precisava ter um fim; pelo menos um dos muitos males causados por ela seria corrigido.

Ela não sabia por que David foi atacado. Sabia como aconteceu, mas não o motivo. Mas o motivo não importava. Era parte do padrão, naturalmente, ela sabia, o padrão que existia desde sempre, ao que parecia; ela o considerava uma coisa imensa e oculta propagando-se interminavelmente, lançando milhões e milhões de esporos, como os cogumelos, e irreprimível. Só o que ela podia fazer era cortar uma das cordas, a que se embolava nas pessoas que tinham a infelicidade de chegar perto dela.

Sim, um firme ato de contrição, era o que se exigia dela agora.

CARLTON SUMNER TINHA ESCRITÓRIOS NOS DOIS ÚLTIMOS ANdares de uma das grandes e antigas casas georgianas na Leeson Street, não muito longe da esquina de St. Stephen's Green.

— É de se pensar — disse ele bruscamente — que o maldito ar seria mais fresco por aqui, mas é pior do que no térreo. E é claro que por aqui nunca se ouviu falar de ar-condicionado.

Era outro dia escaldante sob um céu em brasa. O trânsito nas ruas se arrastava e clamava como uma multidão em pânico. Deve ter acontecido um incêndio em algum lugar, pois havia sirenes tocando ao longe e um leve cheiro acre de fumaça no ar. Quirke estava sentado junto a uma das duas janelas baixas, em uma cadeira desconfortável de aço e lona, segurando um copo de suco de laranja pela metade, que antes estava gelado, mas agora amornara.

— Eu bebo essa coisa aos galões — dissera Sumner, estendendo seu copo suado. — Uma das garotas compra as laranjas no caminho para cá e espreme com a própria mão delicada. Por que o conceito de suco de laranja fresco é outra coisa desconhecida de seu povo? — Ele vestia uma calça branca náutica, mocassins e uma camisa de seda branca que tinha uma grande mancha de umidade onde ele havia se recostado na poltrona de couro preto à sua mesa. Ele baixou o copo na mesa e agora andava pelo carpete, jogando entre as mãos uma bola de beisebol escurecida de suor. Quirke se lembrou do globo de neve que Françoise d'Aubigny estivera segurando naquele domingo em Brooklands e se perguntou onde estaria agora.

— Só vi uma laranja quando fiz meus vinte anos — disse Quirke. — Depois veio a guerra e elas desapareceram.

— É — disse Sumner com um forte sarcasmo —, vocês cortaram um dobrado.

— Não foi tão ruim. Afinal, éramos neutros.

Sumner parou à janela e olhou para a rua, de cenho franzido. Jogava a bola com mais força e a pegava na palma da mão em concha com uma pancada alta. Não expressou surpresa quando Quirke telefonou e perguntou se podia vir conversar. Seria preciso muito, supôs Quirke, para surpreender Carlton Sumner, e muito mais para obrigá-lo a demonstrar surpresa.

— É isso mesmo — dizia ele agora, sombriamente. — Neutro. — Ele se virou para Quirke. — Quer uma bebida de verdade? Tenho scotch, uísque irlandês, vodca, gim... pode escolher.

— O suco está ótimo.

Sumner afastou-se da janela e foi à mesa, sentando-se com um traseiro empoleirado num canto. A mesa era grande, antiga e de carvalho escuro, com ferragens de bronze, muitas gavetas e tampo revestido de couro verde. Havia três telefones, um deles branco, um cinzeiro de cristal grande e quadrado, um porta-lápis com o escudo dos Vancouver Mounties em estêncil — Sumner viu Quirke olhando este último e falou: "O time de beisebol, não a polícia montada" —, um mata-borrão com cabo de madeira, uma antiga cigarreira de prata e um elegante isqueiro Ronson do tamanho de uma batata.

— E então — prosseguiu o dono de tudo isso —, o que posso fazer por você, doutor Quirke? — Conseguindo imprimir uma leve inflexão cômica à palavra *doutor*.

Era uma pergunta direta, mas que sempre deixava Quirke em um dilema. Por toda a vida, ele lutou com a incerteza de conceitos, ideias, formulações. Por onde começar a colocar todo aquele material caótico em sequências curtas de palavras? A tarefa sempre o aturdia.

— Fui ao St. Christopher's — disse ele.

Sumner era inexpressivo.

— Saint o quê?

— O orfanato que Dick Jewell financiava...

— Ah, sim, isso mesmo.

— ... E que você financia também.

A isso, Sumner franziu o cenho por um instante.

— Eu, financiar um orfanato? Você pegou o ricaço errado, doutor. Não soube? Não dou nada aos outros, eu tiro deles. É uma tradição familiar antiga e respeitável. — Ele pôs a bola de beisebol na mesa, onde ela rolou um pouco e parou. Abriu a cigarreira e escolheu um cigarro, pegou o isqueiro e produziu uma chama. — Quem disse a você que eu banco meninos sem mãe? — perguntou.

— O homem que dirige o lugar — disse Quirke. — Um sacerdote. O padre Ambrose. — Que fumava os mesmos cigarros de Sumner.

— Não o conheço, nunca ouvi falar. Como ele é?

— Ele disse que você e Jewell criaram algo chamado Amigos de St. Christopher's.

De repente, Sumner ergueu um dedo.

— St. Christopher's, agora me lembro... Onde Marie Bergin trabalhou, não é, antes de os Jewell ficarem com ela?

— Sim.

— Muito bem, muito bem. — Uma expressão pensativa apareceu nos olhos de Sumner, e ele estava mais uma vez de cenho franzido. — St. Christopher's. O projeto de estimação de Dick Jewell. E então... O que tem ele?

O telefone branco tocou, assustando Quirke, e Sumner pegou o fone, ouviu por um momento e disse "não", desligando. Retirou um lenço grande do bolso da camisa e enxugou a nuca.

— Meu Deus — disse ele —, não devia ter um clima temperado por aqui? Não suporto esse calor... Fui criado em um lugar de ar frio, cheiro de pinho e picos nevados, sabia? — Ele se levantou com o cigarro e foi novamente à janela. — Olhe para isso. Podia ser o verão no centro de Detroit.

— Então, você não é um Amigo de St. Christopher's — disse Quirke.

— Escute aqui, parceiro, eu não sou um "amigo" de lugar nenhum. Sou um homem de negócios. Homens de negócios não podem ser amistosos. — Ele olhou para Quirke por sobre o ombro. — Quer me dizer por que está realmente aqui, doutor?

Quirke se endireitou com esforço na cadeira de lona frouxa e colocou o copo numa mesa baixa diante dele.

— Estou aqui realmente, Sr. Sumner, porque começo a acreditar que o St. Christopher's, para não falar nos Amigos do St. Christopher's, tem alguma relação com a morte de Richard Jewell.

Sumner voltou a olhar a rua pela janela. Assentiu lentamente, repuxando a boca em um canto e puxando o ar pensativamente pelos dentes laterais. Seu cabelo preto, basto e prodigamente gomalinado brilhava em vários pontos, uma constelação em miniatura.

— Onde está seu ajudante hoje — perguntou ele —, o velho Sherlock? Ele sabe que você está aqui, ou você saiu para brincar sozinho? — Ele se virou, a mão em um bolso e o cigarro erguido. — Escute, Quirke, gosto de você. Você é um sujeito infeliz, quero dizer, é especialista na infelicidade, mas, ao mesmo tempo, gosto de você. Desde que apareceu em Roundwood, estive revendo minhas lembranças daqueles dias dourados, cheios de alegria e de verdade, quando éramos jovens, bonitos e zanzávamos como panteras por este arremedo de cidade. Na época, você era um menino, pelo que me lembro. Muitas garotas tinham uma queda por você, inclusive a atual Sra. Sumner, se não estou enganado. O que aconteceu com você nesse meio-tempo, não sei e francamente não quero saber, mas certamente tirou toda a sua alegria. Este jogo de detetive particular que você está fazendo não me interessa. Todos temos de encontrar um jeito de passar o tempo e aliviar o *taedium vitae*, como dizia aquele velho cretino que devia nos ensinar latim na faculdade... qual era mesmo o nome dele? Que mal pode haver em você e seu amigo policial circularem por aí, fazendo perguntas e procurando pistas? Nenhum. Mas preste atenção — ele apontou com a mão que segurava o cigarro —, se você pensa, mesmo que por um minuto, que tenho alguma coisa a ver com Diamond Dick Jewell levando uma bala, tenho de lhe dizer, meu amigo, que está desperdiçando energia com o suspeito errado.

Sumner contornou a mesa e se esparramou na cadeira giratória de couro, as pernas vestidas de linho jogadas de lado e bem abertas.

— Sou um camarada tolerante, *doutor* Quirke — disse ele —, apesar do que você ouviu em contrário. Viva e deixe viver, é meu lema... Não é original, posso lhe garantir, mas ainda assim é sensato. Então, não me importa como você decide se divertir ou que jogos gosta de fazer. Isso é problema seu e tenho como regra não interferir na vida dos outros, a não ser que eu precise, é claro. Mas pare com suas suspeitas, está bem? No que diz respeito a mim, pare.

O telefone branco voltou a tocar, como que numa deixa, e Sumner o arrebanhou com raiva, lançando-o contra a orelha e, sem ouvir quem o procurava, disse, "Eu já *falei*, não!", e desligou, sorrindo para Quirke com seus dentes grandes, regulares e perfeitamente brancos.

— Eles nunca me ouvem — disse ele num tom de falsa aflição —, nunca, nunca me ouvem.

Quirke acendia um dos próprios cigarros.

— Um jovem que trabalha comigo — disse ele — foi atacado na rua ontem à noite.

Quando Sumner franzia a testa, toda ela se enrugava horizontalmente, como uma veneziana sendo fechada, e a linha do cabelo castanho brilhante abaixava uns dois centímetros.

— E daí? — disse ele.

— Alguém havia telefonado para ele com ofensas... Chamando-o de judeuzinho, esse tipo de coisa. Por acaso ele é amigo de Dannie Jewell.

Sumner sentou-se mais para a frente e plantou um cotovelo na mesa, descansando o queixo na mão.

— Estou perdido de novo, doutor — disse ele, e mais uma vez abriu seu sorriso torto de astro de cinema.

— Além disso — continuou Quirke —, um sujeito chamado Costigan me procurou alguns dias atrás, depois de eu ter ido ao St. Christopher's, e me avisou para cuidar de minha própria vida. Acho que você não o conheceria, este Sr. Costigan, não? Ele é um dos Cavaleiros de St. Patrick e, provavelmente, também é um Amigo do St. Christopher's, para completar.

Sumner o olhou por um bom tempo e riu.

— Os Cavaleiros de St. Patrick? Fala sério? Existe realmente um grupo chamado Cavaleiros de St. Patrick?

Quirke olhou para a janela. Ou Sumner era um mestre da dissimulação, ou era inocente — pelo menos inocente das coisas que Quirke pensara ser culpado.

— Diga-me, por que acha que Dick Jewell foi baleado?

Sumner estendeu as mãos com as palmas viradas para cima.

— Já lhe falei, não faço ideia. Metade do país o odiava. Talvez ele tenha brincado de papai e mamãe com a mulher de alguém... Mas, pelo que eu soube, ele não era muito dado a esse tipo de coisa.

Agora era Quirke que o olhava.

— O que quer dizer?

— O que quero dizer? Dizem por aí que no que se tratava da vida amorosa ele tinha gostos específicos, só isso.

— Que gostos específicos?

— Específicos! — gritou Sumner, rindo, exasperado. — Talvez ele gostasse de trepar com ovelhas, ou cães boxer... como vou saber? Pelo que dizem, ele era muito estranho, mas olha... Quem pode dizer o que é normal? Já lhe disse o meu lema: viva e deixe etc.

Quirke se levantou de repente, pegando o chapéu na mesa baixa, e Sumner piscou, surpreso.

— Não vai embora, vai, doutor? Não quando estamos nos divertindo tanto por aqui?

— Obrigado por me receber — disse Quirke. — Sei que é um homem ocupado.

Ele se virou para a porta, e Sumner levantou-se, contornou a mesa, passando a mão pelo cabelo.

— Não há de quê. Venha a qualquer hora, é sempre um prazer vê-lo. A propósito — ele colocou a mão grande e nada amistosa no ombro de Quirke —, soube que você está ajudando a viúva a superar o luto. É muita generosidade sua.

Quirke o olhou, e para a mão em seu ombro, de novo para seu dono. Sumner não era tão alto quanto Quirke, mas era um homem parrudo, musculoso e forte.

— Você parece ouvir muitas coisas — disse Quirke — aqui em cima, em seu latíbulo.

— Latíbulo — repetiu Sumner com admiração. — Eu nunca soube o significado dessa palavra... obrigado. — Ele se curvou para a frente, girou a maçaneta e abriu a porta. — Dê lembranças minhas à querida Françoise — falou. A secretária, uma jovem bonita com uma saia apertada e um pulôver angorá, saltou da mesa na sala ao lado e se aproximou num passo lépido. — Belinda, minha linda — disse-lhe Sumner —, por favor, acompanhe o Dr. Quirke à escada, sim? — Ele se virou de novo para Quirke. — Até breve, doutor, nos veremos por aí.

Naquele momento, aparentemente do nada, Quirke teve uma inspiração. Ou não, não veio do nada: percebeu que se recordava da observação sarcástica que Hackett havia disparado aparentemente ao acaso naquele dia em Roundwood, quando ele e Quirke saíam da casa de Sumner de mãos abanando.

Sumner estava prestes a voltar para sua sala e fechar a porta quando Quirke se virou.

— A propósito, Sr. Sumner — disse ele, recostando-se na soleira. — Seu filho, ele conhecia Dick Jewell? Ou conhece a irmã de Jewell, quem sabe?

A mão de Sumner ainda pairava em algum lugar perto do ombro de Quirke, e agora ele a recolocou ali, com mais firmeza e ameaça do que antes, e o puxou para dentro da sala, fechando a porta na cara assustada da secretária.

— O que quer dizer com isso? — perguntou. Seus olhos eram estreitos e todo o humor e jocosidade tinham desaparecido.

— Não quero dizer nada — respondeu Quirke tranquilamente. — É só uma pergunta.

— O que sabe sobre meu filho?

— Muito pouco — disse Quirke, no tom mais brando e mais desinteressado que conseguiu invocar. — O inspetor Hackett falou algo a respeito dele, depois que o deixamos naquele dia em Roundwood.

— Ah, ele falou, foi? — disse Sumner com tranquilidade, embora fosse visível o pulsar de uma veia na têmpora esquerda. Quirke o via procurando mentalmente todas as possibilidades do que Hackett pode ter mencionado a respeito de; qual era o nome?; Teddy, sim, era isso, Teddy Sumner. — Quirke, preste atenção — acrescentou Sumner em voz baixa. — Não me importa que você venha aqui e tente me interrogar, sinceramente não me importa, mas deixe meu filho fora disso... Não meta seu nariz ocupado com ele. Entendeu?

— Eu não pretendia colocá-lo nisso — respondeu Quirke. — Só perguntei...

— Sei o que você perguntou, eu ouvi. — Agora a voz de Sumner era muito baixa e as palavras saíam aceleradas. — Ao contrário de qualquer coisa que possam lhe dizer, Quirke, sou um homem moderado, como seu clima deveria ser. Não quero problemas, não procuro por eles. Só tento levar minha vida e meus negócios de uma forma tranquila e organizada. Mas quando se trata da minha família, especialmente de meu filho, eu me vejo inclinado a perder o controle, contra a minha vontade. Tem muita coisa acontecendo aqui que não entendo e não me interessa entender, muito menos me intrometer. Não sei nada a respeito desse homem que foi atacado ontem à noite. Não sei quem atirou em Dick Jewell, nem ligo muito para isso. Sobretudo, não sei que negócio seu é esse em que meu filho pode ou não estar metido... na realidade, não sei por que você faz perguntas a respeito dele.

Quirke olhou novamente a mão no ombro.

— O motivo para eu perguntar é que meu assistente foi atacado na rua ontem à noite por dois brutamontes contratados que lhe deceparam um dedo e o mandaram para mim, embrulhado em um saco de batatas fritas, metido num envelope. Outro motivo para eu perguntar é que eu sei do histórico de violência de seu filho, como dizem — Sumner fez menção de falar, mas Quirke ergueu a mão para silenciá-lo —, e me pergunto se haveria uma ligação entre o seu Teddy e o dedo perdido de meu assistente, embora eu admita que não sei qual seria. Mas pergunto também porque acredito que seu filho conhecia Dick Jewell, e porque penso que ele foi membro dos Amigos do St. Christopher's, junto com Jewell. — Sumner o encarava, vidrado, respirando pesadamente pelas narinas, e quase fez Quirke sorrir ao pensar em um touro batendo as patas na terra da arena e se preparando para atacar. — Nem posso dizer — continuou ele — que sei como tudo isso pode estar relacionado, mas acredito que esteja e creio que vou descobrir. E quando descobrir, voltarei a procurá-lo, Sr. Sumner, e talvez possamos ter outra conversa, dessa vez mais esclarecedora.

Sumner havia retirado a mão do ombro de Quirke, mas o olhava com a testa de touro baixa e o maxilar deslocando-se para a frente e para trás, aqueles dentes triturando em silêncio.

— Você se arrisca, Quirke — disse ele.

Ao descer, Belinda, a secretária, falou num tom de consternação animada do clima e da onda de calor contínua.

— Não é terrível? — perguntou ela.

— Sim, é — respondeu Quirke. — Terrível.


Era o meio da tarde, e Sinclair cochilava quando a enfermeira Bunny entrou e o sacudiu gentilmente, dizendo que havia um telefonema para ele.

— Acho que nunca tive paciente mais movimentado — disse ela. Ele a olhou grogue, mal sendo capaz de levantar a cabeça do travesseiro.

— Quem é? — perguntou. Ela disse que era o irmão dele. Ele a fez repetir.

— Seu irmão — disse ela, falando lentamente, bem na cara dele, como se ele fosse burro; ela lhe dera outro dos analgésicos roxos. — Ele disse que é urgente. Disse que é uma notícia sobre a sua mãe. — Ela o ajudou a se levantar e o acompanhou, saindo da enfermaria e pelo corredor, onde a visão do piso de linóleo reluzente e marrom chocolate o deixou nauseado. O telefone público estava instalado na parede ao lado da estação de enfermagem, com um escudo de celuloide arranhado de cada lado criando uma privacidade rudimentar. A enfermeira lhe passou o fone. Ele o pegou com cautela, como se pudesse explodir na sua mão.

Ele não tinha irmão e a mãe estava morta.

— Demorou muito — disse a voz. Havia um calor humano insinuante e medonho nela, um conforto pavoroso, como se o interlocutor estivesse enroscado em uma poltrona grande ao lado de uma lareira acesa.

— Quem é você? — perguntou Sinclair com a voz arrastada.

Houve uma risadinha.

— Eu sou o seu pior pesadelo, judeuzinho. A propósito, como está a mão?

— *Quem é você?*

— Mas que mau gênio. — Outra risadinha aguda. — Seu chefe gostou do presente que mandamos para ele? Uma vez tive um gato que costumava deixar coisas na porta, camundongos mastigados, filhotes de rato mortos... Mas nunca um dedo. Aposto que ele levou um susto. Mas suponho que, naquela linha de trabalho, ele deve estar acostumado a esse tipo de coisa.

— Me diga quem você é — disse Sinclair.

A enfermeira, que o estivera observando da mesa, agora saiu, tocou em seu braço e murmurou as palavras: "Você está bem?" Ele assentiu e ela voltou relutante a sua estação.

— Ainda está aí, judeuzinho? Não desmaiou nem nada? Aposto que essa mão sua está doendo. Consegue dormir? Dizem que a dor sempre piora à noite. As enfermeiras estão cuidando bem de você? Desta vez foi um dedo, da próxima será seu você-sabe-o-que...

Sinclair atrapalhou-se para colocar o fone no gancho.

# 12

O inspetor Hackett sentia falta do interior. Passara a maior parte dos verões da infância na fazenda do pai e tinha lembranças felizes dessa época. A cidade não combinava com ele, não verdadeiramente. Morava em Dublin havia... quanto tempo?... quase 25 anos, mas ainda se sentia um estranho. O povo da cidade, havia algo nele, uma dureza, uma superficialidade, uma falta de curiosidade pelas coisas simples com que ele jamais se acostumou e que ainda o atrapalhava no lado social do trabalho. Com vigaristas insignificantes ele conseguia lidar, a ralé dos bairros pobres, mas quando se tratava de gente como Carlton Sumner e os Jewell ficava em terreno instável, um território desconhecido. Era por isso que precisava de Quirke como guia e protetor. Embora Quirke tivesse vindo do nada — quase literalmente, porque não tinha pais e passara a infância em orfanatos —, ele ascendeu ao mundo do dinheiro e da posição quando foi adotado pela família Griffin. Quirke sabia se comportar em lugares onde Hackett sentia-se perdido, e Hackett não tinha vergonha de pedir a ajuda dele.

Mas Quirke hoje não estava com ele.

O clima do verão, um tormento na cidade, fazia do campo um prazer. Sentado ao lado do jovem Jenkins, ao saírem de carro da cidade, e ao longo dos trechos superiores de rio Liffey, a caminho de Kildare, Hackett admirava o verde denso das árvores que ladeavam a estrada e, atrás deles, os campos quadrados onde o trigo e a cevada moviam-se lenta e constantemente, em ondas reluzentes. E havia os cheiros cálidos e fortes de relva, feno e animais; ele até saboreou o fedor de esterco. Lamentou quando tiveram de deixar essa paisagem ribeirinha pelas planícies amarelas de Kildare. Essa terra homogênea tinha seu charme austero, supôs Hackett, mas ele foi criado nas montanhas, entre árvores e a água, e sempre preferia a vista de perto; ali, no Curragh, os horizontes eram distantes, planos e indefinidos demais. Ele gostava de coisas que podia tocar.

Maguire, o capataz, tentara dissuadi-lo, dizendo que estava ocupado demais com os cavalos, que havia uma grande corrida iminente e estava muito atarefado. Hackett insistiu, porém, de seu jeito alegremente teimoso de sempre e agora, quando dirigiam para o pátio, Maguire esperava por eles, embora rabugento.

— Eu já lhe disse tudo que tinha para dizer — afirmou de cara, falando primeiro, antes que o detetive dissesse algo mais do que um olá. — Eu estava nos galopes, nem mesmo estava aqui para ouvir o tiro.

— Sim — concordou Hackett —, você já me disse isso.

Eles foram para os estábulos e andaram pelo longo corredor central entre as baias. Os cavalos os olhavam, resfolegando um pouco e rolando os grandes olhos vítreos. A poeira e o fedor seco de feno provocavam em Hackett uma vontade vacilante de espirrar, mesmo sem conseguir.

— Por aqui — disse Maguire, e os levou para a sala dos arreios, onde os cheiros eram de couro, óleo e ração para cavalo. Havia um calendário preso na parede, aberto na página de agosto do ano anterior. Jenkins fez menção de entrar com eles, mas Hackett gesticulou para que ficasse do lado de fora.

— E então — disse Maguire —, o que você quer?

Ele estava com um colete de couro, calça de veludo cotelê amarrada abaixo do joelho e botas de trabalho rachadas. A cabeça grande, Hackett notou, de certo modo tinha o formato da de Carlton Sumner.

— Eu estava pensando — disse Hackett, em suas maneiras mais acanhadas —, naquele orfanato... St. Christopher's, não é isso?

Maguire franziu o cenho, apanhado de surpresa.

— O que tem ele? — perguntou sombriamente.

— Quanto tempo você ficou lá?

— Como sabe que estive lá?

O detetive sorriu, sua boca de lábios finos parecendo se esticar de uma orelha a outra.

— Temos os nossos métodos, Sr. Maguire — disse ele com satisfação; nunca perdia uma oportunidade de fazer seu papel de policial.

— Meu pai me colocou lá, depois da morte da minha mãe — disse Maguire.

— Deve ter sido difícil.

— Não me importei. Tinha outros sete na casa, e meu pai estava desempregado. Pelo menos na Jaula eles te dão comida.

— Na...?

— É como chamávamos. É como sempre foi chamado... Se você estivesse lá, entenderia o porquê.

Hackett estendeu os cigarros, mas Maguire balançou a cabeça.

— Esse é um hábito que nunca tive. E cuidado com o local onde põe o fósforo, esse lugar é um barril de pólvora.

O detetive sacudiu o fósforo para apagá-lo e colocou o palito gasto na caixa.

— Deve ter sido uma época bem difícil, desde o início — disse ele. — Quantos anos você tinha quando foi para lá?

— Sete. Já falei, eu não me importei. Havia lugares piores.

Hackett foi até uma pequena janela quadrada que dava para o pátio. Os quatro vidros estavam sujos e tomados de antigas teias de aranha, algumas mais novas; na armadilha de uma delas, lutava uma mosca-varejeira, fraca. Havia um Land Rover no pátio que não estava ali quando ele e Jenkins chegaram.

— O Sr. Jewell, seu falecido chefe, era um patrono do lugar, pelo que sei?

— Um o quê?

Hackett afastou a cabeça da janela.

— Ele arrecadava fundos e colocou parte de seu próprio dinheiro lá... Não é verdade?

— Por que está perguntando para mim? Se você já sabe?

— Ele deve ter falado com você sobre o lugar, deve tê-lo consultado sobre isso, sendo você um veterano, por assim dizer?

Maguire balançou a cabeça.

— Ele nunca falou sobre isso comigo.

Hackett ainda o olhava de lado.

— Você conheceu Marie Bergin?

Um dos cavalos ao longo do corredor soltou um relincho agudo e de imediato outros o acompanharam, batendo os cascos e os focinhos nas grades das baias. O vinco na testa de Maguire se aprofundou, e Hackett viu que ele lidava com esforço com essa mudança na linha de interrogatório.

— Eu a conheci quando ela estava lá, sim.

— E no St. Christopher's? Ela trabalhou lá.

— Que idade acha que tenho, 17? Eu já havia ido embora muito antes da época de Marie.

— Mas você sabia que ela trabalhou lá?

Maguire soltou uma espécie de riso e olhou em volta numa exasperação forçada.

— Escute aqui — disse ele —, sou um homem ocupado, tenho trabalho a fazer. Diga o que você quer aqui, ou me deixe continuar, está bem?

Hackett não se abalou. Terminou o cigarro e o largou no chão, pisando nele, depois se abaixou, pegou a guimba esmagada e a colocou também na caixa de fósforos.

— Só estou interessado na ligação do Sr. Jewell com a... como vocês chamavam mesmo?... a Jaula?

— Por quê? — vociferou Maguire. — E por que quer saber da minha época lá, se eu conhecia Marie Bergin e todo o resto? Está procurando o quê?

Hackett tinha as mãos nos bolsos da calça e contemplava os bicos largos das botas pretas.

— Um homicídio foi cometido aqui, Sr. Maguire. Estou procurando a pessoa que o cometeu.

— Então está perdendo seu tempo — disse Maguire, rangendo os dentes, falando com aspereza. — Certamente perde seu tempo falando comigo... Eu não sei quem puxou aquele gatilho, se não foi o próprio Sr. Jewell. Eu não estava aqui quando aconteceu e não ouvi nada porque estava...

Ele parou. Observava a porta para além de Hackett, onde, em silêncio, Françoise d'Aubigny apareceu. Usava reluzentes botas pretas de montaria, calça de montaria de lã creme e um casaco de veludo preto de cintura estreita. Numa das mãos trazia um chicote fino de couro trançado e na outra um chapéu-coco com um véu rígido preso à pala. O cabelo preto estava severamente afastado do rosto e preso na nuca em um coque numa rede, o que conferia uma tensão oriental aos cantos dos olhos. A boca com batom era um risco escarlate e estreito.

— Inspetor — disse ela. — Que surpresa.

Ela o fez entrar na casa e se sentar na cozinha.

— Está com fome, inspetor? Podemos preparar um sanduíche para o senhor, uma omelete, quem sabe? — Hackett agradeceu e disse que não, que ele teria de voltar à cidade logo. Mas aceitaria uma xícara de chá?, perguntou ela, um irlandês não recusaria uma xícara de chá, não é verdade? Ela foi à porta que levava a casa e chamou Sarah Maguire. Jenkins estava de pé, rigidamente, em posição de sentido, perto do bufê, segurando o chapéu. Entrou a esposa de Maguire, a boca em uma linha torta, e pôs uma chaleira no fogo, colocando xícara, pires e colher na mesa, arrumando-os bruscamente na frente do detetive. Disse a ele, lançando um olhar para Jenkins: "E ele, vai tomar uma xícara também?" Hackett voltou-se para o jovem.

— O que me diz, sargento? Está com sede? — Jenkins engoliu em seco e o pomo de adão subiu e desceu.

— Não, obrigado, inspetor... senhora. — Hackett assentiu com aprovação e voltou-se para a mulher com o casaco de montaria.

— Eu estava perguntando ao Sr. Maguire — disse ele — sobre St. Christopher's... O orfanato, do qual seu marido era patrono.

Françoise d'Aubigny ergueu uma sobrancelha.

— Ah, sim?

Hackett estava ciente da mulher de Maguire olhando do fogão com um jeito assustado e preocupado.

— Sim — confirmou ele a Françoise d'Aubigny —, surgiram algumas coisas que despertaram nosso interesse pelo lugar.

— Coisas? — disse a mulher. — Que coisas?

— Ah, nada definido, nada de específico. — Ele fez uma pausa, sorrindo. — A senhora sabe que o marido da Sra. Maguire esteve lá quando era criança. E também, por acaso, o Dr. Quirke. Mas não é uma coincidência?

Ele observou a reação dela à menção de Quirke. Não houve nenhuma. Então, o que ele suspeitava era verdade: ela e Quirke estavam... como é que se dizia mesmo?... se vendo. Isso o divertiu e interessou em igual medida. Explicava bastante da atitude estranha de Quirke em relação ao caso do assassinato de Richard Jewell — esclarecia uma parte, mas não tudo.

— Certamente não estiveram lá na mesma época, não? — disse Françoise d'Aubigny.

— Não, não. O Dr. Quirke é alguns anos mais velho que seu capataz.

— Foi o que eu quis dizer. — Ela o olhava com frieza. Estava claro que Françoise d'Aubigny sabia que ele adivinhara sobre ela e Quirke, e era claro também que Françoise não se importava com isso. — Ele não veio com o senhor hoje, o Dr. Quirke?

Hackett não respondeu, limitando-se a sorrir de novo. A esposa de Maguire trouxe o bule em uma luva de cozinha e o colocou perto dele sobre um descanso de cortiça. Agora não olhava nos olhos dele e voltou ao fogão, limpando as mãos no avental. Era uma pobre criatura nervosa, pensou Hackett. Ele não desejava aumentar o fardo que ela já carregava. Ser casada com um homem como Maguire não deve ser fácil. Françoise d'Aubigny virou-se para ela.

— Sarah, você pode ir.

A Sra. Maguire demonstrou surpresa, talvez estivesse ofendida também; todavia, obediente, tirou o avental e o pendurou no gancho junto do fogão, saiu e fechou suavemente a porta.

— E agora, inspetor — disse Françoise d'Aubigny —, creio que devo dar minha cavalgada. Posso lhe dizer que nada sei sobre esse orfanato, ou por que o senhor está interessado nele. Acredito que meu marido tenha sido morto por motivos comerciais, embora eu não possa dizer o porquê, nem por quem exatamente, mas tenho minhas suspeitas.

E creio que seria mais proveitoso para o senhor seguir essa linha de investigação, não?

— E que linha é essa, senhora?

— Recomendei ao Dr. Quirke que vocês conversassem com Carlton Sumner.

— E fizemos isso — disse Hackett calmamente, servindo o chá na xícara. — Mas essa linha de investigação infelizmente não nos levou muito longe, Sra. Jewell.

Ela o fitou com os olhos estreitos. Estava prestes a dizer mais alguma coisa sobre Sumner, ele sabia, mas mudou de ideia.

— Eu realmente preciso ir, inspetor, meu pobre Hotspur está ficando impaciente.

Hackett sorriu para ela, assentindo.

— Peço desculpas por tomar seu valioso tempo, senhora... Embora, naturalmente, como eu disse, eu tenha vindo conversar com o Sr. Maguire.

Ela também sorriu, porém de leve, os lábios retorcidos.

— Obrigada, inspetor — disse. — E agora, adeus.

Ela assentiu rispidamente para ele, olhando por um breve instante na direção de Jenkins, e saiu pela porta dos fundos, colocando o chapéu e o véu. Já do lado de fora, o silêncio só foi interrompido pelo zumbido da geladeira e o bater do grande relógio de madeira na parede ao lado da pia.

Jenkins, que parecia ter prendido a respiração desde que eles entraram na cozinha, agora a soltava numa lufada.

— Mas o que foi tudo isso, chefe? — perguntou ele, ansioso.

Hackett suspirou de satisfação.

— Sente-se aqui — disse ele ao jovem —, venha, sente-se e tome uma xícara de chá.

Quirke parecia irritado ao telefone. Estivera ligando a tarde toda, disse ele. Hackett lhe contou onde fora, tinha acabado de chegar. Isso calou a boca de Quirke. Hackett estava sentado à sua mesa no escritório do sótão, tentando tirar as botas. Encaixou o fone entre o ombro e o queixo, abaixou-se e tinha um dedo na parte de trás da bota direita, numa alavanca para soltar o pé. Emanou um odor desagradável. Sua mulher trouxe um par de sapatos com solado leve e sem cadarços, mas ele não os calçou. É evidente que botas de tachas, para não falar nas meias de lã cinza, não são o ideal numa onda de calor, mas este era seu calçado desde menino, e agora ele estava velho demais para mudar.

Enfim, Quirke falou.

— Fran... A Sra. Jewell estava lá? — Sim, disse Hackett. Ele trabalhava na bota esquerda, metendo os dedos na parte de trás do pé direito, tentando descer um dedo pela lateral. Seus pés, ele supôs, deviam estar inchados do calor.

Quirke esperava que ele falasse, mas ele não falaria; Quirke não era o único capaz de guardar as ideias para si. A bota, enfim, saiu e Hackett fechou os olhos em um breve momento de satisfação. Quirke agora perguntava o que Maguire havia dito, quando é claro que a pessoa sobre quem ele realmente queria ouvir, Hackett sabia, não era Maguire.

— O Maguire de sempre — disse Hackett —, não é de falar muito. — Agora ele voltara a ter o fone na mão... começara a ficar desagradavelmente pegajoso no queixo... e ao mesmo tempo tentava tirar o cigarro do maço na mesa. — Não foi muito acessível quanto ao assunto de nosso interesse. A Jaula, como ele chama.

— A o quê?

— A Jaula. St. Christopher's... Não tinha esse nome no seu tempo?

— Sim — disse Quirke em voz baixa depois de um instante. — Eu havia me esquecido.

— Eu diria que há algumas coisas que você prefere esquecer sobre essa instituição. — Ele colocou o cigarro nos lábios e, para acender, precisou alojar o fone embaixo do queixo de novo. — Mas Maguire disse que não era um lugar tão ruim.

— Não me lembro muito de lá. Mas escute... Fui procurar Sumner novamente.

— Ah, sim?

— Ele também não foi acessível, mas acho que realmente não tem muito a revelar. Acho que é no filho dele que devemos nos concentrar.

— No filho?

— Sim. Teddy.

Hackett girou na cadeira e olhou para os telhados e o emaranhado de chaminés assando no sol, através da janela atrás da mesa. Eram cinco e meia e lá fora ainda estava quente como ao meio-dia. Teddy, ora, o arrojado Teddy, hein? Isso era interessante.

— O que Sumner falou sobre ele?

— Nada. Mas acho que era este Teddy Sumner, e não o pai, que estava envolvido no St. Christopher's com Dick Jewell.

— Envolvido de que jeito?

— O padre de lá, Ambrose, disse que "Sumner" era um dos Amigos do St. Christopher's, junto com Jewell e outros que ele não identificou. Pensei que significava o pai, mas agora acho que era o filho.

— Suponho que faça sentido, é verdade. Não consigo ver o Sr. Carlton Sumner como um salvador dos órfãos.

Um pombo se empoleirou no peitoril e, através do vidro, olhou para Hackett com um olho de conta especulativo. Mais uma vez, Hackett perguntou-se se a plumagem iridescente dessas aves era desprezada em todo o mundo. Em outra época, podiam valorizá-las, além dos pavões e papagaios. Este era azul ardósia, com cintilações de rosa e cinza-claro, e um verde ácido intenso. Poderia ele enxergar através do vidro, ou o foco dirigido de seu único olho era uma ilusão? A ave provavelmente pousou na esperança de ser alimentada, porque, às vezes, quando trazia um sanduíche para o trabalho, Hackett colocava as cascas no peitoril.

O tom ansioso na voz de Quirke despertou sua curiosidade. Era evidente que ele queria que Teddy Sumner estivesse envolvido nisso, mas por quê? Será que Teddy era um substituto para outra pessoa?

— E sabe o que penso também? — dizia Quirke agora. — Penso que foi Teddy Sumner que mandou aqueles dois brutamontes atacarem meu assistente.

— Você pensa — disse Hackett, rindo. — Isso não seria mais um pressentimento?

Quirke não riu.

Eles andavam em Iveagh Gardens no final de tarde fresco. Françoise estava com a calça preta bem casual, estreitando-se nos tornozelos, com tiras elásticas que iam às solas do pé para mantê-las retas. A blusa era de seda branca, e uma echarpe de seda vermelha estava frouxamente amarrada no pescoço. O cabelo, puxado para trás e preso em uma rede — ela perguntou a Quirke se não estaria horrível, disse que estivera cavalgando e não tivera tempo de se pentear. Quirke disse que, para ele, estava ótimo.

— Ótimo — disse ela. — Você leva jeito com os elogios. — Ela sorriu e abaixou a cabeça daquele jeito que ele passou a conhecer, enganchou o braço no dele, apertando o cotovelo em seu corpo. — Estou brincando.

A menina Giselle andava à frente dos dois, numa bicicleta vermelha nova em folha que a mãe lhe dera um dia depois do enterro do pai. Giselle se recusava até a tentar montar num cavalo e pedalava solenemente pelos caminhos de cascalho, agarrada aos punhos de borracha, e de vez em quando tilintando a sineta com o polegar. A mãe a observava como sempre parecia fazer, com uma ansiedade calada e especulativa.

— Soube que você esteve em Brooklands — disse Quirke. — Falei com Hackett.

— Ah — disse Françoise —, o bom inspetor. Não sei por que ele foi lá. Queria falar com Maguire sobre orfanatos, segundo penso.

— Sim. O St. Christopher's.

— Onde fica isso?

Ela mentia com tal tranquilidade, tal delicadeza, aparentemente sem ter consciência das palavras pronunciadas.

— Fora da cidade, no litoral. Seu marido tinha um envolvimento ali.

— Um envolvimento?

— Sim. Organizava arrecadação de fundos. Pensei que você soubesse disso.

Ele sentiu que ela dava de ombros.

— Talvez eu soubesse. Ele tinha muitos "envolvimentos", como você chama.

Eles entraram na sombra arroxeada das árvores. À frente, a menina de vestido claro tornava-se uma cintilação espectral.

— Teddy Sumner também estava envolvido — disse Quirke. — Seu marido criou um grupo de arrecadação de dinheiro, os Amigos do St. Christopher's. Teddy fazia parte dele.

Ela sorriu.

— Teddy Sumner? Um filantropo? É meio difícil de acreditar.

— Então você o conhece.

— É claro. Já lhe disse isso, nos relacionávamos muito bem com os Sumner, por algum tempo. Teddy e Denise... Dannie... eram amigos íntimos.

— Ela não o vê mais?

— Não sei. Provavelmente não. — Ela o olhou de lado. — Por quê?

Pelo intervalo de meia dúzia de passos, ele não disse nada; depois:

— Fui do St. Christopher's, sabe? Quando era pequeno, e não foi por muito tempo.

— Ah, sim? Estranho pensar nisso. O mundo é muito pequeno.

— Fica menor a cada minuto.

Eles foram de novo para o sol oblíquo, e, à frente deles, a menina tinha parado e segurava a bicicleta, desequilibrada, com uma das mãos, usando a outra para soltar alguma coisa que entrara por baixo da alça da sandália. Era um maço de cigarros, desbotado pelo tempo e achatado. Quirke o retirou para ela.

— Vou lhe mostrar o que eu costumava fazer — disse ele —, quando tinha a sua idade e tive minha primeira bicicleta.

Ele dobrou a embalagem de papelão em duas, depois em quatro, bem apertada, agachou-se e prendeu na roda traseira, para que batesse nos raios.

— Agora vá — disse ele à menina. — Vai parecer que tem um motorzinho.

Ela o olhou fixamente por um momento, suas pupilas imensas atrás das luas gêmeas dos óculos. Avançou com a bicicleta e o papelão bateu nos raios, produzindo estalos secos e acelerados. Os dois adultos continuaram a andar, e Françoise mais uma vez apertou bem o braço dele em suas costelas.

— Giselle gosta de você, sabia? — sussurrou ela.

— Gosta? — disse Quirke, erguendo as sobrancelhas. À frente, a menina parou de novo, abaixou-se, retirou o papelão dentre os raios, largando no cascalho, e voltou a pedalar. Quirke riu. — Ora, ela não parece me considerar um bom fabricante de engenhocas.

Françoise tinha um olhar sério.

— Não deve ser duro conosco — disse ela.

— "Conosco"?

— Com Giselle... e comigo. Estamos passando por um momento complicado, como sabe. Estamos sofrendo, à nossa própria maneira.

Eles andaram, ouvindo o cascalho esmagado por seus passos. Havia casais namorando na relva, entre as árvores; naquela luz de bronze e oblíqua, podiam ser faunos com suas ninfas.

— O que você vai fazer? — perguntou Quirke.

— Como assim?

— Vai ficar aqui ou voltar para a França?

— Ah. — Ela sorriu com certa tristeza. — Quer dizer no futuro.

— Sim.

Ela mantinha o olhar fixo à frente.

— O futuro vai depender de muitas coisas, e não tenho controle sobre todas. Existe, por exemplo... perdoe-me por ser franca... existe *você*.

De súbito, ele ficou consciente do calor sob o colarinho e de uma umidade fria na base das costas.

— E eu faço parte do futuro?

Ela riu, baixinho, como se não quisesse que a menina os ouvisse.

— Não creio que me cabe dizer, não acha?

— Vamos nos sentar — sugeriu Quirke.

Eles pararam junto a um banco de ferro batido, e agora Françoise chamou a criança, que fingiu não ouvir e continuou na bicicleta. Quirke disse que deviam deixá-la, que ela não podia ir muito longe e que, de qualquer modo, a veriam dali. Eles se sentaram lado a lado e Quirke pegou o maço de cigarros e o isqueiro.

— Não creio que eu vá voltar. — Françoise baixou a ponta de seu cigarro na chama que ele estendia. — Certamente, não para sempre. É claro que sinto falta da França, em certo nível será sempre o meu lar, meu lugar de nascimento. E depois — ela sorriu —, existem adultos por lá, sabia?

— Ao contrário daqui?

— Sua... ingenuidade faz parte de seu charme.

— Quer dizer todo mundo, ou eu em particular?

Com o ombro, ela lhe deu um leve e terno empurrão.

— Você *entendeu* o que eu quis dizer.

Ele estendeu o braço pelo encosto do banco.

— E Giselle? Acha que ela é francesa, irlandesa ou nenhuma das duas?

Françoise franziu o cenho.

— Quem sabe o que pensa Giselle? — Eles a olharam; ela agora estava a uma boa distância, um fantasma minúsculo deslocando-se pelo caminho, entre as árvores escuras e imensas, pedalando a bicicleta berrante. — Penso em mim mesma lá, quando tinha a idade dela, muito antes da guerra. Eu era feliz.

— Talvez ela seja feliz também.

Ela se curvou para a frente e apoiou o queixo na mão.

— Eu me preocupo com ela. Preocupo-me com ela o tempo todo. Não quero que ela seja... ferida, como eu fui. — Ela se interrompeu e Quirke esperou. — Sabe o que acho que nos atraiu, nós dois? — Françoise virou o rosto e o olhou, os olhos pretos e brilhantes, grandes e sérios. — A culpa. — Ela ainda o olhava fixamente. — Não concorda? Pense nisso, *mon cher*.

Ele não precisava.

— Fale-me — disse ele com cautela — de *sua* culpa.

Passou-se um longo momento antes de ela responder. Françoise olhava para a filha de novo, do outro lado do gramado sombreado.

— Eu matei meu irmão — disse ela com tanta brandura que ele quase não apreendeu as palavras e se perguntou se teria ouvido mal. Ela se recostou abruptamente e deu um trago quase violento no cigarro.
— Pelo menos eu o ajudei a morrer.

Françoise voltou a ficar em silêncio. Ele pôs a mão na dela.

— Conte-me — disse ele.

Ela deu um pigarro, de cenho franzido, ainda acompanhando a menina distante.

— Ele estava em Breendonk... como sabe, já lhe falei, o campo na Bélgica? A Gestapo estava lá.

— Qual era o nome de seu irmão?

— Hermann. Meus pais eram grandes admiradores dos alemães e de tudo que era germânico. Fiquei surpresa por não terem me batizado de Franziska. — Ela pronunciou o nome como se cuspisse.

— O que aconteceu com ele, com Hermann?

— Ele era da *Résistance*. Eu também era, mas não como ele. Ele era muito corajoso, muito... muito forte. Também era importante... um dos líderes, nos primeiros dias.

— Seu pai e sua mãe sabiam?

— Que éramos *résistants*? Não... Eles não teriam acreditado que os filhos eram capazes de tal coisa, de tal *trahison*. Mesmo quando os animais capturaram Hermann e o levaram, meu pai se recusou a acreditar que não foi um erro. Ele conhecia alguém no exército Boche, um dos comandantes... Foi assim que consegui visitar Hermann naquele lugar horrível onde o prenderam. — Ela deixou cair o cigarro no cascalho e o triturou lentamente com o salto. — Ele sabia de muita coisa... Não só nomes, mas segredos, planos secretos, lugares onde haveria ataques, alvos que seriam decididos. Eles não deviam deixar que soubesse tanto, era perigoso demais para ele. Quando foi capturado, não acreditaram que ele não cederia sob tortura e trairia tudo. Então me mandaram para visitá-lo. — Ela parou. Ainda olhava sem ver o pé que esmagara o cigarro. — No início, não concordei. Eles me avisaram do que aconteceria se Hermann nos traísse, que nossa célula seria cercada e metralhada, inclusive eu, que outros líderes seriam presos, que tudo estaria perdido. Assim, aceitei o passe do comandante alemão que meu pai conseguiu para mim e fui a Breendonk. Era o trem noturno. Jamais me esquecerei daquela viagem. Eles me deram, os líderes de nossa célula... me deram uma cápsula para entregar a Hermann. Eu sabia o que era, naturalmente. Costurei na lapela de meu casaco. Eu não estava raciocinando, não acreditava que daria aquilo a ele. Disse a mim mesma que, na última hora, antes de chegar àquele lugar, tiraria a cápsula e a jogaria pela janela do trem. Mas não o fiz. — Ela estremeceu, e Quirke tirou o paletó, passando por seus ombros; ela deu a impressão de não reparar nesse gesto. — É claro que Hermann entendeu, quando me viu... De algum modo, ele entendeu por que eu tinha ido, o que eu levava. Ele estava tão alegre, sabe, fingia por mim, ria e fazia piada. Eles já haviam começado a torturá-lo. Quando o vi, naquela sala vazia onde nos colocaram, mal o reconheci de tão magro, tão pálido. Lembro-me das olheiras escuras — com a ponta dos dedos, ela tocou os lugares no próprio rosto — e do medo em seus olhos, que ele tentava esconder, mas de que me lembro, o mesmo medo que estava presente quando ele era um garotinho e fazia alguma coisa que deixava nosso pai zangado, só que agora era muito mais intenso. Era isso que ele parecia naquele dia, o garotinho de que me lembrava. Eu lhe dei a cápsula e ele colocou direto na boca, sem hesitar nem por um momento. Creio que... como vocês chamam mesmo?... o envoltório, sim, creio que o envoltório era de vidro, de um vidro muito fino. Ele o pressionou bem aqui — de novo ela ergueu um dedo e apontou, desta vez para o queixo — e manteve ali enquanto conversávamos. Do que falamos? De nossa infância, acho, quando éramos felizes. Depois eles o levaram e me obrigaram a ir embora. Quando voltei a Paris, meu pai soube por seus contatos que Hermann tinha morrido. Não suspeitaram de mim... Pensaram que outra pessoa lhe houvesse dado a cápsula, um dos outros prisioneiros. — Ela estremeceu de novo e puxou as lapelas do casaco dele pelo pescoço. — Meu pobre e lindo irmão. Meu pobre Hermann, tão corajoso.

Eles ficaram em silêncio por alguns minutos. Quirke ouvia a si mesmo engolindo em seco, sentindo a garganta se expandir e se contrair. Não queria olhar para Françoise, não queria ver suas feições subitamente abatidas e pálidas. O sol caíra abaixo da copa das árvores, e o gramado estava na sombra. Ele sentiu frio sem o paletó. Procurou pela criança e não conseguiu vê-la. Ele se levantou.

— O que foi? — perguntou Françoise. Ela também olhou pela grama que escurecia. — Meu Deus — sussurrou —, onde ela está?

— Vá pelo caminho — disse Quirke —, eu vou atravessar a grama.

Ela se levantou rapidamente, tirou o paletó dos ombros e o jogou nas mãos dele, virando-se e partindo pela trilha, cambaleando um pouco ao se apressar. Quirke, numa luta com o paletó, correu pela grama, sentindo o orvalho molhar os tornozelos. Chegou ao caminho segundos antes de Françoise, viu que ela contornava um grande carvalho e corria para ele de braços estendidos de lado, incongruentes, desconexos, como se tentasse voar.

— Onde ela está? — gritou ela. — Onde ela *está*?

Quirke sentiu o pânico crescer, uma onda quente e pesada subindo pelo peito. Ele precisa se acalmar. Agora o parque estava vazio. Havia um porteiro? Os portões estariam trancados? Ele se xingou por sua desatenção; ele se xingou por muitas coisas.

Eles procuraram por um bom tempo, correndo separadamente aqui e ali, lépidos pelas sombras da noite que aumentavam como um par de fantasmas frenéticos, chamando o nome da menina. Em uma curva no caminho, quase se chocaram, vindo de direções contrárias. Françoise chorava de medo, um pranto desolado que saía dela como soluços grotescos. Quirke segurou seus braços acima dos cotovelos e a sacudiu.

— Deve haver um lugar aonde ela iria — disse ele. — Pense, Françoise... Para onde ela iria?

Ela balançou a cabeça e voaram fios do cabelo que tinham se soltado da rede na nuca, transformando-a, por um segundo, numa medusa.

— Eu não sei... eu não *sei*!

Quirke olhou em volta, desvairado. Estava ofegante — tinha corrido até agora, tão rápido? No escuro, o parque agora deserto era uma presença ameaçadora, eriçada de sombras e de um brilho fosforescente que parecia não ter origem definida. As árvores no alto começaram um vago sussurro animado. Ele teve uma ideia.

— Tem algum caminho para o jardim, para o jardim da casa? Existe uma porta ou um portão?

Ela soltou um ruído sufocado, engolindo em seco.

— Não — disse ela, depois: — ... Sim! Sim, existe... existe um portão.

Eles correram por onde sabiam ser o muro limítrofe dos jardins domésticos e lá estava o pequeno portão de madeira, singular como em um cartão-postal, com uma rosa-trepadeira de um lado e uma moita de madressilvas do outro. No escuro, sentiram o cheiro do perfume das flores de madressilva, pegajoso e doce. Françoise escancarou o portão e passou correndo. Quirke seguiu um caminho de argila estreito, depois passou por outro portão, este de metal, com uma tranca que estava aberta, para o jardim japonês. A bicicleta da menina se encontrava ali, encostada na parede da casa, ao lado das janelas francesas, que estavam abertas. Depois de passar pelas janelas, Françoise parou, curvou-se para a frente com as mãos escoradas nos joelhos, ofegante. Quirke pensou que ela fosse vomitar e tentou colocar a mão em sua testa para ajudá-la, mas Françoise sacudiu a cabeça, afastando-o. Resmungava alguma coisa em francês, ele não conseguiu distinguir as palavras. Quirke continuou, passou pela cozinha e pelo corredor até a frente da casa e, sem hesitar, virou para a sala de estar grande e de teto alto à esquerda da porta de entrada. Um lustre com lâmpadas elétricas estava aceso acima da grande mesa de mogno, sua luz refletida nas profundezas da madeira encerada. A menina estava sentada na cadeira onde estivera na primeira vez em que ele a vira ali; tinha seu livro aberto e chupava o polegar. Ela tirou o polegar da boca e olhou para ele. Quirke não conseguiu ver seus olhos atrás das lentes com reflexos opacos.

— Tem uma folha no seu cabelo — disse ela.

* * *

Teddy Sumner chegou à central da Guarda Real na Pearse Street com um ar convencido e desdenhoso. Estacionou o carrinho verde na calçada, onde fazia as viaturas a sua volta parecerem montes de ferro-velho, e se anunciou na recepção em voz alta e firme. Enquanto esperava que alguém viesse buscá-lo, andou pelo saguão com as mãos nos bolsos, ignorando o olhar ameaçador do sargento de serviço e passando os olhos pelas notificações — um alerta de raiva, avisos contra tasneiras descontroladas, dois cartazes de pessoas desaparecidas com fotos reticuladas que ele fingiu examinar atentamente, sorrindo. Acendeu um cigarro e deixou o fósforo usado cair no chão.

— Pegue isto — disse o sargento. Ele era um grandalhão de cara vermelha, nariz quebrado e mãos do tamanho de presuntos. Teddy o olhou, deu de ombros, abaixou-se, pegou o fósforo e colocou em uma lixeira no corredor. Estava com seu blazer azul-marinho com o escudo do Iate Clube Royal St. George, calça preta, camisa branca e gravata creme. Tinha tirado os óculos escuros e os prendera despreocupadamente por uma haste no primeiro botão da camisa. Perguntava-se que sensação teria ser algemado e levar uma surra de alguém como o sargento, com seu uniforme azul e o cinto largo e brilhante. Ele não estava preocupado. Por que se preocuparia?

O sargento-detetive Jenkins, com um terno barato e uma gravata horrível, surgiu pelas portas de vaivém atrás da recepção, levantou a aba do balcão e gesticulou para Teddy passar. Não disse uma palavra. Eles seguiram por um corredor pintado de um verde muco, desceram uma escada escura para outro corredor sem janelas, no fim do qual entraram em uma sala apertada e de teto baixo, também cor de muco, também sem janelas. Era vazia, tinha apenas uma mesa em que duas cadeiras de espaldar reto foram colocadas uma de frente para a outra.

— Espere aqui — disse Jenkins, e saiu. Teddy esmagou a guimba do cigarro no cinzeiro de metal amassado, gravado em relevo com um anúncio do restaurante Sweet Afton. Por trás do silêncio, ele ouvia o zumbido rouco de um gerador distante. Pensou em se sentar, mas pôs as mãos nos bolsos e andou lentamente de um lado a outro. Perguntou-se se haveria um visor escondido em algum lugar. Talvez fosse observado naquele exato instante, observado, analisado, julgado.

O que poderiam ter contra ele? Nada. Quando foi convocado a comparecer, telefonara para Costigan, e este verificou com os dois capangas — eles eram irmãos, Richie e qualquer coisa Duffy, da Sheriff Street, o nome de rua mais inadequado da cidade —, e eles não souberam nada da Guarda nem de mais ninguém. Sinclair não os teria identificado — como poderia? Então o que, perguntou-se Teddy, ele estava fazendo ali? Talvez não se tratasse em absoluto de Sinclair. Será que ele fez outra coisa ultimamente e a polícia queria interrogá-lo? Apesar de todo o seu dinheiro e as ligações poderosas, Teddy vivia numa inquietação vaga e constante. Tinha um sonho recorrente com um corpo que enterrara — os detalhes do sonho mudavam, mas sempre havia um cadáver e ele geralmente o estava escondendo —, e às vezes o sonho penetrava em sua mente ao despertar, quando não parecia um sonho, mas uma lembrança nebulosa e ainda assustadora. Era a consciência, supunha ele, reprimida ou ignorada durante o dia, mas se insinuando na mente adormecida. Ele preferia pensar que tinha consciência...

Ouviu passos pesados no corredor; depois a porta se abriu e um homem baixo e gorducho entrou bamboleando. Tinha a cara branca e úmida e uma bela pança, como de uma grávida. Vestia um terno azul, suspensórios vermelhos e usava o que deviam ser botas de tachas.

— Ah, Sr. Sumner! — disse ele, e seus lábios finos se esticaram em um largo sorriso. — Muito obrigado por comparecer. Meu nome é Hackett, inspetor-detetive Hackett. — Ele foi à mesa, e Jenkins entrou atrás, fechou a porta e assumiu posição ao lado dela, de costas para a parede e as mãos cruzadas à frente. — Sente-se — acrescentou Hackett a Teddy — e tire o peso de seus pés. — Ele pegou um maço de Player's no bolso, abriu e trouxe os cigarros à vista com o polegar, oferecendo a ele. — Fuma?

Eles se sentaram, Hackett de frente para a porta, e Teddy de frente para ele. Ele não gostou de ter Jenkins a suas costas, silencioso como um poste de totem. Hackett riscou um fósforo e eles acenderam os cigarros.

— Não sei por que... — começou Teddy, mas Hackett, sorrindo, ergueu a mão para impedi-lo.

— No devido momento — disse ele levemente —, no devido momento, Sr. Sumner, tudo será revelado.

Teddy esperou. Hackett, apoiado nos cotovelos, olhou-o por sobre a mesa com o que parecia uma curiosidade satisfeita, uma atenção animada. Passaram-se os segundos — Teddy estava convencido de ouvir seu relógio batendo —, e o zumbido no ar se reafirmou. Ele sabia que devia sustentar o olhar de Hackett, não vacilar nem piscar, pois esta era certamente a regra nessas coisas, mas o exame animado do sujeito e sua cara grande, cinzenta e cômica de sapo lhe deram vontade de rir. Ele foi lembrado de quando era criança e o pai fazia cócegas impiedosamente até que chorasse — uma vez até ele se urinou —, e isto, mais do que qualquer ameaça presente, deixou-o sóbrio. Devia ter telefonado para o pai antes de vir; o pai ia querer saber a respeito disso, os motivos. Mas o que Teddy poderia ter dito a ele? Incomodou-se ao perceber que, afinal, estava metido em problemas.

— O senhor tem ido ao Powerscourt ultimamente? — perguntou Hackett em seu tom mais agradável.

— Powerscourt? — Teddy passou a língua nos lábios. O que era isso agora? Aquela velha história de novo? Aquela em quem ele dera uns beijos naquela noite, depois do baile de caça, era ela dando queixa outra vez? Ele nem se lembrava do nome da piranha. — Não — disse ele —, não vou lá há séculos.

— É mesmo? Conhece um jovem chamado Sinclair?

Teddy pestanejou. Então *era* Sinclair — meu Deus do céu. Como eles descobriram?

— Sinclair?

— Isso mesmo. David Sinclair. É médico-legista, no Hospital da Sagrada Família. Sabe de quem estou falando?

Teddy ouviu a suas costas o guincho dos sapatos de Jenkins, que deslocava o peso do corpo de um pé para outro.

— Não, não o conheço... Espere um minuto, sim, conheço o nome. Acho que é amigo de uma amiga minha.

— Ah, sim?
— Sim. Acho que sim. Mas não o conheço pessoalmente.

Quando Hackett sorriu, jogou a cabeça para trás e baixou as pálpebras de modo que, por um segundo, parecia um chinês baixinho e rechonchudo.

— O senhor estaria disposto — perguntou ele com gentileza — a divulgar o nome dessa amiga?

De repente, Teddy teve a sensação de oscilar na ponta dos pés no alto de uma escada íngreme, acima de um corredor sem luz; num instante, estaria debatendo os braços e arqueando as costas para não ser lançado na escuridão. Precisava manter a calma. Sua mente começou a calcular em disparada. Na pior das hipóteses, ele podia dizer que toda a história foi ideia de Costigan e que seu único envolvimento foram os telefonemas que deu a Sinclair. Por que, ah, por que ele não contou ao pai que foi convocado a vir aqui? Convocado ou intimado? Ele seria preso?

— O nome dela é Dannie... Denise. Dannie é seu apelido.
— Ela seria uma espécie de namorada sua? Ora vamos, Sr. Sumner — isto com uma piscadela de tio —, os jovens podem ter namoradas. Isso não é crime.
— Não, ela é apenas uma amiga.
— E também é amiga de David Sinclair.
— Sim, foi o que eu disse.
— Ela é a namorada *dele*?
— Não.

Por algum motivo, essa possibilidade jamais ocorreu a Teddy. Ou talvez tenha ocorrido, sem que ele percebesse; talvez tivesse ciúmes e, por isso, passou a ter essa fixação em Sinclair. Mas por que ciúmes? E se tinha ciúmes, de quem era ciumento? Ele ficava confuso, não conseguia raciocinar direito. O ar nesta sala — era mais uma cela do que uma sala — era quente e opressivo, e havia uma lenta pulsação nos ouvidos, como se ele estivesse nadando embaixo da água e subisse à superfície rápido demais. O policial — que nome ele disse que tinha? Hackett, sim — parecia não se importar com a atmosfera sufocante, provavelmente estava acostumado a ela, possivelmente passava a maior parte de seus dias de trabalho em salas semelhantes. Agora ele falou:

— Ela parece uma garota bem moderada, essa sua amiga que não é namorada de ninguém. Qual é o sobrenome dela, se posso perguntar?

Ele sabia muito bem qual era o sobrenome, isso estava claro.

— Jewell.

— Ah. Ela é *dos* Jewell, não?

— Ela é irmã de Richard Jewell.

Hackett fingiu surpresa com isso.

— Ora essa, é? — Ele levantou as mãos. — Nesse caso, eu a conheci. Adivinha onde? — Teddy não disse nada, só olhou para o detetive numa espécie de transe de pavor e ódio, abominando sua cara grande e o sorriso de lábios finos, o olho piscando, o bom humor insinuante, odiando até suas botas, os suspensórios e a gravata sebosa. Ele imaginou atirando-se pela mesa, pegando-o pelo pescoço e metendo os polegares em seu pomo de adão, apertando até que aqueles olhos de sapo saltassem das órbitas e a língua inchasse e ficasse azul. — Foi uma ocasião triste — continuou Hackett, como se eles estivessem num jogo de adivinhação e ele desse uma dica. — Em Brooklands, em County Kildare, onde o pobre Sr. Jewell encontrou seu triste fim. Foi lá que conheci a irmã dele, no dia da morte do Sr. Jewell. Você o conheceu também?

Teddy refletiu. Ele ainda estava no topo daquela escada íngreme, ainda oscilava ali, pronto para cair a qualquer minuto. Como deveria responder a essas perguntas? Elas pareciam tão inofensivas, no entanto ele sabia que cada uma delas era tesa como uma corda de piano invisível em que ele tropeçaria. Talvez devesse se recusar a falar mais alguma coisa. Talvez devesse exigir um advogado. Era isso que as pessoas nos filmes faziam quando passavam por um longo interrogatório, embora, no fim, elas sempre se revelassem as culpadas. Será que ele devia admitir que conhecia Jewell? Se negasse, Hackett podia descobrir sua mentira facilmente. Era provável que Hackett tivesse total ciência de que Teddy o conhecia, era provável que este fosse só outro fio que ele esticava no alto do abismo escuro.

— Sim — disse Teddy —, eu o conhecia ligeiramente. Ele era amigo do meu pai... antigamente foi amigo do meu pai.
— Ah, sim? Eles brigaram?
— Não, não. Ah, sim, sim, brigaram. Houve algum acordo de negócios que Dick... que o Sr. Jewell não aceitou.
— Então houve uma briga?
Teddy sentiu as gotas de suor se formando no lábio superior. Pegou seus cigarros — Marigny, uma marca francesa que ele descobrira recentemente — e acendeu um. A presença do Orelhas de Abano atrás dele, perto da porta, parecia uma coceira que não conseguia alcançar. Ele largou o fósforo no cinzeiro.
— Não sei o que aconteceu. — Ele manteve a voz firme. — Por que não pergunta a meu pai?
— Posso fazer isso — disse Hackett —, de fato posso. Mas, por ora, vamos nos voltar para você e sua amiga, Srta. Jewell, e ao amigo dela, o Dr. Sinclair. A propósito — ele se curvou para a frente, arqueando uma sobrancelha —, sabe por que estamos aqui, não sabe?
— Não, não sei — rebateu Teddy, depois desejou ter mordido a língua.
— Ah — disse Hackett —, supus que soubesse, uma vez que não perguntou nada no início.
— Eu tentei lhe dizer que não sei por que o senhor me telefonou assim. O senhor disse — ele torceu o lábio e imitou o sotaque de Hackett — que tudo seria revelado.
— Assim eu fiz... tem razão. — Ele gesticulou para o companheiro na porta. — Sargento, acho que este momento pede uma xícara de chá. Ou — voltando a atenção a Teddy — o senhor prefere um café? Mas não acredito que tenhamos meios de preparar um café aqui, na central... Temos, sargento?
— Não, inspetor — disse o sargento —, não acredito que tenhamos.
Ah, que engraçado, disse Teddy a si mesmo — eles pareciam fazer um número de *music hall*, esta dupla, Mr. Bones e não sei como se chama o outro.

O sargento saiu e Hackett recostou-se confortavelmente na cadeira, entrelaçando os dedos sobre a pança. Sorria. Parecia sorrir ininterruptamente desde que entrou na sala.

— O clima bom lhe agrada? — perguntou ele. — Alguns reclamaram da onda de calor, mas são os mesmos que vão reclamar quando chegar ao fim. Algumas pessoas não têm prazer em nada.

Teddy se perguntava se ele podia ser tão idiota a ponto de pensar que se safaria do problema com Sinclair. Por que ele *tinha* feito isso, aliás? Nem mesmo conhecia Sinclair, jamais o encontrou e só o viu uma vez, com Dannie, na Searsons da Baggot Street, durante a prova hípica do ano passado. Não gostou de sua aparência, de sua cara morena e o nariz grande de judeu. Ele ia se aproximar dos dois, para cumprimentar Dannie, mas algo em Sinclair o afastou. Teddy reconhecera que ele era do tipo que faria piadas inteligentes, piadas que nem pareciam piadas, aquelas que Teddy não entenderia, e Dannie veria que ele não entendeu, e os dois, Sinclair e ela, ficariam ali, forçando uma cara séria enquanto ele se atrapalhava todo. Já esteve em situação parecida com Dannie, sabia como a amiga podia ser quando estava com os amigos inteligentes, aqueles a quem ela não o apresentava. Ela também era judia, é claro. Imagine, uma judia chamada Jewell! Ele se lembrou do apelido que tinham para Dick no St. Christopher's, isto sempre o fazia rir. Supunha que Sinclair seria circuncidado. Como ficaria a coisa, sem pele, só o capacete roxo e grande? Não, não, que nojo — pense em outra coisa. Pense em Cullen, o garoto do St. Christopher's, branco como um anjo, o cabelo cor de palha feito um halo e a pele tão macia e fresca...

— Esta sala — disse Hackett, olhando à volta com o sorriso de nostalgia feliz, as mãos ainda confortavelmente entrelaçadas sobre a barriga —, nem sei quantas vezes me sentei nesta sala, nesta mesma cadeira, e, antes disso, quantas vezes fiquei de pé ali junto à porta, como o jovem Jenkins, entediado como ele e morrendo de vontade de fumar, meus pobres pés doendo e as entranhas roncando de vontade de jantar. — Ele parou para acender outro cigarro. — Notou o sargento da recepção quando chegou, o sujeito grandalhão de nariz quebrado? Lugs O'Dowd, é como se chama... Não é um ótimo nome para um guarda? — Ele riu, repetindo o nome, balançando a cabeça. — Lugs era um homem e tanto quando estava no auge. Costumava trazer os sujeitos para cá a fim de interrogá-los, fechava a porta e a primeira coisa que fazia era lhes dar uma boa surra, só para colocá-los no estado de espírito certo, como ele dizia. O superintendente, ele lhes contava, tinha a sala bem acima daqui, e quando começavam a responder às perguntas, ele insistia que falassem mais alto, que o superintendente não conseguia ouvir. "Vamos lá", gritava ele, estalando outro tabefe no queixo, "vamos lá, amigão, fale alto, o super não consegue ouvir!" — Riu, ofegante. — Sim, sem dúvida — acrescentou Hackett —, Lugs era um homem e tanto, isso posso lhe dizer. — Ele se interrompeu e seu olhar ficou sombrio. — E então, certa noite, um jovem morreu, e Lugs foi retirado do cargo e colocado na recepção lá em cima, onde ele não é feliz, não, ele não é nada feliz.

O sargento Jenkins voltou com duas canecas cinza, grandes e grossas, com um chá cinza-escuro, e as colocou na mesa, voltando ao seu posto junto da porta. Teddy rodou na cadeira para olhar para ele, mas o sargento encarava fixamente à frente, agora de mãos às costas. Teddy virou-se para Hackett. Este mexia o chá, pensativo.

— Acredito — disse ele — que você e Jewell costumavam fazer boas ações juntos. — Hackett ergueu a cabeça. — Não é verdade? Naquele lugar em Balbriggan, o orfanato... como se chama? — Teddy limitou-se a olhá-lo, arregalado, como que fascinado. — St. Christopher's, não é isso? Creio que é. Os Amigos do St. Christopher's, não é como vocês se chamam? E o Sr. Costigan é outro, não é outro Amigo do St. Christopher's? Hmm?

Então ele sabia também de Costigan. Devia saber de tudo e essa história toda, este interrogatório ou sei lá como chamam, era só uma farsa. Ele era um joguete; brincavam com ele. Teddy teria de se proteger, isto estava bem claro.

Foi Costigan que o colocou em contato com os Duffy. Ele não contou a Costigan para que os queria, e Costigan não perguntou. Costigan era assim, cauteloso, sem querer saber de coisas que poderiam metê-lo em problemas. Depois, quando soube do que aconteceu, o que os Duffy fizeram com Sinclair, teve um de seus ataques. Teddy não entendeu por que ficou tão zangado — era só uma brincadeira, afinal, e das boas; um dia ele contaria a Ursinho Puff sobre isso. Sinclair era um filho da puta presunçoso que precisava aprender o que o mundo podia fazer com você. Costigan não entendia como era ser Teddy, sempre ridicularizado, sempre se sentindo muito medíocre e estúpido. Ao mesmo tempo, foi ideia de Costigan, quando ele esfriou, mandar um envelope com o dedo de Sinclair para o velho de Phoebe. "Quirke pode tomar como um alerta", dissera Costigan, e até soltou a risadinha dele — Teddy o imaginava arreganhando os dentes inferiores tortos —, apesar de ser tão irritante para Teddy.

Será que ele devia dizer agora que tudo tinha sido obra de Costigan? Podia alegar que Costigan o envolvera nisso, que fora ideia de Costigan cortar o dedo de Sinclair e mandá-lo para Quirke, porque este andou fazendo perguntas sobre o St. Christopher's. E quanto ao St. Christopher's, ele podia culpar Dick Jewell por tudo.

— Vai contar a piada, Teddy? — perguntou Hackett.

Teddy não percebera que estivera rindo.

— Dick Careca — disse ele. — Era esse o apelido de Jewell no St. Christopher's. Era como todos os meninos o chamavam, Dick Careca.

— Por que isso, Teddy?

Teddy o olhou com pena.

— Porque ele era judeu!... Entendeu? Dick Careca? Dick, pau...

— Ah. Certo. E você costumava ir lá com ele, para ver os meninos?

Tudo isso, pensou Teddy de repente, era uma perda de tempo. Ele queria ir embora, queria sair daquela sala, entrar no Morgan e rodar em algum lugar agradável, Wicklow ou outro local.

— Todos nós íamos — disse ele —, íamos juntos... Costigan também. — Ele riu de novo. — Era um visitante regular. — Ele até podia ir de carro a Dun Laoghaire, comprar uma passagem para o paquete e dar uma voltinha em Londres, seria ótimo.

— Costigan também?

Hackett o encarava.

— O quê?

— Você disse que Costigan costumava ir ao St. Christopher's, junto com você e o Sr. Jewell.

— Sim. Costigan e os outros — ele sorriu —, todos os bons Amigos do St. Christopher's. — Ele se sentou mais reto na cadeira e correspondeu com atrevimento ao olhar do detetive. — Mas Costigan é o seu homem, inspetor — disse. — Costigan é o seu homem.

Hackett curvou-se para a frente e apoiou os cotovelos na mesa mais uma vez, sorrindo, quase com ternura.

— Continue, Teddy — disse ele. — Fale-me tudo a respeito disso. Mas fale alto para o super ouvir.

Uma hora depois, telefonaram para Carlton Sumner e ele chegou gritando com o filho e ameaçando conseguir a demissão de todos dali. Hackett o puxou para um lado do saguão, falou com ele por um tempo, e Sumner o encarou, cada vez mais calado, empalidecendo por baixo do bronzeado de iatista.

Embora não tivesse ficado afastado por mais de dois dias, Sinclair quase se sentia um estranho no apartamento. Era graças à sua mão que tudo tinha um aspecto novo e problemático. Destro a vida toda, agora se sentia um canhoto sendo obrigado a usar a mão direita, sem jeito. Era uma sensação estranha, muito perturbadora. Ele não conseguia segurar as coisas; não, não era que não fosse capaz de segurar, não sabia bem como abordar as coisas, de que ângulo pegá-las. Quando segurou a chaleira embaixo da torneira com a mão direita, teve de abrir a torneira com a esquerda, em uma série de calibrações mínimas, pois até o menor esforço fazia arder e latejar o coto do dedo ausente. Pensou em sua mão como um animal, um cão feroz, digamos, agachado nas traseiras, com as presas à mostra, e ele mesmo petrificado diante do cão, temeroso de fazer a mais leve provocação à fera. Não era tanto a dor que o estorvava, mas o medo da dor, a expectativa paralisante dela.

E se um ato tão simples como encher uma chaleira era tão canhestro, como iria usar um abridor de latas, ou um saca-rolhas, uma faca de pão ou qualquer das coisas comuns exigidas pela vida?

Ele precisaria de ajuda, era simples. Teria de arrumar alguém que viesse ajudá-lo, ou só ficar ali, no início, até que conseguisse se entender com as coisas, até que superasse o medo constante de a dor recomeçar. Sentou-se à mesa da cozinha com a chaleira fervida. Como conseguiria abrir a caixa de chá? Sentia-se uma criança, um bebê. Sim: ele teria de chamar alguém.

Enfim, ele a encontrou na chapelaria. Era para onde deveria telefonar primeiro, se tivesse pensado direito. Era o meio de uma tarde útil, naturalmente ela estaria no trabalho. Dois dias no hospital, apenas dois dias sendo importunado com xícaras de chá, tendo quem afofasse os travesseiros, e Sinclair havia se esquecido dos fatos mais simples da vida fora da enfermaria.

Até usar o telefone foi um problema; ele teve de colocar o fone na mesa e digitar com a mão direita, depois pegá-lo novamente quando o número começou a tocar.

Ela demonstrou surpresa ao ouvir a voz dele.

— Desculpe-me — disse ele —, não consegui pensar em mais ninguém. Quero dizer, você foi a primeira pessoa em que pensei quando percebi que precisava chamar alguém. — Ele fez uma pausa; a chaleira estava quase fervendo. — Eu me sinto um tolo, me sinto um bebê gigante. Você pode vir aqui?

Ela veio, como ele sabia que faria.

— Está tudo bem — disse ela —, eu tinha uma folga a tirar e a Sra. Cuffe-Wilkes estava de bom humor. — A Sra. Cuffe-Wilkes era a proprietária da chapelaria. Phoebe sorriu. — Mas você tem sorte... Não é com muita frequência que ela está de bom humor. — Ela estava usando o vestido preto de gola branca que era sua roupa de trabalho, um cardigã preto e botas de couro. O cabelo estava amarrado com uma fita vermelha; circulava a coroa da cabeça e caía pelas orelhas, de algum modo preso na nuca. Seu rosto, com o cabelo preto afastado, parecia de porcelana, delicado, fino e branco.

Eles estavam tímidos e procuraram não se tocar, mas só conseguiram esbarrar um no outro o tempo todo. Ele desistira de sua tentativa de fazer um chá, e agora ela enchia a chaleira com água fresca e a colocava para ferver. Pegou as xícaras, encontrou o açucareiro e a manteigueira e cortou o pão.

— Dói o tempo todo? — ela quis saber.

— Não, não. Só me deixa desajeitado. Achei que, como não há problema nenhum com minha mão direita, eu não teria dificuldade, ou não muita, mas tudo parece ter o formato errado, para o lado errado. É tudo coisa da minha cabeça; vai sumir.

— Eu posso ficar e preparar o seu jantar — disse ela, sem olhar para ele. — Se você quiser.

— Sim, gostaria que você ficasse. Obrigado.

Eles estavam sentados à mesa. A chaleira ferveu, ela se levantou para preparar o chá, e a manga do vestido roçou no rosto dele.

— Phoebe — disse ele. Ela estava junto do fogão, ocupada com o bule e o chá. Não disse nada e não se virou para olhá-lo. — Obrigado por vir.

Phoebe levou o bule à mesa e, ao baixá-lo, ele segurou sua mão esquerda com a direita. Ela olhou a mão dos dois, entrelaçadas.

— Eu pensei que você não... — disse ela. — Pensei que você...

— Sim — confirmou ele. — Eu também pensei. Parece que nós dois estávamos errados.

Ele sorriu, mas ela não correspondeu. David ainda segurava sua mão. Emanava, ela notou, um leve cheiro de hospital. Ele se levantou e a beijou. Phoebe não fechou os olhos. Um filete de vapor subiu espiralado do bico do bule, como se um gênio, um gênio que concede todos os desejos, estivesse prestes a se materializar, com seu turbante, o bigode grande e o sorriso idiota, maravilhosamente idiota.

Por fim, David afastou o rosto do dela.

— Phoebe... — começou ele, mas ela o interrompeu.

— Não, David, espere — pediu ela. — Preciso lhe contar uma coisa. É sobre Dannie.

Dannie podia ter ido procurar David Sinclair; embora ele estivesse no hospital, ela poderia tê-lo procurado. Em vez disso, foi Phoebe, a nova amiga, que ela procurou. E foi uma nova versão de Dannie, também, que Phoebe encontrou. Pois Dannie encontrava-se em um estado, ah, um estado majestoso, como ela própria disse, quase rindo. Era um dos refinamentos de seu misterioso problema — os médicos, ao que parecia, ficavam perplexos com ela —, que, mesmo quando estava na mais profunda aflição, havia uma parte dela capaz de se colocar de lado, observando, comentando, criticando, zombando. Ela disse: "Como se não bastasse eu me sentir tão mal, tenho de ver a mim mesma sentindo também."

Phoebe voltava do trabalho, caminhando pensativamente pela Baggot Street no crepúsculo de verão, quando viu Dannie sentada e espremida na escada da frente de sua casa, os braços envolvendo os tornozelos e a testa descansando nos joelhos. Era o fim do dia em que ela fez aquela visita dolorosa a David Sinclair no hospital. Dannie parecia confusa, e Phoebe teve de ajudá-la a se levantar. Quando entraram no quarto de Phoebe, Dannie foi diretamente para a cama e se sentou ali, plantando os pés no chão, as palmas das mãos viradas para cima no colo, a cabeça pendendo.

— Dannie, por favor, me diga qual é o problema — disse Phoebe, mas Dannie só balançou a cabeça lentamente, mexendo-a de um lado a outro como um pêndulo convulsivo. Phoebe se ajoelhou ao lado dela e tentou olhar em seu rosto. — Dannie, o que foi? Está doente?

Dannie murmurou alguma coisa, mas Phoebe não conseguiu entender. Phoebe se levantou e foi ao fogareiro no canto, encheu a cafeteira e colocou para aquecer. Não sabia mais o que fazer. Agora suas próprias mãos tremiam.

Quando o café ficou pronto, Dannie bebeu um pouco, agarrando bem a xícara com as mãos, de cabeça ainda baixa e o cabelo tombado. Por fim, ela deu um pigarro e falou:

— Você sabe que sou judia.

Phoebe franziu a testa. Ela sabia? Não conseguia se lembrar, mas achou melhor fingir. Voltou e se colocou junto do fogão.

— Sim — disse ela —, sim, eu sei.

— Mas estudei em uma escola católica. Acho que meus pais queriam que eu aprendesse a me adaptar. — Ela levantou a cabeça, e Phoebe ficou chocada com sua expressão, os olhos e as sombras escuras abaixo deles, cor de malva, os lábios frouxos e exangues. — E você, onde estudou?

— Também num colégio de freiras — disse Phoebe. — Loreto.

As feições de Dannie se realinharam, e Phoebe precisou de um instante para perceber que ela sorria.

— Nós podíamos ter nos conhecido. Talvez até tenhamos nos encontrado em uma partida de hóquei, ou algum evento do coro. Acha que isso é possível?

— Sim — disse Phoebe —, claro que é possível. Mas estou certa de que eu me lembraria de você.

— Acha mesmo? — Os olhos de Dannie ficaram vazios. — Gostaria de ter conhecido você. Teríamos sido amigas. Eu teria lhe confessado que era judia e você não se importaria. Mas ninguém entendia; todos sabiam que eu era diferente... Uma *outsider*. — Ela piscou. — Tem um cigarro?

— Desculpe, não. Eu parei.

— Não importa, eu não fumo de verdade. Só fico tão nervosa que procuro o que fazer com as mãos.

— Posso sair e comprar... A Q & L ainda deve estar aberta.

Mas Dannie havia perdido o interesse pelos cigarros. Correu os olhos baços pelo quarto. Aparentava exaustão, exaustão e desolação — a palavra veio a Phoebe e parecia a única a combinar. Desolação.

Houve uma gritaria na rua, um casal discutindo; pareciam bêbados, não só o homem, a mulher também.

— Você foi visitar David? — perguntou Dannie. Ela soava vaga, como se pensasse em outra coisa, como se não fosse bem esta a pergunta que queria fazer. O homem na rua agora praguejava, xingando a mulher.

— Sim — disse Phoebe. — Fui vê-lo esta manhã no hospital.

— Como ele está?

— Sente muita dor na mão, e eles tinham ministrado alguma droga, mas ele está bem.

— Que bom — disse Dannie, mais vaga do que nunca. Ainda estava agarrada à xícara de café, embora não tivesse tomado mais do que dois goles. — Então é aqui que você mora. Eu ficava imaginando.

— É terrivelmente pequeno. Mal tem espaço para uma pessoa.

Dannie se retraiu e ergueu o rosto com sua expressão de choque.

— Desculpe-me — disse ela —, quer que eu vá embora?

Phoebe riu e foi se sentar ao lado dela na cama.

— É claro que não... Não foi o que quis dizer. É que só percebo que o lugar é mínimo quando tem mais alguém aqui. Meu pai insiste que eu me mude. Quer comprar uma casa para nós dois.

Dannie virou a cabeça e agora olhava para ela no que parecia um assombro sonhador.

— Seu pai é o Dr. Quirke.

— Isso mesmo.

— Mas seu nome é Griffin.

Phoebe sorriu e baixou os olhos, sem graça.

— É uma longa história.

— Eu nem me lembro do meu pai; ele morreu quando eu era muito nova. Lembro-me do enterro dele. Disseram que era um homem terrível. Tenho certeza de que é verdade. Todos em nossa família são terríveis. Eu sou terrível. — Mais impressionante do que as palavras foi o jeito um tanto pensativo com que ela as pronunciou, como se declarasse uma verdade do conhecimento de todos. Ela olhou o conteúdo da xícara. — Você sabe que o que aconteceu com David foi culpa minha.

— Sua culpa? Como?

— Tudo foi minha culpa. Por isso vim aqui... Você se importa?

Phoebe meneou a cabeça.

— Não estou entendendo.

Dannie pôs a xícara no chão e se deitou abruptamente na cama. Cruzou os braços sobre os olhos. Phoebe não acendeu a luz, e o que restava do crepúsculo esmaecia no quarto. Dannie estava tão estranha, deitada ali, com os pés no chão e a cabeça quase tocando a parede atrás da cama. Quando falou, parecia que as palavras saíam de um buraco oculto no ar.

— Você se lembra — disse ela —, na escola, quando éramos pequenas, que eles costumavam nos dizer para nos preparar psicologicamente antes de ir para a confissão? Eu ia, sabe, embora não devesse. Sempre gostei de examinar minha consciência e fazer uma lista mental de meus pecados. — Ela levantou os braços e estreitou os olhos para Phoebe.

— Você inventava pecados?

— Todos nós fazemos isso.

— Acha mesmo? Pensei que eu fosse a única. — Ela voltou a cobrir o rosto com os braços, e sua voz de novo ficou abafada. — Eu fingia que tinha roubado coisas. Agora sei que os padres sabiam que era mentira minha, mas nunca diziam nada. Talvez não estivessem interessados... Em geral, eu achava que eles nem ouviam. Acho que era tedioso, uma série de meninas cochichando no escuro, contando que se tocaram, que falaram mal dos pais pelas costas.

Ela parou. O casal na rua tinha saído, praguejando e gritando. Phoebe falou:

— Mas o que você quis dizer quando falou que o que aconteceu com David foi culpa sua?

Por um bom tempo não houve resposta nenhuma; então Dannie retirou os braços do rosto e pôs os cotovelos para trás, impelindo-se para cima até ficar entre deitada e sentada no colchão. Tossiu e se sentou direito, e com as mãos tirou o cabelo do rosto.

— Phoebe — disse ela —, você pode ouvir minha confissão?

Estava escuro no quarto quando Dannie adormeceu. Ela havia puxado as pernas para cima e se deitado de lado, unindo as mãos como quem reza, colocando-as sob o rosto, e, em minutos, sua respiração ficara regular e superficial. Toda a tensão tinha se esgotado, e agora ela parecia estar em paz. Phoebe ficou sentada a seu lado, sem se atrever a se mexer, por medo de acordá-la. Ela se perguntou o que faria. As coisas que ouviu na última hora pareciam um conto de fadas, uma fantasia sombria de mágoas, perda e vingança. Algumas partes, ela supôs, deviam ser verídicas, mas quais? Mesmo que um pouco fosse verdadeiro, ela devia fazer alguma coisa, contar a alguém. Tinha medo, medo por Dannie e como estaria quando acordasse, o que ela poderia tentar; tinha medo também por si mesma, embora não soubesse o que exatamente temia acontecer a ela. Sim, parecia um conto de fadas e estava nele, vagando perdida à noite em uma escura floresta encantada, onde estranhas aves noturnas assoviavam e guinchavam, e animais selvagens andavam pelas moitas, e as trepadeiras, com seus espinhos terríveis, estendiam-se para se entrelaçar em seus braços e pernas e a segurarem ali.

Por fim, com cuidado, ansiosa para não fazer ruído nenhum, ela se levantou da cama. Pensou em acender um abajur, mas mudou de ideia. À janela, a luz do poste erguera uma caixa alta de radiância fraca e granulada na qual ela entrou, procurando um trocado na bolsa. Ao sair, parou junto da cama e levantou a metade caída da colcha, colocando sobre a jovem adormecida. Depois foi ao hall e ao telefone, onde ligou para Jimmy Minor.

Jimmy estava na redação do *Clarion*, escrevendo uma matéria sobre um acidente de trem em Greystones.

— Não — disse ele —, ninguém morreu, porcaria.

Ela lhe contou a essência da história de Dannie, ouvindo como parecia improvável, como era louca, entretanto também convincente, em todo o seu caráter pavoroso. Quando terminou, as moedas tinham acabado, e Jimmy disse que telefonaria para ela. Phoebe esperou junto do telefone, mas se passaram mais ou menos cinco minutos até ele tocar. Agora o tom de Jimmy tinha se alterado; ele parecia distante, quase formal. Será que esteve falando com alguém na redação, será que procurou os conselhos de alguém? Ele disse pensar que Dannie devia estar sofrendo de um colapso e que Phoebe precisava chamar um médico. Phoebe ficou confusa. Pensara que Jimmy agarraria a história, que ele largaria tudo, pegaria o chapéu e o casaco, como um repórter no cinema, e viria correndo à Baggot Street para ouvir ele mesmo dos lábios da própria Dannie. Será que ele teve medo? Estava preocupado com seu emprego? Os Jewell ainda eram donos do *Clarion*, afinal, e o irmão de Richard Jewell, Ronnie, devia chegar qualquer dia desses da Rodésia e assumir a administração da empresa. Phoebe ficou decepcionada com Jimmy — mais do que isso, sentiu-se abandonada por ele, pois, apesar de quaisquer reservas que pudesse ter com relação a ele, sempre considerou Jimmy um amigo destemido.

— Ela está delirante — disse ele com frieza —, deve estar. Ela é meio louca na maior parte do tempo, não? Ou assim eu soube.

— Não creio que seja tudo uma fantasia — discordou Phoebe. — Você não a ouviu, a convicção na voz dela.

— Os loucos sempre parecem convincentes... É o que garante os empregos dos médicos de cabeça, tentando encontrar um fiapo de verdade na carrada de bobagem que falam.

Como ele é fútil, de repente ela pensou, fútil e... sim... e covarde.

— Tudo bem — disse ela com vagar. — Desculpe-me por ter telefonado.

— Escute... — começou ele, com aquele gemido que entrava em sua voz quando sentia a necessidade de se defender, mas ela desligou antes que ele pudesse dizer mais alguma coisa.

Por que ela lhe daria ouvidos? Ele não a escutou.

Phoebe não tinha mais moedas, mas encontrou seis pence no fundo da bolsa, colocou no aparelho e discou.

ROSE GRIFFIN, QUE ERA RICA, OBRIGARA O MARIDO MALACHY A vender a casa dele em Rathgar depois do casamento, e agora o casal morava em esplendor glacial numa mansão branca e quadrada na Ailesbury Road, não muito longe da Embaixada da França. Era quase meia-noite quando o táxi que levava Dannie Jewell e Phoebe encostou junto aos portões altos de ferro batido. Rose estava de pé na soleira iluminada, esperando por elas. Usava um vestido azul de festa, com um xale leve jogado nos ombros. Estivera num jantar na residência do embaixador americano no Phoenix Park.

— Seu telefonema me pegou justo quando eu entrei — disse ela com o sotaque sulista arrastado. — Que noite... minhas queridas, que tédio! A propósito, Malachy viajou para outra conferência... Tudo sobre bebês, estou certa... E assim estou totalmente sozinha aqui, chocalhando como um feijão velho e seco numa vagem velha e seca. — Ela se virou para Dannie. — Srta. Jewell, não creio que nos conheçamos, mas ouvi falar de você.

Ela entrou primeiro pelo hall, no piso de taco reluzente. Passaram por salas espaçosas com lustres e apinhadas de peças grandes e elegantes de mobília escura. Rose estava de salto alto, e as costuras das meias eram retas como canos. Phoebe sabia que ela se orgulhava de jamais ser apanhada desprevenida. Por telefone, escutou sem fazer nenhum comentário nem perguntas Phoebe contar sobre Dannie, depois dissera de pronto que deviam pegar um táxi, as duas, e virem para a Ailesbury Road. "Eu mandaria o carro para vocês, mas disse ao motorista para colocá-lo na garagem e ir para casa."

Agora ela abriu a porta de um estúdio pequeno mas esplêndido, com poltronas estofadas de couro e uma pequena e extraordinária escrivaninha Luís XIV. Havia um tapete persa, e as cortinas eram de seda amarela. As paredes sustentavam pequenas telas a óleo com molduras escuras, uma delas um retrato que Patrick Tuohy fez de seu primeiro marido, o avô de Phoebe, o rico e falecido Josh Crawford. Em uma lareira pequena, ardiam lenhas de pinho.

— Sei que é verão aqui — disse Rose —, mas meu sangue americano é absurdamente fino e precisa de aquecimento constante neste clima. Sentem-se, queridas, sentem-se. Devo dizer à empregada que nos traga alguma coisa... um chá, talvez, um sanduíche?... Sei que ela ainda está acordada.

Dannie estava tonta depois de dormir, mas calma; bastou a ida a essa casa para acalmá-la, porque Rose era o tipo de pessoa com que ela estava acostumada, supôs Phoebe, rica, segura de si e com maneiras tranquilizadoras e distantes. Phoebe disse que não, não queria nada, Dannie também não quis, tinham bebido café e ainda crepitavam dos efeitos dele. E era verdade, seus nervos pareciam um ninho de serpentes, não só por causa da cafeína, é claro. Esta noite e as coisas que aconteceram e ainda estavam acontecendo tinham assumido o lustro escuro de um sonho. Talvez Jimmy Minor tivesse razão; talvez Dannie sofresse de delírios, delírios que Phoebe alimentou tolamente e agora pedia que Rose os nutrisse também. Mas pelo menos Rose era real, sua voz de fala lenta, sorriso indolente e complacente e aquele olhar, ao mesmo tempo tolerante e cético, faziam Phoebe confiar nela mais do que em qualquer outro que conhecia.

Dannie sentou-se em uma das poltronas de couro e se recostou entre os braços elevados, com os próprios braços firmemente cruzados como se ela também precisasse se aquecer. Rose continuou de pé, recostada na escrivaninha, e acendeu um cigarro, olhando com interesse para Dannie.

— Conheço sua cunhada — disse ela a Dannie —, a Sra. Jewell... Françoise. Isto é, falei com ela em certa ocasião.

Dannie parecia não ouvir. Olhava fixamente o fogo com uma expressão sonolenta. Talvez, pensou Phoebe, ela agora não falasse; talvez tenha dito o bastante, sentada por aquela hora na cama de Phoebe, no escurecer; talvez, agora que fizera sua confissão, somente estivesse em paz e não precisasse mais se flagelar. Phoebe olhou para Rose, e esta ergueu uma sobrancelha.

E então Dannie falou. No início não passava de uma espécie de grasnado, saído do fundo da garganta.

— Como disse, querida? — falou Rose, curvando-se onde estava.
— Não entendi.

Dannie a olhou como se a visse pela primeira vez. Tossiu, teve uma espécie de sacudida, abraçando-se com força ainda maior.

— Eu o matei — disse ela, numa voz que era subitamente firme e clara. — Matei meu irmão. Fui eu. Peguei sua arma e atirei nele. — Ela riu, um latido curto e ríspido, balançando afirmativa e vigorosamente a cabeça, como se alguém tentasse contradizê-la. — Fui eu — falou de novo, acrescentando, desta vez com o que pareceu orgulho —, fui eu que fiz.

\* \* \*

PHOEBE ANDOU PELOS CÔMODOS GRANDIOSOS DA CASA DE ROSE. Tinham a aparência de ambientes que não foram feitos para ser habitados, mas olhados e admirados. Eram iluminados demais por aquelas grandes tempestades de gelo em cristal suspensas no teto, com suas incontáveis lâmpadas acesas. Ela sentia que era observada, não só pelos retratos nas paredes, com os olhos em movimento, mas pela mobília também, pelos objetos de decoração, pelo próprio lugar, observada e rejeitada. Rose e Dannie ainda estavam no estúdio, conversando. Em silêncio, Rose fez sinal para Phoebe deixar as duas sozinhas, e agora ela andava por ali, ouvindo os próprios passos como se não fossem dela, mas de alguém que a seguisse incrivelmente perto, em seus calcanhares.

Ela ouviu a porta do estúdio se abrir e se fechar suavemente, depois os saltos altos de Rose no piso de taco. As duas se encontraram no corredor.

— Meu Deus — disse Rose —, essa é uma jovem estranha. Venha, querida, preciso de uma bebida, mesmo que você não queira.

Ela foi na frente para a vasta sala de estar com papel de parede cor de pergaminho. Havia uma chaise longue e um sortimento de cadeiras pequenas e douradas. Também ali ardiam achas na lareira. Em um canto, via-se uma espineta, de pernas torneadas e equilibradas, como um mosquito gigante estilizado, ao passo que acima do instrumento um grande espelho dourado virava-se no ângulo de quem escuta, em expectativa.

— Olhe só este lugar — disse Rose. — Eles devem ter imaginado que construíam Versalhes.

Em um enorme aparador de pau-rosa, ela se serviu de meio copo de scotch e acrescentou um ou dois esguichos de uma garrafa de água Vichy. Tomou um gole prudente, depois outro, e virou-se para Phoebe.

— Bem, diga-me o que você pensa.

Phoebe ficou no meio da sala, sentindo-se abandonada em tanto espaço, tantas coisas.

— Sobre Dannie? — disse ela.

— Sobre tudo. Essa história de atirar no irmão... Você acredita?

— Não sei. Ao que parece, alguém atirou nele. Quero dizer, Quirke pensa que não foi suicídio, assim como o amigo detetive dele.

Rose bebeu outro gole do copo. Mantinha o cenho franzido e balançava a cabeça, incrédula e espantada. Phoebe pensou jamais tê-la visto tão abalada.

— E todas as outras coisas — disse Rose —, de como o irmão a tratava. E aqueles órfãos... Pode ser verdade? — Ela olhou indagativamente para Phoebe. — Pode?

— Não sei — respondeu Phoebe. — Mas ela pensa que seja, ela pensa que tudo isso aconteceu.

Rose foi com o copo a uma das janelas e puxou de lado a cortina, olhando para o escuro.

— Você pensa que já viu o pior do mundo — disse —, mas o mundo e suas maldades sempre a surpreendem. — Ela deixou cair a cortina e se virou para Phoebe. — Falou com Quirke?

— Não, ainda não. — Ela não podia ter levado Dannie a Quirke; tinha de ser uma mulher.

— Bem — disse Rose, torcendo a boca com alguma severidade —, acho que está na hora de falar com ele.

## 13

O avião desceu e quicou duas vezes no asfalto. Passou rapidamente junto a uma fila de palmeiras altas, reduziu em um arco estreito pela praça de manobra com as hélices em passo virado e parou suspirando. O calor do lado de fora fazia tudo tremeluzir nas janelas, como se um manto fino de óleo escorresse pelo Perspex. Longe, à direita, o mar era uma faixa estreita de ametista contra o horizonte azul. Lá estavam também as colinas, com uma miríade de vidro e metal mínima e cintilante, e vilarejos aninhados entre pedras, gaivotas girando e até, para além do telhado do prédio do terminal, um vislumbre do litoral branco e deslumbrante com seus hotéis com torres, os estandartes coloridos batendo na brisa e as placas de néon dos cassinos fazendo hora extra no clarão do meio-dia. O sul da França parecia tanto o sul da França que podia ser uma fachada meticulosamente pintada, montada para tranquilizar os visitantes de que eles teriam exatamente tudo que esperavam. Até os agentes da alfândega e do controle de passaportes eram carrancudos e davam de ombros elaboradamente, como deviam fazer.

O táxi de Quirke chocalhava pela curva acentuada da Promenade des Anglais. O motorista, com o cotovelo para fora da janela aberta e o bigode preto e estreito contorcendo-se como uma pequena enguia, falava sem parar, com um cigarro amarelo e gordo desintegrando-se no canto da boca. Banhistas enfrentavam as ondas surpreendentemente turbulentas, e havia iates de velas brancas ao longe. No céu, um biplano que parecia de brinquedo roncava serenamente, puxando uma faixa que trazia uma propaganda de Cinzano.

Quirke se arrependia do terno escuro. Já estava com dor de cabeça do barulho do motor e do último gim-tônica que engoliu enquanto o avião fazia sua descida trepidante sobre os Alpes, e agora ficava pior com as rajadas de calor que sopravam da janela do táxi e a tagarelice incessante do motorista. Quirke não gostava muito do estrangeiro. Aqui, eles pareciam ter um sol diferente e muito mais veemente que aquele pálido que brilhava tão espasmodicamente na Irlanda. Até a onda de calor que ele deixou para trás o tranquilizava em seus excessos e ardor, sem a alegria insensata desse paraíso de palmeiras. Ainda tinha a sensação de que tudo diante dele era uma fachada, feita numa aquarela implausível e sólida, como se tudo fosse uma montagem de cartazes gigantescos de Raoul Dufy que foram colados esta manhã e ainda não secaram direito. Ao mesmo tempo, também era lindo, até Quirke tinha de admitir; lindo, frívolo, seguro e não fazia o gênero dele.

Cap Ferrat ficava bem depois de Nice, mais do que ele esperara, e olhou com desânimo e hipnotizado o taxímetro estalar, levando os francos à casa das centenas. A estrada para Beaulieu saía abruptamente da estrada principal e corria pela encosta íngreme entre muros altos de estuque. Atrás desses muros, outras palmeiras erguiam as cabeças desgrenhadas como se tivessem sido rudemente despertadas de uma sesta. A certos intervalos, um vislumbre deslumbrante da baía de Villefranche era brevemente mostrado e sumia de novo como a carta de um mágico. Mulheres cor de mel, com maiôs mínimos, chapéus de palha e óculos de sol de aro branco passavam gingando, rebolando os traseiros com o que parecia um desdém lânguido.

A casa ficava em uma rua insignificante. Tinha portões altos e um interfone em que o taxista falou, e os portões se abriram por controle remoto. O motorista se recolocou ao volante, e o táxi disparou por uma ladeira íngreme, parando com um estremecimento abaixo de uma formação rochosa pontilhada de moitas de oleandro e buganvílias. A casa ficava no alto da rocha, comprida e baixa, com laje e varanda e, em sua lateral, uma série de portas de vidro deslizantes do chão ao teto. Olhando para cima, o taxista estalou o queixo e disse algo que pareceu um elogio.

Um elevador com uma grade de metal instável fazendo as vezes de uma porta fora instalado na pedra e, oscilando, levou Quirke para cima, depositando-o em um saguão silencioso, onde ele se viu de frente para duas portas idênticas, lado a lado. Bateu à porta da direita, sem resultado, depois viu que a outra tinha uma campainha. Apertou e esperou, tremendo com algo que era muito mais do que a febre da viagem.

Ela calçava delicadas sandálias douradas e um robe longo e largo de seda roxa que lhe conferia, com as feições morenas e agudas e o cabelo preto penteado para trás, a aparência da esposa de um patrício romano, digamos uma Agripina ou uma Lívia. Postou-se com o braço erguido na beira da porta, com toda a luz do sol por trás, e algo por trás do osso esterno de Quirke se fechou como um punho.

— Ah — disse ela —, você veio.

— Não sabia se você me receberia.

— Mas é claro. Fico feliz que esteja aqui.

— Feliz?

— Satisfeita, então... Talvez esta seja uma palavra melhor, nas circunstâncias. — Ela olhou a bolsa de lona dele. — Não trouxe bagagem?

— Não pretendo ficar muito tempo.

Ela soltou a porta e recuou para ele entrar. A sala era enorme, tinha piso claro de madeira e a parede de portas de vidro deslizantes. À sua frente, ao entrar, havia o que de início ele tomou por uma tela quadrada e grande de uma palmeira, como uma fonte verde congelada, mas percebeu que era uma janela escancarada e que a árvore era verdadeira. No fundo, ficava a encosta de morro sobre Villefranche, atravessada pela fita branca e fina da estrada, onde ele divisava carros minúsculos e acelerados.

— Quer alguma coisa? — perguntou Françoise d'Aubigny. — Uma bebida, certamente. Você comeu?

— Vim diretamente do aeroporto.

— Então deve comer. Temos queijo, salada, e este *picpoul* — ela foi à grande geladeira de estilo americano e pegou uma garrafa — é muito bom, a não ser que você prefira tinto.

— Branco está ótimo.

Ele estava furioso, percebeu; era o que ele sentia mais fortemente, uma raiva taciturna, não dirigida unicamente a ela, mas a muitas outras coisas, numerosas demais para tentar identificar. Estava cansado de pensar em tudo isso, nessa confusão horripilante e sórdida. Mas deve ter sido a raiva, afinal, que o trouxe a ela, que o impeliu para o céu, o fez voar sobre mares e terra e o largou aqui — aos pés dela, Quirke se pegou pensando, aqueles lindos pés com suas refinadas sandálias douradas, os pés que ele segurara e beijara, enquanto sua consciência produzia um zumbido na cabeça, como o da viagem que enfim, agora, começava a diminuir.

Ela colocou duas taças em uma bancada branca e serviu o vinho.

— Eu devia ter lhe telefonado antes de partir — disse ela. — Foi um erro meu não fazer isso, eu sei. Mas depois daquela noite, quando pensei que tinha perdido Giselle... foi impossível. Você entende isso, que foi impossível para mim, não?

O que ele responderia? Não devia ter vindo. Ela lhe entregou o vinho, e ele bateu a taça na dela.

— Como se diz? — perguntou ele. — *Santé?*

Eles beberam, um de frente para o outro, em um desamparo repentino que era quase cômico, pensou Quirke. Ele jamais deixava de se surpreender com a precipitação da vida no sentimentalismo.

— Vou lhe mostrar esta casa — disse Françoise. — Richard tinha muito orgulho dela.

Originalmente, fora um complexo de quatro apartamentos que o marido comprou e reformou em uma única habitação grande. Ele derrubou as paredes dos dois apartamentos desse lado para criar um cômodo grande, onde eles estavam, e outro, quase do mesmo tamanho, separado por pilastras, onde havia sofás, poltronas baixas e uma mesa grande de madeira clara colocada num poço central, tomada de livros, revistas e capas de discos. As paredes eram brancas e as pinturas ali eram originais, três ou quatro paisagens mediterrâneas de artistas que Quirke não reconhecia, uma cena de jardim que devia ser de Bonnard e um pequeno retrato assinado por Matisse de uma mulher sentada junto a uma janela com uma palmeira.

Depois de ele ter examinado e admirado estas e outras numerosas coisas, Françoise o levou do segundo cômodo para uma porta que se abria para um corredor frio, em que uma parede era formada de outro conjunto de vidraças altas. Ao atravessarem a soleira, ela parou.

— Estes cômodos — disse ela, apontando para trás — são para as horas do dia e os outros para a noite... está vendo? — Ela apontou o dintel, deste lado com caracteres pretos e grandes em estêncil, LADO DO DIA. Eles pegaram o corredor, e acima estava escrito LADO DA NOITE. — Richard gostava de rotular tudo — acrescentou Françoise, com uma leve careta irônica. — Era dessa mentalidade.

Ela lhe mostrou os quartos, os banheiros, os armários de roupa de cama. Tudo, nos menores detalhes, recebera acabamento, fora alisado, polido com critério e cuidado meticulosos.

— Richard fez tudo isso — disse. — O projeto foi dele. Ele tinha bom gosto, não? Você parece surpreso.

Ela abriu um painel de vidro largo na parede, e eles foram para as tábuas lisas e prateadas da varanda. Ali fora, de súbito esquentou.

— Há um fluxo natural de ar frio por todos os cômodos — disse Françoise. — Pode estar um forno aqui fora, mas dentro da casa é sempre agradável. Este era outro dom de Richard, saber adaptar as coisas.

Ela o levou à beira da varanda, e eles ficaram junto da grade de madeira, olhando abaixo, onde havia uma piscina entalhada na pedra. O fundo da água jade era marmoreado com silhuetas brancas e trêmulas, como se amebas transparentes e gigantescas boiassem e palpitassem ali. A menina Giselle estava ajoelhada na beira da piscina, brincando com uma tartaruga. Vestia um maiô xadrez cor-de-rosa com bainha recortada e enormes óculos de sol. O cabelo estava num rabo de cavalo, preso por fivelas de um xadrez cor-de-rosa. Sentindo o olhar deles, ela se virou, levantando a mão para proteger os olhos.

— Giselle gosta daqui — contou Françoise.

— E você? Gosta? Sente-se em casa aqui, em meio a adultos?

A mão dela estava ao lado da dele no peitoril.

— Sabe, eu tinha esperanças de que você viesse — disse ela. — Não podia lhe pedir para vir, mas torcia por isso.

— Por que não podia me pedir?

A mão dele queria se fechar na dela, mas ele se conteve.

— Venha — disse ela —, vamos comer nossa salada.

Eles comeram sentados em banquetas altas junto à bancada branca. Pela janela, viam a baía azul bem abaixo. O mar era coberto de lâminas de luz branco-dourada.

— Villefranche é uma das baías mais fundas pela Côte d'Azur — disse Françoise. — Depois da guerra, ficou tomada de navios americanos; eu os via. Lembro-me de pensar que tudo parecia insensível, o sol, a luz e as pessoas alegres, e tantos milhões mortos.

Quirke completou as taças com a garrafa do *picpoul* ácido e quase transparente. Françoise virou-se para ele de repente.

— Você a viu, não... Você viu Dannie?

Ele baixou a garrafa e manteve nela um olhar fixo.

— Eu a vi — respondeu.

— E como estava ela?

Ele deu de ombros.

— Como você pode imaginar.

— Eu nem acredito nisso.

— Não — disse Quirke —, certamente não acredita.

Ela virou a cara.

Giselle entrou, ainda de maiô e carregando a tartaruga debaixo do braço. A criatura havia se retraído para dentro da casca, e na sombra seus olhos antigos brilhavam.

— Diga *bonjour* ao *Docteur* Quirke — disse Françoise.

A menina o olhou com o ceticismo de costume.

— Olá — disse ela.

— Como ele se chama? — perguntou Quirke, apontando a tartaruga.

— Achille. — Ela usou a pronúncia francesa.

— Ah. Aquiles. É uma boa piada.

Ela o olhou daquele jeito de novo e colocou a tartaruga na bancada. Em sua casca, no meio, havia uma pequena joia branca incrustada. Françoise falou com a menina em francês e ela balançou a cabeça, virou-se e foi para o outro cômodo, jogando-se em um dos sofás, lendo uma revista em quadrinhos. Françoise suspirou.

— Ela está em greve de fome — falou em voz baixa. — Não consigo fazê-la comer.

— Ela ainda deve estar muito perturbada — disse Quirke. — Não faz nem duas semanas que o pai morreu.

Françoise foi à geladeira e voltou com um prato de pequenas azeitonas pretas.

— Experimente — disse. — São da região e muito boas. — Ele mergulhou os dedos no prato e pegou três ou quatro das contas oleosas. Ela o olhava de novo. — Como está seu amigo, o detetive...?

— Hackett.

— Ele vai cuidar de Dannie, não?

— Ah, sim — disse Quirke —, ele vai cuidar dela.

— O que farão com ela? Eles a deixarão livre, não é verdade?

Ele ergueu o olhar frio para ela.

— Eles a colocarão em prisão perpétua no manicômio judiciário de Dundrum. É o que eles farão.

Mais uma vez, os olhos dela se desviaram dos dele. Ela pegou a taça; tremia ligeiramente em sua mão.

— É um lugar horrível? — perguntou ela.

— É. — Ele manteve o olhar firme nela. — Sim, é.

Ela recolheu os pratos; não comera quase nada.

— Venha — disse ela suavemente, olhando por sobre o ombro na direção da filha —, vamos lá para fora de novo... temos cadeiras na sombra.

As cadeiras eram baixas e largas, sua madeira cinza-prateada e desgastada como o piso. Quirke baixou a taça ao lado da cadeira e acendeu um cigarro. Daquele ângulo, eles podiam ver o mar por uma brecha na paisagem, uma linha de quietude azul-miragem ao longe. A brisa que descia das colinas era suave e trazia os perfumes de lavanda e sálvia.

— Conheci Richard aqui — disse Françoise.

— Aqui, em Cap Ferrat?

— Sim. — Com a mão sobre os olhos, ela os semicerrava para o lado da estrada branca que corria sinuosa pela encosta do morro.

— Ele era um jogador... Sabia? Vinha aos cassinos. Visitava todos, pelo litoral daqui, em Nice, Cannes, Monte Carlo, San Remo. Era péssimo nisso, não tinha sorte, sempre perdia muito dinheiro, mas isso não o dissuadia.

— E você? — disse Quirke. — O que estava fazendo aqui?

— Quando o conheci? Ah, eu estava com meu pai. Ele costumava vir todo verão a um pequeno hotel em Beaulieu. Minha mãe tinha morrido naquele ano. Eu acreditava que minha vida também estava chegando ao fim. — Ela se remexeu na cadeira, com um suspiro forçado, como se na realidade fosse muito mais velha do que aparentava. — Acho que podia ter morrido, só que eu ainda tinha meu irmão para prantear e meu pai para odiar. Conheci Richard em uma festa de tenistas certo dia, não consigo me lembrar na casa de quem. Ele era muito bonito, muito *fringant*. Ele *era mesmo* um homem bonito, sabe, de um jeito selvagem... Quer dizer, rude. Ele era o que eu pensava precisar. Acreditei que ele me ajudaria a odiar, que junto com ele eu... como se diz?... alimentaria meu ódio, como se fosse um filho, o nosso filho. — Ela se virou para ele. — Isso não é horrível?

— Seu pai era tão mau assim, para merecer tanto ódio?

— Não, não, não era só meu pai que eu odiava... era tudo. A própria França, aqueles que nos traíram, os colaboradores, os pétainistas, aqueles que fizeram fortuna no mercado negro. Acredite, não me faltava a quem odiar.

Naquele triângulo de azul distante, aparecera um triângulo ainda menor, a vela branca e reclinada de um veleiro.

— Mas Richard, você amou — disse Quirke.

A isso, ela teve uma reação muito francesa, baixando a cabeça de um lado a outro e soprando uma bola de hálito pelos lábios franzidos.

— Amor? — disse ela. — Amor, não. Não sei como chamar. Casei-me com ele por vingança, vingança de meu pai, da França e de mim também. Eu era como uma daquelas santas, punindo-me, caindo de joelhos e me autoflagelando, batendo o chicote sem parar, até sangrar. Havia uma alegria nisso, uma alegria assustadora. — Ela se virou para ele, seus olhos brilhando e os lábios um pouco repuxados sobre os dentes. — Você entende?

Ah, sim, ele entendia. Era a culpa que os atraía, dissera ela, mas a culpa era um chicote feito de muitos fios, todos rígidos e afiados para cortar fundo a carne.

— No início, meu pai aprovou — disse Françoise. — Gostava de Richard. Imagino que reconhecesse nele alguém de sua própria espécie. Recusou-se a acreditar que ele era judeu... "Como pode um homem com a palavra 'Jew' no nome ser judeu?", ele costumava perguntar e ria. Parecia-lhe ridículo demais. E é claro que é verdade, Richard não era verdadeiramente judeu, a não ser pelo sangue... Ele não era religioso, não dava a mínima para a história de seu povo. Mas, evidentemente, era o sangue que contava para o meu pai.

A encosta da colina de frente para eles ficava plana e sem sombras à medida que o sol se inclinava em cheio para lá, e eles sentiam levemente no rosto o calor refletido das pedras e até da própria argila laranja. Um monomotor zumbiu pelo céu, reluzindo as escoras das asas. Havia aves escuras também. Quirke agora via, circulando em arcos lentos a uma altura imensa.

— Por que ele se casou com você? — perguntou Quirke.

— Por quê...? Ah, entendo o que quer dizer. Por que ele se casaria com qualquer mulher, uma vez que não eram as mulheres que ele queria. — Ela fez uma pausa. — Quem sabe? Suponho que fosse porque eu, como ele, era violenta, cruel, queria me vingar do mundo. "Gosto de sua *ferocidade*", Richard costumava dizer. Era uma de suas palavras preferidas. Meu ódio... por meu pai, meu país, por tudo... o divertia, dava prazer. — Mais uma vez ela parou, olhando da sombra da varanda a luz severa da tarde, assentindo consigo mesma. — Ele era um homem muito mau, sabe? Muito... *malicieux*.

— Quando você descobriu sobre ele... sobre o St. Christopher's, o que ele fazia lá, tudo isso?

Ela refletiu.

— Não sei se um dia eu "descobri". Esse tipo de conhecimento chega aos poucos, porque há resistência a ele, tão lenta que quase não se percebe. Mas ele vem, devorando a mente, entrando na consciência, como ácido.

— Porém, mais cedo ou mais tarde, você soube, mesmo que se esforçasse em contrário. E você tolerou isso.

De repente, ela se levantou da cadeira como quem é empurrada e voltou à grade de madeira, onde o sol caiu em cheio nela em um jorro quase violento.

— Sim, eu sabia — disse ela, virando-se de lado para que ele a ouvisse, mas sem olhá-lo. — É claro que eu sabia. Ele me levou lá uma vez... Ao orfanato. Queria que visse, queria que ficasse impressionada com o lugar, com o que ele fizera ali, como tinha gravado sua vontade nele e naquelas pobres crianças, aqueles pobres garotinhos.

— Você viu o padre Ambrose?

— Ambrose? Sim, eu o vi, Richard fez questão disso também.

— Eu o conheci. Ele não me pareceu um homem mau.

Ela agora virou inteiramente a cabeça e o encarou.

— Aquele padre? Ele é um demônio, um demônio como Richard. Todos ali são demônios.

Quirke se recordou da voz gentil e baixa do padre Ambrose, como se aproximava, como o olhar parecia estender dedos cegos para apalpar o que havia diante dele. Lembrou-se também dos meninos andando pelos corredores, cabisbaixos. Como pode ter deixado passar o que estava à plena vista, o que a própria experiência quando criança em lugares assim deveria tê-lo ensinado a jamais esquecer?

— E Dannie — disse ele. — Você também sabia de Dannie, do que Richard fez com ela?

— Não! — Ela bateu as mãos com força na grade. Fuzilou-o com os olhos em brasa e depois, com a subitaneidade com que se inflamou, o fogo se apagou e os ombros arriaram, seu rosto ficou frouxo. — Pensei que ele só gostasse de garotinhos — disse ela, quase aos sussurros. — Não sabia que era de garotinhas também. Ele queria os jovens, entenda, sempre e unicamente os jovens. *Carne fresca*, era o que ele dizia, *carne fresca*, e ele ria.

— Quando você descobriu?

— Sobre Dannie? Foi só... só naquele dia, naquele domingo, em Brooklands. A coisa se rompeu nela, arrebentou. Ela não conseguia mais guardar segredo. Por causa de Giselle, entenda. — Ela olhou alarmada para as portas de vidro e a sala onde a menina estava, e de novo sua voz saiu aos sussurros: — Por causa de Giselle.

Quirke ouviu vozes baixas e se virou para o vidro, atrás do qual se aproximava uma forma sombreada. A porta se abriu, e uma jovem chegou à varanda. Era morena como uma cigana, tinha olhos velados e o lábio superior sombreado. Trajava um robe azul e sapatos brancos, como uma enfermeira. Ao ver Quirke, ela hesitou.

— Ah, Maria — disse Françoise. — *Cet homme est Docteur Quirke.* — A garota sorriu, insegura, e pôs as mãos às costas. Françoise virou-se para Quirke. — Maria cuida de Giselle na parte da tarde — acrescentou. Ela se aproximou, pegou a jovem pelo cotovelo e a conduziu pelas portas dos fundos.

Quirke se desvencilhou da cadeira baixa e, acendendo um cigarro, foi à grade onde estivera Françoise. Apesar de ter tirado o paletó, depois a gravata, sentia calor e sabia que transpirava, as gotas de umidade escorriam e paravam na base de suas costas. No vale abaixo, as cigarras começaram a cantar, guarnecendo o ar com seu zumbido crepitante. Ele fantasiou que também ouvia o barulho do trânsito naquela estrada branca distante, o estrondo de caminhões, o gemido de inseto de uma motocicleta.

Não devia ter vindo.

Depois de alguns minutos, Françoise voltou.

— Elas saíram — disse ela. — Quer voltar para dentro?

Quirke queria uma bebida. A garrafa de *picpoul* havia se esvaziado em três quartos. Ele a ofereceu a Françoise, mas ela meneou a cabeça, e ele encheu a própria taça. O vinho tinha esquentado; isso não importava.

A tartaruga sumira e em seu lugar na bancada estava um globo de neve; ele o reconheceu, com a pequena cidade por dentro, as ruas, o castelo e a torre pontuda em miniatura. Eles foram para a outra sala e se sentaram no sofá onde a menina estivera. Quirke estendeu o maço, e Françoise pegou um cigarro. Era tão estranho, pensou Quirke, tão estranho estar aqui, neste ambiente suntuoso, bebendo vinho e fumando, como se não houvesse nada exceto isto, duas pessoas sentadas em uma sala branca numa cidade ensolarada, sendo elas mesmas, ficando juntas.

Françoise falou:

— Naquele domingo, ela me contou, Dannie me contou o que tinha acontecido entre ela e Richard por tantos anos. Richard deve ter sido... não sei. — Ela se curvou para a frente e lançou a ponta do cigarro em um cinzeiro na mesa baixa. — É possível ser viciado nessas coisas?

— Sim, é possível ficar obcecado — disse Quirke.

— Mas com ele, sabe, não creio... *obsessão* não parece a palavra certa. Ele parecia um homem com um... um passatempo, um hobby. Isso o divertia, era uma distração usar aquelas crianças, os meninos do orfanato, os jovens do jornal, a pobre Marie, nossa empregada, sua irmã Dannie... a *irmã* dele. Sim, isso o divertia. Consegue entender? Ele e aqueles outros demônios, destruindo vidas, destruindo almas, para sua *diversão*.

Eles ficaram um tempo em silêncio; e, então, Quirke falou:

— Conhece um homem chamado Costigan?

Ela gesticulou com desdém, como se empurrasse de lado uma teia de aranha.

— Não conheço os nomes. Era um grupo deles.

— Os Amigos de St. Christopher's.

Ela soltou um riso amargurado.

— Sim, era assim que eles se chamavam. — Ela se virou de lado no sofá para olhar Quirke. — Sabia que eles usavam aquele lugar como bordel, não? O padre, Ambrose, ele era o... como se chama?... o *souteneur*.

— O alcoviteiro?

— Sim, o alcoviteiro... o cafetão.

Quirke se levantou e foi novamente à bancada, servindo-se do que restava do vinho, e foi com a taça à janela. Com a palma ali, olhou a baía. A menina estava lá embaixo, com a babá, andando junto da água. Ele ouviu Françoise se aproximar e parar atrás dele.

— Por que você foi embora assim — perguntou ele, sem se virar para ela —, sem nem mesmo dar um telefonema?

Ela agora estava atrás dele; ele sentia seu calor e seu perfume.

— Eu lhe disse — respondeu ela. — Aquela noite, no jardim, quando Giselle voltou para casa e tivemos de procurar por ela... eu pensei que a tivesse perdido. Pensei que eles a tinham levado.

— "Eles"?

— O pessoal de Richard. Fiquei com muito medo, entrei em pânico. Você não sabe como eles são, do que são capazes.

Ele se viu novamente na Mount Street, olhando a sarjeta, o que estava jogado ali. Não contara a ela sobre Sinclair.

Ele se virou para Françoise.

— Conte-me o que aconteceu naquele domingo.

Fez-se silêncio. Agora ela o olhava como nunca, como que pela primeira vez, a cabeça virada de lado e os olhos semicerrados.

— Você sabe — disse ela em voz baixa —, não sabe?

Ele assentiu.

— Quando? — sussurrou ela.

— No dia em que almoçamos, naquela primeira vez, no Hibernian. Você tentou me levar a suspeitar de que Carlton Sumner matou seu marido.

— Mas... como?

— Não sei. Mas eu sabia que tinha de ser você.

— E Dannie...?

— Dannie não pode ter feito isso, tenho certeza. Maguire? Não. Carlton Sumner? É possível, mas muito improvável. O filho dele, Teddy? Não. Assim, restou você.

— Você sabia e ainda assim você... nós...

— Sim.

Sim, pensou ele, eu sabia e ainda fui com você para o lado da noite.

A PRAIA ERA ÍNGREME E PEDREGOSA, DESCENDO EM ÂNGULO agudo para um mar agitado. Bem diante deles, uma lua imensa colocava-se gorda pouco acima do horizonte, seu rastro brilhante alargando-se e oscilando na água escura. Havia barcos de pesca lá, eles viam as luzes subindo e descendo e, mais de uma vez, pensaram ouvir os pescadores trocando chamados. O ar noturno era suave e frio. Sentaram-se em um banco de madeira na beira das pedras. Quirke fumava um cigarro, e Françoise se encostou nele, com a cabeça em seu ombro e as pernas por baixo do corpo. Maria tinha colocado a menina para dormir, e eles desceram o morro para caminhar perto do mar. Agora se sentaram, ouvindo as ondas em seu quebrar incessante.

— Ela me contou naquele dia — disse Françoise. — Dannie contou-me não só o que Richard fizera com ela por todos aqueles anos, quando ela era criança, mas o que ele estava fazendo agora com Giselle. Ela havia falado com ele naquela manhã, suplicara a ele, mas naturalmente ele riu na cara dela. *Eu tive você quando éramos novos*, disse-lhe ele, *agora tenho uma nova, toda minha*. Quando cheguei a Brooklands, encontrei-a deitada no chão... sim, no chão... enroscada, sabe, como um bebezinho. No início, ela não disse nada; depois me contou. Estava com a espingarda dele no chão, a seu lado. Disse que tentou se obrigar a subir ao escritório de novo e enfrentá-lo, ameaçá--lo... até atirar nele. Mas não teve forças.

— E você teve.

— Sim, eu tive. — Ela pegou o cigarro dos dedos dele e deu um trago rápido, soltando um silvo, devolvendo a ele. Como a fumaça parecia sinistra quando ela a soltava, um ectoplasma dissolvendo-se no escuro. — Vai acreditar em mim — disse ela —, se eu lhe disser que não tenho lembrança de ter feito isso? Ou não, não, tenho uma lembrança. É da cara de Richard quando ele me ouviu atrás dele e se virou. Estava sentado a sua mesa, mexendo na papelada. Vestia o velho paletó de tweed com... como vocês chamam?... remendos, sim, remendos de couro nos cotovelos. Era o que ele sempre usava quando lidava com os cavalos, achava que lhe trazia sorte. Quando se virou e me viu, com a arma, sabe o que fez? Ele sorriu. Um sorriso tão estranho. Será que ele pensou que eu estava brincando? Não... não, acho que ele sabia muito bem o que eu ia fazer. E ele sorriu. O que isso quis dizer... você sabe?

Mas Quirke não disse nada.

— Depois — disse Françoise —, devo ter disparado a arma, bem na cara dele.

Eles subiram a encosta lenta e laboriosamente, como se de súbito tivessem envelhecido. Agora a lua estava mais alta sobre a baía e, abaixo deles, seu rastro dourado no mar tinha se estreitado. Havia aves noturnas de alguma espécie, criaturas brancas, arremetendo em silêncio e furtivamente em meio às palmeiras. Vinha música de algum lugar, uma música dançante, mínima e alegre ao longe. Eles ouviam o fraco silvo do trânsito, longe, na Promenade. Quirke levantou a cabeça e viu as estrelas polvilhadas como uma mancha de névoa no meio do céu.

Quando passaram pelos portões, eles viram as luzes da casa acesas na pedra, ardendo por trás da parede lateral de vidro.

— Ele costumava me provocar — disse Françoise. — Nunca admitia nada, claro, mas ele sabia que eu sabia e me provocava. Ele trouxe Marie do orfanato para trabalhar conosco. Ela era uma criança quando começou lá e agora estava velha demais para ele, mas Richard ainda queria ficar com ela, ainda queria ficar com todos, como se fossem troféus, para exibir aos amigos, a mim. — Ela se apoiou em Quirke, como se de repente desfalecesse. — Como eu poderia deixar que ele fizesse essas coisas? Como? E como permitiria que continuasse fazendo?

Eles subiram juntos e calados no pequeno elevador. A sensação dela, seu cheiro, tão perto dele. A porta do elevador se abriu com estrondo.

— Por que duas portas? — perguntou Quirke enquanto eles saíam.

— O quê?

— Por que ele manteve as duas portas de entrada, seu marido, quando transformou quatro apartamentos em um?

Ela o olhou.

— Não sei. Ele era assim, precisava ficar com tudo.

— Inclusive você.

Ela virou a cara, procurando a chave.

Depois de entrar, ela foi ver a menina, voltando em seguida.

— Eu tinha dito a Maria que ela podia dormir no quarto de hóspedes — disse ela. — Quer uma bebida?

— Uísque — disse Quirke. — Você tem uísque?

Ela encontrou uma garrafa em um armário e serviu uma dose em um copo de cristal. Para si, não serviu nada. Quirke sentiu uma pontada sob as costelas do lado direito e ficou feliz com isso. Agora ficaria feliz com qualquer coisa que fosse real.

Françoise lhe entregou o copo, e ele bebeu.

— Você dormiu com Sumner, não foi — disse ele —, quando ele deu em cima de você aqui?

Ela estava se virando e agora se voltou para ele. Pensou por um momento.

— Sim — disse calmamente —, sim, dormi. — Ela sorriu. — Desculpe-me, eu o magoo? Você tem aquele olhar de "como você pôde?" que os homens costumam fazer.

— E você não contou a seu marido — continuou Quirke. — Ele descobriu. Por isso ele expulsou Sumner? Por isso eles brigaram na reunião em Roundwood?

O sorriso dela assumiu um caráter compassivo.

— Você pensa que sabe muito, mas, na realidade, sabe muito pouco. *Eu* pedi a eles que fossem embora. Tinha ficado... inconveniente. Sumner também; ele é outro garotinho que se recusa a largar o brinquedo que roubou. Vocês são todos iguais.

Ele assentiu, de olhos fixos nela.

— Você sabia que eu sabia, não? — disse Quirke. — Sabia que eu sabia que você atirou em seu marido.

Ela o encarou.

— Não — respondeu, endurecendo a voz —, claro que não.

— Mas ficou com medo que eu adivinhasse. Por isso me levou para a cama, na esperança de afastar minhas suspeitas.

— Como pode dizer uma coisa dessas!

Eles estavam no meio da sala, de frente um para o outro, Quirke com o copo na mão, e Françoise d'Aubigny em seu robe púrpura romano olhando fixamente para ele, os punhos cerrados de raiva junto do corpo.

— Eu me fiz de idiota por você — disse Quirke. Ele se sentia calmo; frio e muito calmo. A dor na lateral cessara; ele queria que voltasse. — Eu me fiz de idiota por você — repetiu. — Insultei minha consciência.

A cara da mulher se contorceu, como se ela estivesse prestes a rir.

— Sua consciência — disse ela. — Por favor, não minta. Minta para mim, se quiser, mas não para si mesmo.

Ele suspirou, afastou-se dela e se sentou em uma complicada cadeirinha feita de aço inox e couro branco. Sentou-se ali, olhando para ela.

— Você atirou nele, mas não se esqueceu. Sabia muito bem o que fazia.

— Eu lhe falei, foi por causa de Giselle...

— Sei disso, eu sei. Nem mesmo a culpo. Mas o que me disse, eu digo a você: não minta. Você atirou nele, pegou seu lenço e limpou toda a arma, colocou nas mãos dele para dar a impressão de suicídio, voltou e contou a Dannie o que havia feito. Depois telefonou para a Guarda Real sem dar seu nome. Em seguida, pegou o Land Rover e saiu, ficou longe, voltando mais tarde, como se nem tivesse estado ali. Não foi?

Ela sorria, mas ainda havia um leve tremor na bochecha.

— Podíamos ter sido felizes, eu e você — disse ela. — Você podia vir morar comigo, em meio aos adultos. Mas você prefere sua vidinha.

Ele se levantou da cadeira — estava cansado, muito cansado —, foi à bancada e ali colocou o copo vazio. Pegou o globo de neve e sentiu o peso frio na mão em concha. Alguns flocos subiram e um ou dois se acomodaram no telhado inclinado do castelo. Um mundo mínimo, perfeito e imutável.

— Dundrum, o manicômio — disse ele. — *É* um lugar horrível.

O olhar dela era inquisidor; pareceu a Quirke que ela quase sorria.

— Mas você não vai deixar que a mandem para lá, vai, Dr. Quirke?

Ele colocou o globo de vidro no bolso e foi embora.

Em Dublin estava chovendo e o ar parecia vapor. Quando Quirke chegou ao apartamento, estava ensopado até a pele e os sapatos guinchavam. Ele sacudiu o máximo de água que pôde do chapéu e, para manter seu formato, o meteu na cabeça de um busto plástico de Sócrates em tamanho natural que alguém lhe dera certa vez de brincadeira. O único quarto que ele conseguiu encontrar em Nice na noite anterior ficava em um pulgueiro de estrada, administrado por um árabe de dentes pretos e uma cicatriz. Ele não dormiu, só teve cochilos intermitentes, temeroso de que alguém aparecesse para roubar e cortar sua garganta. Ao amanhecer, andou pela rua, olhando o mar que já estava azul, embora o sol não tivesse nascido, e parou em uma cafeteria, bebendo três xícaras de café amargo, sentindo náuseas. E agora estava em casa.

Em casa.

Ele não telefonou, foi diretamente à Pearse Street. Hackett o olhou e assentiu.

— Vejo que passou por poucas e boas.

Eles foram ao escritório de Hackett e este convocou o sargento Jenkins, pedindo que trouxesse um bule de chá. Quando o jovem saiu, ele voltou a se sentar na cadeira e levantou os pés nas botas grandes, colocando-os no canto da mesa. Atrás dele, a janela suja chorava. Quirke flexionou os ombros, e a cadeira de madeira em que estava sentado soltou um grito de protesto. Nunca em toda sua vida ele se sentiu tão cansado como agora.

— E então — disse Hackett —, você voltou de sua viagem. Viu tudo que queria ver?

— Sim. Sim, vi.

— E?

— Falei com ela.

— Você falou com ela.

Quirke fechou os olhos e pressionou neles os dedos, apertando até que doessem.

— E Sumner? — perguntou ele.

— Sumner pai ou Sumner filho?

— Tanto faz, os dois.

O ar na sala ficou azulado da fumaça do cigarro de Hackett. Ele tirou as botas da mesa e ajeitou o traseiro mais para o fundo do assento arriado da cadeira giratória.

— O jovem Sumner — disse ele — conseguirá suspensão da sentença e o papai o embarcará em um navio para o Canadá, desta vez para sempre.

Quirke o examinava, aquela cara sorridente, grande, branca e presunçosa.

— Você fez um acordo — disse ele —, não fez?

— Fiz um acordo. Teddy me entregou Costigan e os irmãos Duffy, que deceparam o dedo do seu assistente, e eu lhe dei o Canadá. Uma troca justa.

— E Costigan, o que vai pegar?

— Ah, isso é decisão do tribunal. — O detetive fingiu uma expressão humilde.

— O que isso quer dizer?

— Todo homem é inocente até prova em contrário.

— Está me dizendo que ele será solto?

Hackett tinha as mãos entrelaçadas na nuca e olhava o teto.

— Como vai se lembrar de nossas tratativas anteriores com o Sr. Costigan — disse ele —, o homem tem amigos poderosos nesta cidade. Mas faremos o máximo, Dr. Quirke, faremos o melhor possível.

— E o St. Christopher's?

— O padre Ambrose, acredito, está para ser transferido.

— Transferido.

— Isso mesmo. Algum lugar no Norte. O arcebispo em pessoa deu a ordem.

— E naturalmente não há dúvida de que o lugar será fechado.

Hackett arregalou os olhos.

— E o que seria feito de todos aqueles pobres órfãos, se isso acontecesse?

— E os Amigos do St. Christopher's, e eles?

Hackett tirou os pés da mesa e se curvou para a frente, subitamente animado, e vasculhou o caos de papéis na mesa. Quirke conhecia esse truque velho.

— Pode falar — disse ele. — Conte-me o pior.

— Ah, talvez o pior não seja o pior. Eu estou... como devo dizer? Em delicadas negociações sobre essa questão com o mesmo Sr. Costigan.

— Você vai fazer um acordo com *ele* em troca de nomes?

— Ah. Ora. — Hackett encontrou o documento que fingia procurar e o ergueu diante do rosto, como se lesse o que estava escrito, de cenho franzido e fazendo beicinho, e passou a mão às cegas pela mesa, à procura dos cigarros. — Eu diria que a questão é se *ele* fará um acordo *comigo*. Camarada teimoso, este nosso Sr. Costigan. — Ele olhou para Quirke pela beira do documento e piscou. — O medo pode fazer isso com um homem, sabe, pode torná-lo terrivelmente teimoso e pouco cooperativo. — Hackett encontrou o maço de Player's, pegou um cigarro e acendeu. — Como eu disse, farei o melhor... — Ele se interrompeu. — Mas agora, em nome de Deus, onde está aquele palhaço com nosso chá? — E apertou uma campainha elétrica na mesa, deixando o polegar ali. — Meu botão de alarme — disse ele com ironia —, ao qual ninguém dá a mínima.

— Como Sumner reagiu? — perguntou Quirke. — Quero dizer, o pai?

— Com choque, mas não tão surpreso como era de se esperar.

— Ele sabia de Dick Jewell, do St. Christopher's, de tudo?

— Tinha uma leve ideia, segundo creio.

Quirke olhou a janela raiada de chuva, assentindo.

— Então foi por isso que eles brigaram naquele dia em Roundwood... Sumner deve ter atacado Jewell por corromper o filho.

— Eu diria que é um bom palpite.

Quirke procurava a capa de chuva; Hackett a havia pendurado para ele na porta.

— Você sabia — disse Quirke, como que distraído —, sabia que a irmã de Jewell estava decidida a confessar que foi ela quem atirou nele?

— É mesmo? Mas é claro que não prestamos atenção, não? Você não me disse que a menina tinha problemas — ele tocou a têmpora com o dedo — no andar de cima?

— Então, posso entender que você não a acusará... que não aceitará a confissão que ela está tão ávida para fazer?

— Ah, a coitadinha, ela não pode ser considerada responsável por seus atos.

— E aquela que pode ser responsabilizada?

O detetive, fingindo de novo se ocupar em busca de alguma coisa na mesa, não respondeu.

Houve uma batida à porta, e Jenkins manobrou o corpo por ela com uma bandeja trazendo o chá.

— Enfim! — exclamou Hackett, desviando a cabeça da falsa busca. — Estávamos a ponto de sucumbir de sede.

Jenkins, mordendo o lábio e se esforçando para não sorrir, colocou a bandeja na mesa, e Hackett, sem nenhuma cerimônia, empurrou os papéis para o chão.

Quirke se levantou.

— Preciso ir — disse ele.

O detetive o olhou com uma consternação exagerada.

— Não vai ficar para uma xícara de chá?

Jenkins saiu, espremendo-se de lado por Quirke. Hoje suas orelhas estavam cor-de-rosa.

Quirke pegou a capa de chuva no gancho da porta.

— Não é grande coisa — disse ele. — Costigan, dois bandidos e um padre podre transferido?

— São os tempos, Dr. Quirke, e o lugar. Ainda não crescemos, aqui nesta ilha apertada. Mas fazemos o possível, você e eu. É só o que podemos fazer.

Quirke voltou à mesa.

— Eu lhe trouxe uma coisa — disse ele, tirando do bolso do paletó o globo de neve e colocando na mesa, ao lado da bandeja.

Hackett franziu a testa para ele.

— Um presente da França — disse Quirke. — Pode usar como peso de papéis.

Ele se virou para a porta. A suas costas, Hackett falou:

— Acha que um dia ela vai voltar?

Quirke não respondeu. Como poderia? Não sabia a resposta.

Impressão e Acabamento:
BARTIRA GRÁFICA